KB056949

BLOOD

THE LAST VAMPIRE

BLOOD
THE LAST VAMPIRE

블러드
더 라스트
뱀파이어

야수들의 밤

오시이 마모루 장편 소설
황상훈 옮김

황금가지

KEMONOTACHI NO YORU-
BLOOD The Last Vampire

by Mamoru Oshii

Copyright © Mamoru Oshii 2000
Copyright © Production I.G 2000

First published in 2000 by Kadokawa Shoten Publishing Co., Ltd.

Korean Translation Copyright ©2001, 2008 by Goldenbough

Korean translation rights arranged with
Kadokawa Shoten Publishing Co., Ltd. Tokyo through
Shinwon Agency.

| 차례 |

프롤로그   9

현장확인   11

설득   29

임시 강령   65

동맹   159

무장 투쟁   284

에필로그   301

감사의 말   306

블러드 더 라스트 뱀파이어

야수들의 밤

프롤로그

우리가 살아온 현실은 언제나 반은 '허구'로 이루어지게 마련이다. 그리고 '사실'이든 '허구'든 간에 그 안에 담긴 의미를 이해하게 되기까지는 언제나 시간이 필요한 법이다.

그가 '보았다'고 믿고 있는 그 광경.

그는 정말로 그 장면을 보았던 것일까? 아니면 몇 번이나 돌이켜 생각하는 와중에 보았다고 착각하게 된 것일까?

그는 오랫동안 고민했다.

흩날리는 핏방울과 코를 찌르는 듯한 짐승의 악취 속에서 희뿌연 소녀의 얼굴과 자신을 내려다보던 커다란 두 눈동자만이 악취 속에서 생생히 떠올랐다.

어둠 속에서 타오르는 푸른 불꽃 같은 눈동자.

그것이 야수의 눈동자라는 것을 그가 알게 된 것은 그로부터 한참이 지난 뒤의 일이었다.

현장확인

화염병 때문에 일어난 불을 끄느라 물을 뿌려댄 노면 위로 다시 번진 화염병의 불길이 머리 위의 고가 도로를 붉게 비추었다. 똑같은 색의 헬멧(이는 그들이 같은 집단에 소속되었음을 뜻했다)을 쓴 수십여 명의 사람들이 차도로 달려나가 다시 화염병을 던져댔고, 투척된 화염병에서 새로 불길이 치솟을 때마다 인도를 가득 메운 군중이 웅성거리면서 우왕 좌왕했다.

1969년 4월 28일.

간선 도로의 교차로나 지하철 역 구내 등, 도심의 핵심 포스트에서는 오후부터 반(反)요요기파 학생 노동자 부대와 그들을 제압하려는 기동대가 격렬한 충돌을 반복하고 있었다. 학생들의 거점이 되어버린 대학 인근의 파출소가 기동대의 습격을 받아 불길에 휩싸였고, 대로에 놓인 바리케이드를 경계로 도시 내 각 구역에 '해방구'가 선언되었으며, 기동대와 노동자 사이에 최루탄과 투석이 오가는 공방전이 이어졌다.

사태는 밤이 되어서도 진정될 기미를 보이지 않았다. 일부 역이 점거된 탓에 철도와 지하철의 운영이 정지되어 귀가 길이 막막해진 사람들이 길거리를 가득 메웠다. 그중 일부는 해소할 길 없는 분노를 삭이기 위해 군중과 합류했다.

소란스러운 분위기에 휩싸인 도심과 확실한 목적 없이 단지 뭔가 새로운 일이 생기지 않을까 기대하며 움직이는, 또는 멈춰서 있는 사람들의 무리.

그날 밤 레이도 그 무리 안에 있었다.

편도 4차선 도로의 바깥쪽 차선에 레이가 소속된 200여 명의 대열이 멈춰서 앉은 지 이미 15분이 경과하고 있었다. 집회를 마치고 공원을 출발할 당시에는 같은 규모의 대열이 20개가 넘게 이어져 약 4천 명을 상회하는 대규모 시위대가 형성되어 있었다. 그러나 예정되어 있던 코스를 벗어나 전진하는 와중에 대열은 앞뒤로 길게 늘어져 몇 개의 집단으로 쪼개졌고, 결국에는 전체의 위치를 파악하는 것조차 불가능해져 버렸다.

그냥 편하게 시위라고 말들 하지만, 참가자들의 의지나 목적에 따라 당국에 제시한 코스로 가족들을 데리고 가볍게 산책을 하는 수준의 온건 시위에서부터 폭력 시위라고 불리는 험악한 것에 이르기까지 다양한 모습을 가지고 있다. 그러나 이번처럼 당국이 시위 자체를 막으려는 의지가 확실하다는 것이 알려져 있을 경우,

시위대의 구성 양식이나 행동 범위는 경험자들의 지도에 따라 일정한 형식을 답습할 수밖에 없게 된다.

우선, 대열이 쪼개지는 것을 막기 위해 좌우로 스크럼을 짜게 한 뒤, 그것을 앞뒤로 이어서 전진 방향으로 길게 늘어진 장방형의 집단을 구성한다. 가로 세로의 비율은 보통 전체 집단의 크기에 따라 좌우되나, 대열을 구성하는 자들이 최대한의 시야를 확보할 수 있도록 대개 가로 줄은 6~8명 정도로 제한된다. 세로 줄도 역시 너무 길면 기동대의 공격을 받아 끊어질 위험성이 있으므로 전반적으로 200여 명 정도가 한 단위로 묶일 수 있도록 조정한다. 대열의 앞쪽에는 '기수'라 칭하는 깃발 부대가 있으며, 선두에 '지휘자'가 있어 전체 대열을 이끌게 한다. 그러나 지그재그 시위 등으로 인해 밀집 대형을 취하는 경우, 사실상 대열 안에 있는 사람의 눈에는 바로 앞사람의 등만 보이고, 선두에 선 지휘자의 목소리 또한 전혀 들리지 않게 된다. 그래서 대열의 좌우에 몇 사람의 '부지휘자'를 배치하여 그들의 구령과 호령, 지시로 시위대 전체를 통솔하는 것이다.

물론 이러한 임무를 맡으면 검거 우선순위가 높아지는데다가, 실제로 검거될 가능성 또한 높아지기 때문에 거의 미쳤다고 해도 좋을 정도의 각오가 요구된다. 특히 깃발은 법적으로 무기로 취급되기 때문에 '기수'의 위험 부담은 더 커진다.

대열을 편성할 때 지휘자가 고려해야 할 점은 크게 두 가지이다. 하나는 앞서 이야기한 시위 참가자의 각오이고, 다른 하나는 참가자의 신체적 조건이다. 일반적으로 기동 대원에게 맞거나 걷어차이기 쉬운 대열의 측면에는 체력이 강한 남성을 우선적으로 배치하고, 체력이 약한 자와 여성은 안쪽이나 후방으로 돌린다. 특히 처음 시위에 참가하는 사람들이 많은 부대의 경우에는 체포됐을 때의 마음가짐이나 도주할 때 주의할 사항 등을 사전에 확실하게 알려주어야만 한다. 부대의 운용에 있어서도 상황에 따라 선동을 하거나, 일제히 구령을 외쳐 참가자가 긴장을 잃지 않도록 신경 써야 한다.

그러나 이른바 당파가 조직한 대열, 즉 무력 투쟁을 전제로 만들어진 부대의 경우는 모든 면에서 다른 대열과 확연히 구별된다.

참가자의 각오는 참여하는 시점에서 이미 확인되기 때문에 지휘자가 대열을 편성할 때 고려해야 할 점은 오직 부대의 임무 달성에 필요한 물리적 조건과 전술적 요소뿐이다.

참가자들은 이미 거점인 대학 구내에서, 대열의 유지나 소용돌이 데모 같은 높은 수준의 집단 행동을 비롯한 여러 가지 전술 훈련을 받는다. 필요에 따라서는 각목이나 쇠파이프 등으로 무장하며, 투석이나 화염병의 사용도 주저하지 않는다. 부대의 '기수' 또한 명확히 '전방의 수호 집단' 위치에 있으며, 인원 수도 물론 다른 곳보다 많다. '깃발을 앞세우고 행진하는 용감한 모습'은 이데올로기와는 관계 없이 역사상 수많은 정치 집단들이 좋아해 온 장면이었으나 그들의 경우에는 단지 겉보기만이 아니었다. '기걸어'라는 명령 한마디로 기다란 깃대를 뒤로 돌려 배후의 본대와 함께 붙잡아 고대의 보병처럼 빈틈 없이 늘어선 채 깃대 끝을 겨누고 전진하는 부대는 완전 무장한 기동대라 하더라도 쉽게 막아낼 수 없었다.

가두 시위를 할 때, 이러한 부대는 상급 단체인 정치 조직 내부에 존재하는 전문 위원회의 지휘 아래 놓인다. 본대 외에도 첩보, 연락, 보급 등을 맡은 요원들이 있고 심지어 검거된 동지들을 위한 법적 지원을 담당하는 조직도 있다.

상부에 의사 결정 기관이 있고 여러 지원 조직에 의해 지원받는 전투 집단. 이 정도면 '군대'라 불리는 조직이 가져야 할 최소한의 요소를 모두 갖추고 있는 것으로 볼 수도 있다. 사실 어느 당파에서는 그들을 군사 조직이라 공언하면서 가까운 미래에 '당의 군대'가 될 새싹으로 취급하고 있다.

쉽게 말해, 집회를 하면서 임시로 사람들을 모아 편성한 부대와 겉보기는 비슷할지 몰라도 질적으로는 완전히 다른 존재인 것이다.

레이가 소속되어 있는 부대는 '군중들'이 모인 전형적인 시위 행렬 중 하나였다. '공동 투쟁' 같은 대규모 시위에 참가할 경우, 당파에 소속되어 있지 않은 집단은 대학이나 직장에서 조직된 각 투쟁 위원회를 단위로 공동 투쟁 조직과 사전 협의하여 대열을 짜는 것이 일반적이다.

그러나 고교생의 경우에는 학교마다 동원할 수 있는 인원이 별로 많지 않기 때문에 공동 투쟁 조직과 사전 협의할 만한 조직이 없다. 그래서 대부분의 고교생은 집회 현장에서 상황에 따라 다른 부대에 '얹혀'갈 수밖에 없다.

레이가 소속된 '도립 K고교 민주화 투쟁 위원회' 역시 회원들 외에 동조자까지 있는 대로 끌어모은다 해도, 최대 인원수가 10명 정도밖에 되지 않는다. 그런 까닭에 그들만으로 독립된 대열을 짜는 것은 사실상 힘든 일이다. 게다가 오늘처럼 각 당파와 투쟁 조직이 무장 투쟁을 선언하고 공동 투쟁을 하는 날에는 참가자는 기껏해야 7, 8명, 거의 개인 참가 수준이라 해도 좋을 정도로 떨어진다.

방과후 이웃 마을의 역에 집합한 다음, 아는 활동가의 명의로 빌린 아파트에 모여 깃발이나 헬멧 등의 장비를 챙겨 일단 나서기는 했지만, 다른 당파의 대부대처럼 헬멧 차림으로 당당히 지하철을 탄다거나 할 배짱은 당연히 없었고, 기껏해야 역 구내를 점령하는 부대를 창문 너머로 바라보면서 소리 없는 함성을 내지르다가 도심에 도착했다.

도심에선 정치적 견해를 달리하는 몇 개의 집단이 집회를 열고 있었다. 레이네 멤버들이 참가한 집회는 원칙적으로 반(反)요요기파의 방침을 따르지만 무력 투쟁에 대해서는 부정도 협조도 않는 집회였다. 그러니까 당파 사람들의 표현을 빌리면 '프티부르주아적 시민 단체'가 주최하는 집회였다.

집회 현장인 공원에는 이미 색도, 문양도, 구호도 모두 가지각색인 헬멧들이 여기저기에 모여서 저마다 깃발을 세우고 있었으며, 싸구려 확성기를 통해 의미 불명의 소음으로 바뀌어버린 구호들이 범람하고 있었다.

레이의 머릿속에 '나무 그늘 밑에 모인 벌레들', '오합지졸'이라는 말이 떠올랐다. 그러나 그런 생각은 헬멧을 뒤집어쓰고 운반하기 좋도록 짧게 분리했던 대나무 깃대를 이어 깃발을 펼치는 순간, 단숨에 어디론가 날아가 버렸다.

잠시 쉬면서 주변을 둘러보자 어느새 비슷한 사람들이 모여 시민 단체 사람인 듯한 남자를 중심으로 각 집단의 대표자들이 의견을 나누며 대열을 짜기 시작했다. '지휘자'로 뽑힌 사람은 '불복종 동맹'이라 불리는 스무 명 가량의 집단을 이끄는 검은 헬멧의 마른 남자였다.

그 검은 헬멧의 마른 남자는 지금 곤경에 처해 있었다.

"언제까지 앉아 있어야 하는 거야?"

"지침을 내놓아야지."

'일본 프로 레슬링'이라고 적힌 하얀 헬멧의 남자가 그를 추궁했다. '섬멸'이라고 크게 써 붙인 붉은 헬멧의 남자도 그 옆에서 같이 아우성쳤다.

"앉아."라는 지시에 따르고는 있었으나, 사람들은 모두 자신들이 어정쩡한 상태에 놓여 있다는 사실에 짜증이 나 있었다. 그들은 뭔가 딱 부러진 해결책이 나오기를 바라는 심정으로 이 싸움에 주목하고 있었다.

"어떤 상태인지, 뭘 기다리는지, 설명을 하라고 설명을!"

"앞쪽 교차로에서 기동대가 저지선을 펴고 있다잖아. 현재 각 부대의 지휘자들이 협의해서 뭔가 대책을……"

"협의? 우리한테 한마디 설명도 없이 무슨 협의를 하고 있다는 거야? 이거 우리를 무시하는 것 아냐? 그럼, 우린 뭐야?"

"보스 교섭 아냐?"

보스 교섭.

이것은 보스끼리 만나서 하는 거래를 말하는 것으로, 보스 거래라고도 한다. 원래는 노동 조합 간부들이 독단으로 경영진의 간부나 대표자 등과 만나 거래를 하는 보스 정치를 뜻하는 말이었으나, 스스로를 무당파(無黨派)라 칭하는 자들은 이 말을 더없이 싫어했다. 레이는 스스로 민주주의자라고 생각한 적은 없었지만 당파 사람이 때때로 이런 종류의 거래를 하는 것을 몇 번 목격하면서 '당내 민주주의' 같은 말이 존재한다는 것 자체가 역설적으로 그들 조직의 본질을 여실히 드러내고 있는 것이 아닐까 하는 생각을 가지고 있었다.

그러나 설사 그렇다 하더라도 이런 소란 속에서 그런 식으로 지휘자를 추궁하는 '일본 프로 레슬링'이나 그 기세를 틈타 같이 날뛰는 '섬멸'에게 실망을 금할 수 없었다.

전진할 것인가, 코스를 변경할 것인가?

코스를 변경한다 하더라도 이만큼의 대부대를 이끄는 것은 보통 일이 아니며, 바뀐 코스에서 다른 위험이 기다리고 있지 말라는 법도 없었다. 그렇다고 여기에 죽치고 앉아 마냥 기다릴 수도 없는 노릇이었다.

사태는 계속해서 변해 가고 있으며, 정보는 결정적으로 부족했다. 이런 상황일수록 지휘관이 유능해야 하지만 아무래도 레이의 부대를 지휘하고 있는 검은 헬멧의 말라깽이에게는 조직 간의 조정은 몰라도 야전 지휘관이 갖춰야 할 판단력과 결단력은 없는 듯했다. 유감스럽게도 이런 자질은 당파에 속하는 인간, 즉 '군인'이라고 불리는 사람들에게만 가끔 나타나는 것으로 레이 같은 무당파에게는 결정적으로 부족한 미덕 중 하나였다.

4월이라 해도 밤의 추위는 견디기 힘들었다. 계속 앉아 있는 아스팔트 차도는 마치 얼음장 같았다. 게다가 배도 고팠다. 레이가 비상용으로 가지고 다니던 빵과자도 이미 공원에서 그의 위장 속으로 사라진 지 오래였다. 무엇보다 사태가 어떻게 진행되는지도 모르고 이런 곳에 외따로 떨어진 채 앉아 있자니 불안하기만 했다.

"전진하자고. 가보지 않고선 아무것도 알 수 없잖아!"

마침내 '일본 프로 레슬링'이 지휘자 '검은 헬멧'은 무능하다고 판정을 내렸다. '섬멸'이 이견 없다며 맞장구치고 나섰고, 대열 내 여기저기에서 동조하는 소리가 하나둘 울려퍼졌다.

"기다려! 기동대와 맞닥뜨리게 될 경우를 생각해 봐! 이중에는 거기까진 각오하지 못한 사람들도 많다고! 가능한 한 체포자가 나오지 않게……"

검은 헬멧의 변명을 끊어버리는 듯이 갑자기 대열의 후방에서 환호성이 울려퍼졌다. 그 소리에 이끌려 일어난 레이의 눈에 중앙 차도를 질주하는 수십 명의 남자들이 들어왔다.

세로로 백색 선을 그은 붉은 헬멧. 모히칸이라 불리는 그 헬멧은 그들이 '무장 투쟁파'의 일원이며, 그것도 정예 부대라는 것을 뜻했다. 거의 전원이 쇠파이프로 무장을 하고 있었으며, 반수 가까이의 손에 화염병 같은 것이 들려 있었다. 그들은 한마디 구호 없이 사방에 살기 비슷한 것을 퍼뜨리면서 앉아 있는 레이들의 대열 옆을 지나쳐 그대로 전방의 암흑 속으로 사라져갔다. 그것은 기묘한 감동을 남기는 광경이었다.

문득 마음속에서 무언가가 치밀어 오르는 것을 느낀 레이는 충동적으로 그 자리에서 벌떡 일어나 달렸다. 순식간에 가드레일을 넘고 인도로 뛰어오른 그는 인도와 차선 사이의 콘크리트 블록을 집어 들어 아스팔트 위로 집어던졌다. 그는 순식간에 가드레일을 넘고 인도로 뛰어올랐다. 그러고는 인도와 차선 사이의 콘크리트 뚜껑을 집어들어 보도 블럭 위로 집어던졌다.

주위의 구경꾼들이 놀라 물러나고, 콘크리트 블록은 순식간에 여러 조각으로 박살났다. 레이는 그중에서 주먹 정도 크기의 조각을 점퍼 주머니에 쑤셔넣은 뒤, 커다란 조각을 들어 다시 박살을 냈다.

남자 몇 명이 대열에서 박차고 나와 인도로 뛰어들어 레이의 작업에 동참했다. 순식간에 투석용 콘크리트 덩어리가 산더미처럼 쌓였다.

레이의 마음속엔 사람들을 선동하려는 의지는 전혀 없었다. 그러나 투석을 준비하는 단순 작업에 몰입하기 시작하자, 방금 전까지만 해도 그를 짓누르고 있던 정체 모를 불안감은 사라지고, 오히려 어떤 경계를 넘어섰다는 해방감마저 느꼈다.

만약 이것을 던져야 하는 상황이 닥친다면, 주저없이 던질 수 있을까? 부서진 콘크리트의 둔중한 감촉과 무게를 손바닥으로 느끼면서 레이는 스스로에게 질문을 던졌다.

투석의 무서움은 들어서뿐만 아니라 실제로도 몇 번이나 보아 충분히 알고 있었다. 투석은 학생이나 노동자들의 전매 특허가 아니다. 표면상으로는 금지되어 있으나 투석에 맞은 기동 대원들도 날아온 돌을 주워 다시 되던진다. 주먹만 한 돌덩이가 아스팔트 노면 위를 구르고, 직격을 받은 자동차 앞유리는 단숨에 박살나며, 보닛은 종잇장처럼 일그러진다. 게다가 밤에는 어디서 날아오는지 잘 보이지도 않기 때문에 더욱 공포를 가중시킨다. 아무런 기척도 없이 갑자기 날아온 돌덩이가 살을 뭉개고 뼈를 부순다. 설사 강화 수지로 된 헬멧이나 듀랄루민 합금으로 된 방패로 무장한 기동 대원이라 하더라도 머리 위로 쏟아지는 투석의 비를 향해 나아가는 것은 용기가 아니라 만용이다. 실제로 과거에 몇 명이 사망한 적도 있다.

화염병 투척은 겉보기에는 화려하지만 투석에 비하면 쉽게 대처할 수 있다. 가장 무서운 것은 투석이다. 이는 세계 각지에서 일어나고 있는 분쟁이나 내전에 중화기로 무장한 병사에 대한 저항 수단으로 투석이라는 고전적인 전술이 반드시 등장하는 것만 봐도 알 수 있다.

정치 투쟁에서 폭력을 행사하느냐 마느냐 하는 문제를 놓고 '부정은 하지 않는다.'는 식의 소극적 입장을 취하는 사람들을 보면 레이는 위선적이라고 비난했다. 하지만 레이 스스로도 무력 투쟁이니 폭력 혁명이니 하는 말을 입에 담을 때 흥분보다는 혐오감을 먼저 느꼈다.

이유 없는 폭력에 의해 상처입는 것은, 설사 그것이 타인에게 일어난 일이라 하더라도 용서할 수 없었다. 하물며 자신의 손으로 누군가를 상처입히는 것은 더더욱 견디기 힘들었다. 레이는 그것이 자신의 한계이자 동시에 극복하기 힘든 약점이라는 사실 또한 인식하고 있었다.

폭력에 대한 혐오감은 반드시 극복해야 하는 일이었으며, 그에게는 의무이기조차 했다. 이는 당파 사람들이 말하는 역사적 사명이니 혁명 병사로의 자기 변신이니 하는 것과는 전혀 다른 문제였다. 적어도 레이 스스로는 그렇게 생각하고 있었다.

자신의 손을 더럽히지 않기 위해 결과적으로 더 커다란 부정을 묵인하거나 자신도 모르게 그에 가담하게 되는 것을 레이는 매우 증오했다.

레이나 그 주변 사람들이 즐겨 말하는 '자기 모순'의 이러한 실상은 단순히 당파 사람들이 말하는 '프티 부르주아적 한계'에 지나지 않았다.

실제로 어느 급진적 당파에 속한 레이의 친구들 중 한 명은 '네가 하고 있는 것은 정치가 아니라 문학에 지나지 않아.' 하고 통렬히 비판했다. 덕분에 레이는 당파 사람들을 전혀 믿지 않게 되고 말았다.

오늘밤에는 나도 던질 수 있지 않을까 하고 레이는 생각했다. 자신의 의지로 타인에게 상처를 입히는 것은 돌이킬 수 없는 행위이다. 그러나 그렇기 때문에 더 더욱 한번은 저질러야 한다. 돌이킬 수 없는 일을 저지르는 것 외에 인간이 스스로를 변화시키는 방법은 없으니까. 적어도 나는 그러한 인간이니까. 레이는 자신에게 그렇게 말했다.

어쩌면 그곳의 이상한 분위기가 레이를 그런 착각에 빠뜨린 것일지도 몰랐다. 그러나 그것은 레이가 생각할 수 있는 한계를 넘어서는 것이었다. 그날 밤 레이는 분명히 돌이킬 수 없는 선을 넘고 말았다. 그러나 그것은 레이가 생각하고 있던 상황과는 전혀 다른, 어떤 우연한 만남에 의해 이루어진다.

붕괴는 갑작스레 찾아왔다.

전방의 어둠 속에서 나타난 이변의 징후는 대열의 앞쪽에서 뒤쪽으로 파도처럼 퍼져나갔다. 순간 모든 사람들의 표정이 딱딱하게 굳었다. 멀리서 그러나 명확하게 무엇인가를 두들기는 듯한 인상적인 최루탄 소리가 울려퍼졌고, 뒤이어 아스팔트를 밟는 군화

소리가 하나의 거대한 덩어리가 되어 밀려왔다.

"온다!"

누군가가 외치는 소리가 들렸다.

대열이 일제히 일어섰다. 인도로 밀려드는 인파와 가드레일 사이에 끼었는지 한 여성이 지른 새된 비명소리가 허공에 울려퍼졌다. 사람들은 도망치기 시작했다. 여기저기에서 "앉아.", "모여." 등의 구령이 울려퍼지고 날카로운 호루라기 소리가 허공을 갈랐으나 순식간에 밀치고 넘어지는 사람들의 비명과 욕설에 묻혀버렸다.

레이 역시 인도로 도망쳐오는 군중에 휩쓸려, 인파에 떠내려가듯이 달렸다. 정신을 차려보니 주변은 어느새 도망치는 사람들로 가득했다.

한 구역 정도를 달리고 뒤를 돌아보자 녹색 전투복을 입은 기동 대원들이 코앞에까지 다가와 있었다. 레이 옆에서 달리고 있던 남자의 헬멧이 진압봉에 맞아 '와그작' 하는 소름 끼치는 소리를 내며 깨졌다. 남자는 쓰러져 길바닥 위를 굴렀다.

순간, 레이의 머릿속에서 모든 사고가 끊겼다. 오직 닥쳐올 폭력에 대한 공포에 사로잡힌 채, 다음에 잡혀 쓰러지는 사람이 자신이 아니기만을 기도하면서 정신없이 달렸다.

동물적인 본능이 시키는 대로.

육식 동물에게 쫓기는 초식 동물의 도주 그대로.

어디를 어떻게 달려 도망쳤는지도 알 수 없었다. 어느새 레이는 작은 건물들이 늘어선 어두운 뒷골목을 혼자 달리고 있었다. 레이는 거친 숨을 몰아쉬면서 주변의 기척을 살폈다. 어떻게 도망치긴 한 것 같았다.

다음 순간, 레이는 온몸의 힘이 빠져 거친 모르타르 벽에 등을 기댔다. 안도감이 따뜻한 목욕물처럼 몸을 감싸자 레이는 모든 것을 그만두고 그 자리에 쓰러지고 싶었다. 그러나 당연히 그럴 수는 없었다. 오늘 밤의 도심은 기동대뿐 아니라 제복 경찰이나 공안부의 사복 요원들로 넘쳐흐를 것이 분명했기 때문이다. 당장의 위기는 면했지만 아직 안심할 수 있는 상황은 아니었다.

거기까지 생각한 레이는 당황해하며 점퍼 주머니에 손을 넣어 그 안에 있는 것들을 황급히 꺼내서 버렸다. 그러고는 발밑에 떨어져 구르는 콘크리트 조각들을 재빨리 구석진 곳으로 차 넣었다. 불심 검문에라도 걸렸다간 변명의 여지조차 없었다. 레이는 자신의 우둔함에 혀를 차고 싶은 기분이 들었다. 헬멧도 벗었다. 그런 다음 그 안에 복면처럼 얼굴에 두르고 있던 수건과 장갑을 쑤셔 넣고 빌딩 사이의 틈에 던져버렸다. 청바지 뒷주머니에 들어 있던 집회에서 받은 삐라 역시 갈가리 찢어서 버렸다. 이로써 레이를 시위 참가자로 만들 물리적 증거들은 모두 사라졌다.

'그런 데서 뭐하고 있었어?'

'조금……, 어떤 건지 궁금해서요.'

'구경꾼인가? 고교생이로구먼……. 너희 학교에선 이런 데서 돌아다녀도 된다고 가르치든? 머리에 피도 안 마른 꼬마 자식이 여자처럼 머리나 기르고……. 빨리 집으로 돌아가!'

레이는 뒷골목을 벗어나면서, 머릿속으로 형사들의 심문에 대한 자신의 대답을 자학적으로 떠올렸다. 방금 전까지 그를 지배하던 비장함이나 홍분은 이미 거짓말처럼 사라지고 없었다. '비겁'이라는 단어는 생각나지 않았으나, 레이는 자기 자신이 매우 비참하게 느껴졌다.

주변의 건물은 작은 사무실이나 창고 등으로 쓰이는 듯했으며, 밤이라 그런지 인기척이 전혀 느껴지지 않았다. 오직 가로등만이 비추고 있는 조용한 골목길을, 그리고 다시 갈라지는 골목길을 레이는 홀로 계속 걸었다.

가능하다면 이대로 계속 걷고만 싶다. 레이는 멍하니 생각했다. 수도를 제압하자느니 일본 정치의 중심가인 가스미가세키를 점거하자느니 하는 당파의 기관지를 장식한 표어를 믿은 것은 아니었으나, 레이는 무당파의 활동가 중 한 사람으로서 오늘의 가두 투쟁에 참가하는 것은 당연한 의무라고 생각하고 있었다. 스스로 나선 것이니만큼 체포당하는 것도 각오했다. 아니, 조금 전까지만 해도 그렇게 생각하고서 행동했다. 그러나 지금 레이의 마음속에 있는 것은 비참한 패배의 기억과 그것이 가져다주는 굴욕감뿐이었다.

그때 전방에 콘크리트 벽이 가로막듯이 나타났다. 그러나 막힌 길처럼 보인 그것은 좌우로 나뉘는 좁은 비탈길을 따라 세운 창고 같은 건물이었다.

두 갈래 길의 가운데에 서서 레이는 좌우를 살폈다. 왼쪽은 대로로 이어지는 길 같았다. 완만하게 내려가는 비탈길이 전방에서 크게 굽어지고, 그 너머로 때때로 지나쳐 가는 자동차 불빛이 보였다. 그 길을 따라가면 기동대에게 쫓기던 대로에 도달하게 될 것 같았다. 오른쪽으로는 가로등조차 드문 급경사의 비탈길이 뻗어 올라가고 있었다. 그 끝은 어둠 속으로 스며들듯 사라져 있었다.

조금 망설인 뒤 레이는 오른쪽 길을 골라 걷기 시작했다.

그리고 그 광경을 보았다.

· · ·

처음 눈에 들어온 것은 벽을 붉게 물들인 액체였다.

철거된 건물이 있던 자리인지 도로변에 덩그러니 뚫린 공터를 둘러싼 빌딩 벽에 마치 전위 화가가 그린 그림처럼 원을 그리며 튄 액체가 수은등 불빛을 받아 붉게 빛나고 있었다. 어떻게 한 것인지는 몰라도 그 일부는 옆 건물의 꽤 높은 벽에까지 이어졌다.

그리고 그 피로 물든 벽을 등지고, 한 소녀가 서 있었다. 아니, 과연 그녀를 소녀라고 할 수 있을까? 분명히 몸에 두른 남색 옷은 전형적인 여고생의 교복이었으며, 약간 마른 듯한 몸매는 그녀가 스무 살이 채 못 된다는 것을 말해 주고 있었다. 그러나 뺨 위로 늘어진 검은 머리카락 탓인지 유달리 하얘 보이는 얼굴은 그녀를 동년배의 소녀들과 확실히 구별 짓고 있었다.

무엇보다 레이의 눈을 사로잡았던 것은 소녀의 눈동자였다. 어둠 속에서 타오르는 푸른 불꽃이라고 말하면 어울릴까? 크게 열린 동공이 야행성 육식 동물처럼 빛을 반사하면서 엄청난 살기를 내뿜어 레이를 위축시켰다.

소녀가 천천히 돌아서자 그 손에 들린 기다란 철판 같은 것이 날카로운 빛을 발했다.

일본도였다.

그 도신(刀身)을 따라 묵직하게 방울져 떨어지는 피를 본 순간 레이는 왠지 모르게 '나는 여기서 이 소녀에게 죽는구나.'라는 생각이 들었다. 그것은 곧 확신으로 바뀌었다.

왜, 무엇 때문에 살해당해야 하는 것인가. 일본도를 빗겨 들고 눈앞으로 다가오는 소녀의 모습처럼 모든 것이 너무나도 비현실적이었다. 사고가 마비되는 듯한 감각 속에서 레이는 소녀가 자신을 향해 가볍게 뛰어오르는 것을 멍하니 바라보았다.

그때 등뒤에서 나지막한 말소리가 들렸다. 순간 소녀는 멈칫했다. 그러나 이내 손바닥 안에서 칼을 고쳐잡는 소리가 작게 울렸다.

다시 한번 낮지만 날카로운 질타가 날아왔다. 확실히 '사야'라는 발음이었다.

소녀는 미동조차 하지 않았으나, 그 눈에서는 방금 전까지 느껴지던 요사스러운 빛이 사라지고 없었다. 소녀는 다가올 때와 마찬가지로 전혀 무게가 느껴지지 않는 걸음걸이로 되돌아갔다.

굳어버린 몸을 억지로 돌려 뒤돌아보자 언제부터 있었는지 모르게 두 명의 외국인이 검은 세단을 등지고 걸어오는 것이 보였다.

둘 다 검은 양복을 입고 있었다. 한 사람은 듬직한 체구의 중년 남자였고, 다른 한 사람은 초로에 접어든 나이에 키가 큰 남자였다. 중년 남자는 레이를 무시하고 곧장 소녀에게 다가갔다. 등에 검은 고무 소재로 만든 듯한 커다란 자루를 짊어지고 있는 것이 보였다.

"이런 데서 뭐하고 있나?"

무서울 정도로 유창한 일본어로 초로의 남자가 레이에게 말을 걸었다. 목소리는 상냥했으나, 타인에게 명령하는 것에 익숙한 사람 특유의 거부할 수 없는 위압감이 담겨 있었다. 레이는 대답을 구하려는 듯 절망적인 시선으로 소녀를 돌아보았다.

창백한 수은등 불빛 아래서 소녀는 일본도를 눈앞에 들어올린 채 찬찬히 칼날을 뜯어보고 있었다. 칼날이 무사한지 살피는 것이라는 생각이 들자 레이는 몸이 떨렸다. 소녀의 얼굴에서는 아무런 감정도 엿볼 수 없었다. 마치 일을 마친 기술자가 도구를 정리하는 듯한 담담한 태도가 레이를 떨게 만들었다.

소녀 곁에서 중년 남자가 한쪽 무릎을 꿇고 검은 자루에 무언가를 쓸어 담고 있었다. 그것이 무엇인지 알게 된 순간 이번에야말로 격렬한 공포가 레이의 온몸을 덮쳤다.

"이런 데서 뭐하고 있나?"

스스로도 알지 못하는 기묘한 분노에 이끌려 레이는 외쳤다.

'당신들이야말로 이런 데서 대체 뭐하고 있는 거지!'

그러나 그 외침은 레이의 머릿속에서만 맴돌았을 뿐, 그는 목 뒷부분에 묵직한 충격을 느끼고 기절했다.

의식을 잃기 직전 레이의 기억에 남은 것.

그것은 피투성이의 짐승 냄새였다.

설득

레이가 눈을 뜬 것은 놀랍게도 구급차 안이었다.

레이의 조사를 담당한 형사의 말에 의하면, 피투성이가 되어 쓰러져 있던 그를 지나가던 사람이 발견하여 신고했다고 했다. 응급실 의사의 진찰 결과, 옷에는 대량의 혈액이 묻어 있으나 몸에는 전혀 부상의 흔적이 없다는 사실이 판명되었다. 뒤이어 형사가 찾아왔다. 본인의 피가 아니라면 레이가 상해 또는 살인 사건에 관여했을 가능성이 있기 때문이었다. 그날 밤의 상황을 생각해 보면 피투성이가 되어 쓰러져 있는 사람 정도는 그리 신기할 것도 없었지만, 소란이 일어난 곳으로부터 멀리 떨어진 뒷골목에서 혼자 기절한 채로 발견되었다는 점이 레이의 입장을 매우 불리하게 만들었다.

참고인 조사라는 명목으로 심문을 받은 레이는 모든 질문에 침묵으로 일관했다. 절대 침묵. 원래 완전한 묵비권 행사는 검거된 활동가의 철칙이기도 했지만 그보다는 그곳에서 목격한 광경의 비현실성이 레이를 침묵시켰던 것이다.

피 묻은 검을 든 여고생.

그녀의 동료인 듯한 두 사람의 외국인.

그리고 무엇보다도, 얻어맞기 직전에 목격한 그 시체.

모든 것이 고지식한 경찰이 이해할 수 있는 범위를 넘어서는 것들이었다.

레이 역시 학생 활동가로서 '구급 센터'라고 불리는 구원 조직의 전화 번호를 알고 있었다. 그러나 계속 묵비권을 행사하면서 변호사를 통해 동료와 연락을 취하는 것이 만일에 있을지도 모르는 경찰의 가택 수색 등에 대비하여 조직을 지키기 위한 의무였는데도, 레이는 변호사의 면담조차 요구하지 않았으며 같이 검거된 학생들의 대화에 참가하는 것마저 꺼렸다. 동료로 삼아야 하는 자들마저도 상대하지 않고, 모든 대화를 거부하면서 껍질 속으로 들어가는 쪽이 자신이 목격했던 광경을 이야기하고 그것이 사실이었다고 주장하는 것보다 훨씬 편할 것 같았기 때문이다.

일반적으로 경찰서의 구류는, 용의자로 지목받고 체포되어 조사를 받은 후로부터 48시간 내에 검찰로 이송되어, 검사가 도주나 증거 은폐 등의 위험이 있다는 이유로 법원에 신변의 구속을 청구하는 것으로 성립된다.

구류 청구는 검사가 용의자를 넘겨받은 후 24시간 이내, 체포로부터 72시간 이내에 행하도록 되어 있으나 시위나 난동 사건 등으로 체포자가 많이 나올 경우에는 검사의 재량에 따라 불기소 또는 기소 유예로 방면되는 경우도 많다. 흔히 '3박 4일'이라 일컫는 것이 바로 이런 경우이다.

구류 요청이 인정될 경우 판사의 권한으로 피의자는 청구일로부터 10일 간 구류된다. 피치 못할 이유가 있다고 판단되면 10일 이내의 연장이, 내란죄 등의 사건일 경우에는 거기서 5일의 재연장이 인정된다. 그 사이에 검사의 기소가 성립되면 검사의 요청 없이도 법원의 직권에 의해 기소로부터 2개월 동안 구류가 연장된다. 필요에 따라 그후 다시 1개월의 연장이 가능하다. 또한, 중대 사건이나 정치범, 주소 불명 등의 경우에는 1개월마다 갱신하는 것도 가능하다.

물론 이것은 어디까지나 법률상의 이야기이고 실제로는 구류 일수가 거의 무제한으로 늘어날 수 있으며, 그것도 법원의 관할인 구치소가 아니라 경찰의 유치장에 구류되는 경우가 많다.

레이와 같은 무당파, 그것도 체포 경력조차 없는 송사리의 경우에는 3박 4일로 방면되는 것이 일반적 관례이다. 물론 애초에 체포되지 않았어야 옳지만 피투성이 옷에 수상한 행동거지, 거기다 묵비권의 행사라는 조건까지 갖춘 상태에서 간단히 사바 세계로 복귀시켜 줄 수는 없는 일이었다.

레이는 장기 구류를 각오했으나 구류 자체에 대해서는 어떠한 불안이나 후회도 느끼지 않았다.

경찰서에 구류된 것만으로 이미 레이 자신의 결의만으로는 절대 넘을 수 없었을 선을 넘은 것만은 확실했다. 학교나 가정에서 이도 저도 아닌 태도를 취할 수밖에 없어 내내 기분이 더러웠던 자신의 인생에 무언가 변화를 줄 수 있을 것이라는 생각에 그는 이번 일을 오히려 기쁘게 받아들이고 있었다. 문제는 이번 일이 레이가 상상하던 것과는 전혀 다른 상황에서 일어났으며, 그 믿기 힘든 광경을 목격한 것이 다른 의미로 자신의 인생을 크게 바꿔버리지는 않을까, 어쩌면 봐서는 안 될 것을 보고 만 것은 아닐까 하는 불안감을 떨칠 수가 없다는 점이었다.

그러한 불안감을 안은 채 레이는 사흘 만에 훈방되었다. 감식 결과, 레이의 의복에 묻어 있던 혈액이 인간의 것이 아니었음이 판명되었기 때문이다.

그것은 어쩌면 꿈이 아니었을까?

그러나 공포에 휩싸여 도망치면서 있지도 않은 광경을 보았다고 착각한 것일지도 모른다는 작은 소망에 지나지 않았다. 그래서 레이는 다른 훈방자들과는 사뭇 다른 발걸음으로 경찰서를 뒤로 한 채 그를 기다리는 일상으로 복귀했다.

'개의 피인지 뭔지는 모르겠지만……, 넌 그런 데서 뭘 하고 있었던 거야?'

헤어질 때 형사가 짜증을 부리며 내뱉은 말이 기시감과 함께 레이의 머릿속에서 되풀이되어 울렸다.

레이는 3주 간 정학 처분을 받았다. 통지를 받고 놀란 어머니는 그 자리에서 학교로 찾아가 자신의 아들은 체포된 것도 아니고 기소된 것도 아니다, 시위에 참가한 친구가 걱정돼서 시내에 나갔다가 소동에 휩쓸려 얻어맞고 피투성이가 되어 돌아온 거다, 그러니까 오히려 피해자라며 약간의 창작을 섞어 항의했다. 그녀는 이런 식으로 담임 교사에서 교감을 거쳐 결국 교장 앞에까지 나아가는 데까지는 성공했다. 그러나 학교 측도 만만치는 않아서, 그날은 하교 후 서둘러 귀가하도록 지도했는데도 맥의 자녀는 명백히 소란이 일어날 것이 예상되는 시내로 나갔다. 정학 처분은 경찰에 구류된 것 때문이 아니라 학교의 지도를 무시한 것 때문이라는 견해를 펼쳐 불쌍한 어머니의 주장을 기각시켰다.

그녀는 그후로도 몇 시간이나 계속해서 항의했으나, 먹혀들지 않는다는 것을 깨닫고 결국 집으로 돌아왔다. 그리고 이번에는 레이의 방으로 찾아와 울분을 터뜨렸다.

그 내용은 참고 들어주기 힘들 정도로 장황하기 짝이 없었으며, 자신의 원한이나 자학, 슬픔 같은 개인적인 감정까지 한도 끝도 없이 배출되는 바람에 레이로서는 이해하기 힘들었으나 그 취지를 요약하면 대충 다음과 같았다.

학교 측의 대응은 너무 관료적이고 교육자로서 성의가 없어서 유감이라는 것.

특히 담임인 누구누구는 레이는 버리고 자기만 살려고 하는 최악의 교사라는 것.

그렇다 해도 이제부터는 은인 자중해서 정학 처분을 견뎌내고 다시 수업에 복귀해서 어떻게든 고등학교만은 졸업해야 한다는 것.

이것을 기회로 위험한 친구들과는 연을 끊어야 한다는 것.

언젠가 세상에 나가거든 보란 듯이 출세해서 그 어리석은 교사들을 내려다봐 주어야 한다는 것.

난산 끝에 레이를 출산해서 한량인 남편 대신 열심히 일해 지금까지 키운 것은 아들을 혁명가로 만들기 위해서가 아니라는 것.

만일 레이가 기동대에게 맞아죽기라도 하면 자신은 평생을 전국 학생 연합의 식당 아줌마로서 살아갈 각오라는 것.

자신은 불행한 엄마라는 것.

"뭐든 마음대로 해. 지금은 피곤하니까 혼자 있게 해줘."라는 말로 어머니를 쫓아낸 뒤, 레이는 이불 속으로 파고들었다.

아버지는 아버지대로 네가 똑바로 못하니까 내 아들이 빨갱이가 되어버렸다, 고등학교 따위 때려치워라, 학비도 내주지 않겠다, 내일부터 일이나 해라 하고 어머니에게 버럭 소리부터 질렀고, 결국 대판 부부 싸움이 벌어지고 말았다.

'의절'이라는 무섭고도 고전적인 단어도 나온 듯했다.

레이의 처리를 둘러싼 부부간의 전쟁은 이틀 정도 이어지다가 궁지에 몰린 아들이 홧김에 또다시 돌이킬 수 없는 행동을 일으킬 수 있으니 얼마간 두고보자는 어머니의 의견이 승리하는 것으로 막을 내렸다.

정치 활동을 둘러싸고 집안에서 항상 일어나는 분쟁(레이 등의 고교생 활동가는 그것을 '가정 내 투쟁'이라고 부른다.)은 위태롭기가 마치 바닥 없는 늪과도 같아서, 고교생 활동가들의 타락을 이끄는 가장 큰 요인으로 꼽히기도 했다. 하지만 아무리 과격한 언사를 구사한다 해도 겨우 고교생에 불과한, 부모의 보호 아래 있는 그들로서는 학교와 가정 외의 생활 공간을 가질 수 없었다.

학교에 가면 그들은 본질적으로 소수에 지나지 않아 행실이 불량한 문제아 또는 악질 선동자로 낙인 찍힌 채, 생활 지도라는 이름 아래 공공연하게 이루어지는 수많은 공갈 및 협박들에 거의 혼자 힘으로 대항할 수밖에 없었다. 그리고 또 집에 가면 '아들의 미래를 위해서'라는 절대적인 이데올로기 아래 공갈, 회유, 눈물 등을 포함하는 끔찍한 지옥도가 거의 매일같이 되풀이되었다. 혈육간에 오가는 언쟁으로 황폐해진 가정은 말 그대로 소모전을 반복하는 전장이었다.

학교와 가정. 이 두 전선을 오가는 그들의 유일한 안식처는 거리였다.

거리로 나와 대열에 섞이고 나서야 비로소 그들은 무력한 개인이 아닌 자신을 의식할 수 있었으며, 세상이 무시할 수 없는 세력의 일원이라는 것을 실감할 수 있었다. 집회를 끝내고 귀가할 때, 밝은 표정으로 옆을 지나쳐가는 학생들을 바라보면서 레이는 항상 그들에 대한 공감과 함께 기묘한 반발감을 느껴왔다. 당파, 무당파를 막론하고 대부분이 하숙생인 대학생 활동가들은 고교생이 가두 투쟁에 적극적으로 참가하는 이유를 이해하지 못했다. 레이 또한 그런 그들을 완전히 믿을 수가 없었다.

"오늘 그들의 투쟁은 이걸로 끝이겠지만, 우리의 투쟁은 이제부터가 시작이야."

동료들 중 한 명이 내뱉은 말은, 레이가 전부터 느끼고 있던 반발감의 정체를 정확히 표현한 것이었다.

이 시간까지 누구와 어디서 무엇을 하고 있었는가? 그 심문에 거짓말을 하든 정직하게 대답하든, 신경을 갉아먹는 듯한 집안 싸움은 피할 수 없었다. 하지만 결국 집 말고는 그들이 돌아갈 곳이 없다는 것 또한 명백한 사실이었다.

"생산적 투쟁이니 뭐니 잘난 척하고는 있지만 가정 내 투쟁을 무시하고 있는 윗사람들은 우리들의 투쟁 의미를 전혀 알지 못해."

전에 어느 당파의 고교생 조직의 간부 중 한 사람이 레이 앞에서 이런 말을 한 적이 있었다. 그것은 레이를 포함한 고교생 활동가들의 공통되고 진실된 심정이었다. 그런 의미로 레이 같은 고교생 무당파 활동가는 같은 무당파 조직 대학생들보다도 당파에 속한 고교생들에게 훨씬 더 공감을 느끼고 있었다.

화염병 투쟁이나 바리케이드 봉쇄 등과는 다른, 벗어날 방법이 없는 지옥 같은 아수라장이야말로 그들의 주된 전장이었다. 그리고 그들은 정치적 주장보다는 오히려 논리적 주장에 의해 그곳에 머물러 있었다.

레이는 모든 투쟁에서 멀리 떨어져 계속 잠을 잤다.

원래 레이는 자는 것을 좋아했으며, 하루에 적어도 열 시간은 자곤 했다. 그러나 이번에는 마치 자신이 폭탄이라도 되는 양 조심조심 대하는 부모님의 태도를 빌미 삼아 식사와 용변에 필요한 시간을 제외한 나머지 시간을 모두 방에서 자면서 보냈다. 마치 격리 병동에 수용된 환자 같은 생활이었다.

한번은 아직 부모님이 얼굴을 모르는 서클 후배 하나가 문병을 가장하고 찾아와, 동료들이 레이의 정학을 철회할 것을 요구하며 투쟁을 벌일 계획이라는 소식을 전해 준 적도 있었다. 하지만 레이는 부모님이 외출은 물론 전화나 편지까지 감시하고 있다는 말로 쫓아내 버렸다. 지금 레이는 그날 밤 일과 연관된 모든 것을 피하고만 싶었다.

일주일이 지나 방 안에 처박혀 있는 것 자체가 고통이 될 때쯤, 레이는 어머니에게 도서관에 간다고 말하고 외출을 했다. 그의 어머니는 의심 많은 여우 같은 눈으로 현관을 나서는 아들을 노려보았다. 어머니는 흡사 너구리 같은 깊은 집념으로 아들의 모습이 골목길을 돌아 사라질 때까지 쭉 지켜보았다.

레이는 정말로 도서관에 갔다. 그는 지난 열흘 동안 나온 여러 종류의 신문을 빌려 열심히 조사해 보았다. 그러나 그 어떤 신문에도 그날 밤 레이가 목격한 사건은 실려 있지 않았다.

산더미 같은 신문을 반납한 뒤, 레이는 로비로 향했다. 평일의 도서관은 텅 비어 있었다. 시간을 죽이고 있는 노인들 사이에 끼어 벤치에 앉자, 세상 모든 일이 자신과는 상관없는 먼 나라 이야기처럼 여겨졌다.

물론 그것이 마음속의 바람이며, 동시에 착각에 불과하다는 것은 누구보다 레이 스스로가 잘 알고 있었다. 겉옷에 묻어 있던 혈액은 그 광경이 현실이었다는 것을 증명했다. 그리고 그 혈액이 인간의 것이 아니라는 형사의 말을 의심하지 않고 받아들인다면, 레이가 마지막에 본 시체 또한 현실에 존재하고 있었다는 것이 된다.

그 남자들은 왜 나를 이대로 내버려두고 있는 것일까?

길거리에 쓰러져 있던 레이를 지나가던 행인이 발견하고 신고했다고 형사는 말했다. 만일 살인이 벌어진 바로 그곳에서 발견되었다면 벽은 물론 쓰러진 레이의 옷에까지 피가 잔뜩 묻었을 정도니 틀림없이 바닥에도 핏자국이 남아 있었어야 했다. 그렇다면 누구라도 그곳에서 끔찍한 일이 벌어졌다는 것을 짐작할 수 있었을 테고 심문하면서 그 일에 관해 물었을 것이다.

결국 레이는 쓰러진 뒤 누군가에 의해 다른 곳으로 옮겨진 것이라 할 수 있다. 그 남자들의 소행이 틀림없었다. 어쩌면 경찰에 신고한 것도 그들인지 몰랐다.

왜, 뭘 위해서?

그 당시 두 중년 남자 중 초로의 남자는 레이에게 칼을 들이댄 소녀의 이름을 두 번 부르는 것만으로 그녀를 막아냈다. 그리고 다른 한 사람의 중년 남자는 레이는 쳐다보지도 않고, 시체를 검은 자루에 쓸어담는 작업에만 몰두했다.

범행을 목격한 레이의 입을 막을 생각이었다면, 굳이 소녀를 제지할 필요도 없었다. 소녀의 눈빛에 위축되어 꼼짝 못하고 있던 레이였으니, 그대로 있었으면 저항은커녕 비명조차 지르지 못하고 살해되었으리라. 만약 레이를 용의자로 몰아세울 생각이었다면, 그 자리에 내버려둔 채 신고하면 되었을 것이다. 하지만 신고했다 해도 시체를 회수해 버렸기 때문에 사건이 성립되지 않을 터였다. 게다가 레이는 누명을 씌우기에 적합한 인물도 아니었다.

아무리 생각해도 레이에게는 이해되지 않는 일들뿐이었다. 그를 내버려둔 것만이 문제가 아니었다. 신문에 단 한 줄도 적혀 있지 않은 것으로 미루어보아 사건을 은폐하는 데 성공했다고 짐작은 되지만, 대체 어떻게 했기에 그렇게 엉망진창이었던 범행 현장을 은폐할 수 있었을까? 아니, 그보다 대체 그들은 어떤 자들일까?

그리고 그 무시무시한 눈빛의 소녀는……?

단 하나 이해가 되는 점이 있다면 그들이 시체를 회수한 동기뿐이었다. 어느 누구라도 그런 시체를 방치해 둘 생각은 들지 않을 테니까.

어느새 폐관 시간이 다가왔다. 레이는 심한 공복감을 느끼며 자리에서 일어났다. 이대로 집으로 돌아간다면 저녁 식사 시간에는 도착할 수 있었으나, 오래간만에 외식을 하고 싶다는 유혹을 느낀 레이는 근처 라면 집으로 발걸음을 돌렸다. 그는 탕면 곱빼기와 공기밥을 주문했다. 탕면이 나오자 레이는 탕면에 소스와 간장을 부어 야채를 반찬 삼아 공기밥과 함께 먹었다. 그러고는 남은 면을 단숨에 들이켰다.

몸 안에 퍼지는 포만감을 즐기며 계산을 끝내고 가게를 나서자, 벌써 땅거미가 지고 있었다. 레이가 가장 좋아하는 시간이었다.

무엇 하나 확실하지 않았고 아무것도 해결된 것은 없었지만, 어쨌거나 오늘이라는 날도 끝이 났다. 남은 건 밥을 먹고 자는 것뿐. 그렇게 생각하자 지금 자신이 처해 있는 곤경이 마치 남의 일인 양 느껴졌다.

물론 현실은 언제나 개인의 바람과는 상관없이 흘러가게 마련이고, 하물며 개인의 위장 상태에 좌우될 리는 없었다. 오래간만의 외출과 외식으로 잠깐 해방감을 만끽하던 레이는 집에 돌아가자마자 곧 그 사실을 깨닫게 되었다.

· · ·

"여어, 어서 와."

방문을 연 레이는 자신의 침대에 앉아 인사하는 남자를 보고 크게 경악했다. 그리 크지 않은 키에 약간 마른 체형, 구김이 가고 지저분한 회색 코트까지 마치 그림으로 그린 듯한 형사의 외모였다. 그러나 똑바로 레이를 노려보는 눈빛은 무언가에 굶주린 듯한 느낌을 주는 게 잡종 야생견을 연상시켰다.

"당신 누구야?"

레이는 자신도 모르게 언성을 높였다.

"어떻게 들어온 거야!"

레이의 부모님은 4층짜리 작은 상가 건물을 소유하고 있었다. 1층은 어머니가 경영하는 미용실, 2층은 부모님의 주거지였다. 3층은 사무실로 대여해 주고 있었으며, 레이의 방은 4층에 있었다.

사무실이 입주해 있는 만큼 사람의 출입이 잦아 방마다 자물쇠를 거는 것이 레이 가족의 습관이었다. 오늘 외출할 때도 레이는 분명히 자물쇠를 걸고 나왔다.

"도립 K고교 3학년 미와 레이 군이지?"

'나는 이런 사람이야'라고 말하며 남자는 코트 안주머니에서 검은 수첩을 꺼냈다. TV나 영화에서 질릴 정도로 많이 본 광경이었으나 직접 보기는 처음이었다.

상대방이 진짜 형사라는 것을 안 순간, 레이는 혈압이 오르고 몸이 굳었다. 도망쳐야 할까 말아야 할까? 레이는 순간 망설였으나 적어도 지금 당장 체포당하거나 가택 수색을 당하지는 않을 거라고 생각을 고쳐먹고 당당하게 나가야겠다는 판단을 내렸다.

"영장은 있어요?"

일반적으로 체포 영장이나 가택 수색 영장은 경찰의 요청으로 검사가 법원에 청구해야 나온다. 영장 없이 용의자의 몸을 구속하거나 타인의 집에 함부로 들어가는 것은 불법이었다.

"그런 건 없는데."

"그럼 나가주십시오. 불법 침입이잖아요. 나가지 않으면……."

거기까지 말했다가 레이는 입을 다물었다.

"나가지 않으면 어쩌겠다는 거지?"

친한 척하는 웃음을 지으며 남자가 말했다.

"경찰을 부를 거라면 여기도 약 한 명 있는데……, 아니면 식구들이라도 부를래?"

힘으로라도 쫓아내 버리겠다고 말하고 싶었지만, 빈약한 중년 남자라 해도 상대는 형사였다. 게다가 레이는 완력에 자신이 없었으며, 사람을 때린 경험이라곤 단 한번도 없었다. 분명한 불법 행위인 만큼 경찰에 신고할 수도 있었으나 아무리 송사리라고는 해도 레이는 반(反)권력주의를 표방하는 활동가로서 긍지를 가지고 있었다. 하물며 부모에게 이른다는 것은 꿈에도 생각할 수 없는 일이었다.

"형사가 찾아온 게 부모님께 알려지면 좀 곤란하지 않아? 나름대로는 신경 써서 조용히 기다리고 있었는데."

진퇴 양난에 빠진 레이에게 구원의 손길을 내밀려는 듯이 남자가 말했다.

"미리 말해 두지만 말이지. 난 네가 어떤 사상을 가진 사람인지, 다른 곳에서 무엇을 하고 돌아다니는지는 전혀 흥미 없어. 내가 하고 싶은 건 다른 이야기야."

"그쪽과 나눌 만한 이야기는 없는데요."

"그게 있어서 말이야……. 예를 들면."

남자는 눈을 가늘게 뜨고 레이를 바라보며 나지막한 목소리로 말했다.

"열흘 전 밤에 네가 목격한 것은 무엇인가……, 같은 것."

당혹해하는 레이를 보면서 남자는 하이에나의 울음 같은 소리를 내며 웃었다.

"뭐, 일단 들어오라고. 네 방이잖아?"

완패였다. 레이는 남자를 노려보며 방 안에 들어섰다. 그러고는 등뒤로 문을 닫았다.

"방 좋은데?"

좁은 방 안을 둘러보며 남자가 신경 써주는 척 한마디했다. 레이의 방은 틈만 나면 집을 나가 독립하려는 건방진 외아들과 어떻게 해서라도 아들의 독립을 막으려는 부모 사이의 줄다리기의 산물이었다.

여섯 평 정도의 실내는 침대와 책상과 커다란 책장으로 거의 메워져 있다시피 했다. 방의 한쪽 면에는 작은 싱크대가 있어 가스와 수도도 쓸 수 있었다. 층마다 계단 옆에 화장실이 있어서 식사와 목욕 때를 제외하면 부모님과 얼굴 한번 마주치지 않고 생활하는 것도 가능했다.

사무실 사람들이 퇴근하는 저녁에는 현관에 자물쇠가 걸리도록 되어 있었다. 하지만 레이는 부모님 몰래 열쇠를 복사해 가지고 있었고, 덕분에 야간에도 외출이 자유로웠다. 심야에 집을 나와 학교에 숨어들어 교실 책상 서랍마다 삐라를 돌리고 돌아와서는 시치미를 떼고 부모님과 함께 아침을 먹은 뒤 다시 등교한 적도 몇 번인가 있었다.

"부모님과 함께 산다고 해도 이래서야 밖에 나와 사는 거랑 다를 바가 없겠군. 뭐 불만이라도 있냐?"

남의 방에 멋대로 들어온 주제에 너무나 당당한 말투였다.

"쓸데없는 참견 마세요."

이 방의 주인이 누구인지를 명확히 하려는 듯 의자 위에 책상다리를 하고 털썩 앉으며 레이가 대답했다.

"그보다 그쪽은……."

"어이, 아무리 그래도 내가 자네보다 나이도 많은데, 그쪽이란 건 좀 심하잖아?"

"아직 이름을 듣지 못했으니까."

마음을 가라앉히고 반격에 나서기로 결정한 레이가 주저없이 대답했다.

"다른 사람이 이러니저러니 말하기 전에 먼저 이름 정도는 대는 게 예의 아닐까요?"

"안 가르쳐줬던가……?"

사납게 노려보는 레이 앞에서 남자는 장난스럽게 머리를 긁적이다가, 허공을 올려다보며 뭔가를 생각하더니 입을 열었다.

"그렇군……. 고토다 하지메라고 해둘까."

'가명입니다.' 하고 알리는 듯한 말투였다.

"고토다 씨라고요."

되씹듯이 레이가 반복했다.

"뭐, 그렇다고 해두자고."

일반적으로 욕이나 공갈 같은 위협적인 말이 오가는 말싸움에서는, 심리적인 우위를 확보하고 사태를 자신에게 유리하게 진행시켜 마지막에 승리를 거머쥐기 위해 사용하는 몇 가지 방법이 있다.

예를 들어 위압적으로 나오는 상대에 대처하려면, 똑같이 대하거나 아니면 더 위압적으로 나가는 게 원칙이다. 그러다 드디어 더 이상 참고 들어주기 힘든 말이 나오거나 너무 언성이 높아지는 지경에 이르면 오히려 과감하게 냉정한 태도를 취함으로써 상대방을 흥분시키는 것이 비교적 쉬운 방법이라고 할 수 있다.

화났다는 걸 겉으로 드러내는 순간, 상대는 기세가 한풀 꺾이게 된다. 거기다 폭력까지 휘두르게 되면, 상대방이 패배를 인정하는 것이나 다름없다.

한편, 논리적인 설득이 필요한 상대의 경우에는 말을 더 많이 한 쪽이 상황을 유리하게 이끌어 주도권을 쥔다. 하지만 그렇게 하면 너무 쉽게 지치기 때문에 오히려 소극적인 태도를 취해 상대방에게 발언권을 준 뒤 그 속에 숨은 모순을 찾아 공격하여 상대방이 동요하는 사이 단숨에 우위에 오르는 방법이 흔히 사용된다.

어떠한 경우라 하더라도 가장 중요하며 또한 강조되어야 할 점은, 말의 내용 자체보다는 그 말이 서로의 관계에 어떤 영향을 줄 것인가를 생각하는 실용주의적 태도이다.

'논쟁에는 객관적 우위가 존재한다.'라는가 '들으면 이해할 것이다.' 등의 민주적인 환상은 싸움에 방해가 될 뿐만 아니라, 사실상 존재하지 않는다. 매우 유감스럽게도 필요한 것은 오직 확실한 목적 의식과 수단 방법을 가리지 않겠다는 의지, 그리고 확신범적인 논리뿐이다.

물론 이러한 방법들은 어디까지나 말싸움이라는 제한된 상황에서만 유효한 것으로 길거리에서 만나는 야쿠자나 깡패와의 말싸움, 또는 취조실에서 형사와의 대화 등 언제든지 말싸움이 주먹 다툼으로 번질 수 있는 경우에도 반드시 통한다고는 할 수 없다.

주먹을 전혀 못쓰는 레이였으나, 묘하게도 이러한 종류의 논쟁에는 자신이 있었다. 생활 지도라며 이루어지는 교사의 공갈로 단련된 탓인지 연장자 앞에 서면 불손하다는 말까지 나올 정도로 담력이 솟아나는 것이다.

꾸짖는 교사를 앞에 두고도 안색 하나 바꾸지 않는 레이의 태도는 동료들 사이에서도 정평이 나 있었다. 교사들은 레이에 대해 '학교를 비방, 중상하는 문서를 살포하는 비행을 저지른 것을 전혀 반성하지 않는 데다가, 교사의 설득에 불손하다 못해 당연하다는 듯 궤변을 늘어놓는 녀석', 즉 최악이라는 평가를 내렸다.

그 최악의 학생인 레이의 경험에 의하면 고토다라고 이름을 댄 이 중년 남자 같은 스타일이 가장 경계해야 하는 상대였다.

레이는 책상 서랍에서 하얀 담뱃갑을 꺼냈다. 그러고는 익숙한 손놀림으로 롱피스 한 개비를 퉁겨내 입에 물고 지포 라이터로 불을 붙여 연막이라도 치듯 천천히 보랏빛 연기를 뿜어냈다. 고토다의 얼굴에서 표정이 사라졌다. 그 변화를 확인하려는 듯 레이는 두 모금째 연기를 폐 안으로 깊숙이 빨아들였다.

가벼운 현기증이 전신을 감싸자 레이는 천장을 향해 연기를 기세 좋게 토해 냈다. 시계가 순식간에 좁아지면서 하반신이 마비되는 기분이었다. 레이는 의자의 손잡이를 세게 움켜쥐어 가까스로 버텨냈다. 상대방을 도발하기 전에 자신이 먼저 뻗어선 말도 안 되기 때문이다.

거의 모든 고교생 활동가가 그런 것처럼 레이의 동료들은 대부분 애연가였으나, 레이 자신은 담배를 그리 좋아하지 않았다. 단지 니코틴이 일으키는 현기증을 즐기려고 방에서 몇 개비 즐기는 정도였으며, 롱피스를 고른 이유는 하얀색 필터가 마음에 들었기 때문이었다. 고토다의 눈은 롱피스에 박혀 있었다.

　"비싼 걸 피우는구먼."

　고토다의 눈이 번득인 것이 분노 때문이 아니라 단순히 갖고 싶다는 욕망 때문이었음을 알아챈 레이는 잠시 현기증을 느꼈다. 그는 재떨이 대신 사용하는 사탕 깡통의 뚜껑을 열고 자학적으로 담배를 비벼 껐다.

　순간 고토다의 얼굴에 밥그릇을 빼앗긴 개와 같은 표정이 떠올랐고 헤벌어진 입술 사이로 한숨이 새어나왔다. 너무나 불쌍한 모습이었다.

　레이는 한 대 권할까 하다가 고토다가 코트 안주머니에서 먼지 투성이 에코를 꺼내는 것을 보고 그만두었다. 가난한 형사를 동정하고 있을 상황이 아니었다.

　"할 이야기는?"

　레이는 최대한 험악한 말투로 물었다.

　"어디서부터 말하는 게 좋으려나?"

　"어디든 좋겠죠. 할 말이 있는 건 당신 쪽일 테니까."

　고토다는 싸구려 담배 특유의 역겨운 냄새가 나는 연기를 뿜어내면서 잠시 생각하다가 천천히 입을 열었다.

　"나는 살인 사건 하나를 담당하고 있는데……, 피해자는 너와 마찬가지로 고교생 활동가 녀석이지."

이번에는 레이의 얼굴에서 표정이 사라졌다.

"한 달쯤 된 이야기야. 시체가 발견된 곳은 거주지 근처 폐가, 사인은 출혈 과다."

"그 학교가……"

"자세한 건 나중에 들려주지. 너한테 그럴 마음이 있다면 말이지만."

끼어들려는 레이를 가로막으며 고토다가 말을 멈췄다. 그럴 마음이 있다는 건 대체 무슨 말일까? 불길한 예감이 레이를 망설이게 했지만 결국 솟구치는 호기심을 막을 수 없었다.

"계속해도 될까?"

"계속하세요."

"그로부터 사흘 뒤, 두 번째 피해자는 자신의 집 2층에 있는 방에서 시체로 발견되었지. 이번에도 피해자는 활동 경력이 있는 고교생으로, 사인은 역시 출혈 과다였어……. 그리고 그로부터 또 사흘 뒤에."

"또 있나?"

깜짝 놀라 묻는 레이를 무시하면서 고토다가 말했다.

"세 번째는 타마가와를 가로지르는 철교 아래서. 이번에도 피해자는 고교생이고, 사인 또한 같고."

"잠깐만."

레이가 참지 못하고 다시 끼어들었다.

"그런 이야기, 신문에서도 TV에서도……"

"보도되지 않았지."

그게 뭐 어쨌느냐는 투로 고토다가 말했다.

"너, 설마 신문이나 TV는 언제나 모든 사실을 공정하게 보도한다는 환상을 가지고 있는 건 아니겠지?"

"그렇지만……, 연쇄 살인 사건이잖아!"

"변사체의 발견이나 자살은 그리 드문 일도 아냐. 거기다가 이런 시대에는 보도진도 바쁘다고."

"당신 처음엔 살인 사건이라고 하지 않았어?"

"기억력이 좋군 그래."

고토다는 입가를 일그러뜨리며 웃고는 다시 표정을 가다듬으며 말했다.

"살인 사건이라고 보는 근거가 몇 개 있지. 첫 번째는 사인. 피해자들은 다량의 혈액을 잃었고, 그것이 직접적인 사인이 된 것은 틀림없어. 그런데 이상하게도 시체에 외상이 전혀 없었어. 단 하나, 손목에 작은 교상이 있었던 것을 제외하면 말이지."

"교상?"

"물린 상처 말이야."

레이의 반응을 살펴보면서 고토다는 나지막한 목소리로 덧붙였다.

"세 피해자 모두 왼쪽 손목 안쪽에 교상이 있었어. 물리적으로는 이 교상을 통해 출혈이 일어났다고 판단할 수밖에 없지만, 현실적으로는 상당한 무리가 있지. 설명은 필요 없겠지?"

"필요 없어."

"날이 있는 것을 사용한다 해도 손목을 그어 출혈 과다로 죽으려면 꽤나 귀찮은 준비가 필요해. 하물며 물린 상처에서 흐르는 피는 말할 것도 없지. 그런데 말야, 곤란하게도 시체 발견 현장에서는 피해자의 옷에서 미량의 혈액이 발견된 것을 제외하고는 단한 방울의 핏자국도 찾을 수 없었어."

고토다는 레이에게 잠시 생각할 시간을 주려는 듯 두 번째 담배에 불을 붙여 천천히 연기를 내뿜었다.

"어딘가 다른 곳에서……"

"두 번째 현장은 피해자의 집이었다고. 다른 두 건의 경우에도 자살 방법을 증명하지 못하는 한 살인 혐의에 시체 유기가 더해질 뿐이야. 거기다 말야, 이런 묘한 자살이 연이어 세 번이나 일어날 가능성을 생각해 보면, 엽기적인 살인 사건이라고 하는 쪽이 훨씬 더 합리적이라고 생각되지 않냐?"

레이도 그 의견에는 동의할 수밖에 없었다.

"살해 방법은 둘째 치고라도, 피해자들에게는 다른 의미로 더욱 중요한 공통점이 존재하지."

"잠깐. 활동가라고 무조건 테러의 대상이 되는 건 아냐."

이야기의 창 끝이 자신과 연관된 것에 돌아오자, 레이의 말투가 자연스럽게 날카로워졌다.

"자자, 그렇게 넘겨짚지 말라고."

연장자다운 침착함을 보이면서 고토다는 말을 이었다.

"분명히 과격파 활동가이긴 하지만, 셋 모두 간부나 위원장은 아니야. 이런 말 하기도 뭐하지만, 고작해야 고등학생일 뿐인데 셋씩이나 죽인다는 건 동기치고 너무 부족해 보이지 않나?"

"고작 고등학생이라 미안하군."

"말꼬리 잡지 마. 다른 표현 방법이 없었을 뿐이니까."

'정말이지' 하고 한마디 내뱉은 고토다는 계속 말했다.

"테러인지 내분인지 몰라도, 확실히 고교생을 셋씩이나 모아서 처리한다는 건 잘 모르는 내가 봐도 효율이 너무 떨어져. 그렇지만 말야, 서로 다른 고등학교에 다니고 있던 세 명이 같은 조직에 소속되어 있다는 것 역시 다른 의미로 너무 부자연스럽다는 생각이 들지 않냐?"

"같은 조직?"

고토다는 코트의 안주머니에서 경찰 수첩을 꺼내 뒤적였다.

"……무산자(無産者) 동맹 에스알(SR)파 고교생 위원회라고, 알고 있나?"

물론 알고 있었다. 비주류파는 전체가 3파 12류라는 식으로 말하지만, 과격파라 해도 그 실태는 복잡하기 짝이 없어 단체나 조직의 수는 결코 만만치 않았다. 그러나 무장 투쟁파에서 중요한 부분을 담당하는 에스에르파에 대한 정보는 활동가에게는 일반 교양 수준의 지식이었다.

"에스알이 아니라 에스에르라고 읽어."

'호오' 하고 감탄사를 내뱉으며 고토다는 수첩에서 고개를 들었다.

"영어가 아니었군."

"독일어……던가 그럴 거야, 아마."

어쩌면 러시아어였을지도 몰랐지만 레이도 거기까지는 알지 못했다. 어학은 그가 가장 싫어하는 과목 중 하나였다.

"에스에르는 뭐의 약자지?"

"사회주의 혁명(Socialism Revolution). 하지만 흔히 에스에르는 1902년에 결성된 러시아의 사회 혁명당을 뜻하지. 전투단이라 불리는 테러 조직을 휘하에 두고, 요인 암살 등으로 이름을 떨치다가 볼셰비키에 의한 일당 독재 체제 아래에서 전형적인 프티부르주아적 급진주의로 단죄당한 조직으로 그 원류는 1789년 테러 전술을 행했던 인민주의자에서 분리된 '인민의 의지'파로……."

레이는 순간 어리석게도 형사를 상대로 러시아 혁명당에 대한 설명을 늘어놓고 있음을 간신히 눈치채고는 입을 다물었다.

"왜 그래?"

레이의 말을 열심히 수첩에 적고 있던 고토다가 다시 얼굴을 들었다.

"세 사건이 살해 방법이나 피해자의 공통점으로 볼 때 동일범에 의한 살인 사건일 개연성이 극히 높다는 것은 잘 알겠어……. 하지만 당신은 중요한 건 아직 말하지 않았어."

고의로 반론을 이끌어내어 상대방을 이쪽의 논점으로 유도한 다음, 자신도 모르게 이쪽의 논조에 말려들게 한다. 고토다의 뛰어난 수단을 알아챈 레이는 다시 반격에 나서 차가운 어조로 말했다.

"이 정도 사건이 왜 보도되지 않은 거지? 연쇄 살인 사건이잖아."

"그것도 엽기 살인이지."

"신문은 물론 주간지에 TV까지 쫓아다닐 사건인데 왜 보도되지 않은 거야!"

"보도하지 못하게 했으니까."

"누가?"

"경찰이."

"그쪽이 경찰이라며?"

"나는 분명히 경찰이긴 하지만, 내가 그대로 경찰 전체를 대표하는 건 아냐. 그런 억지스런 일반화는 상대방에게 폐가 된다고. 너도 과격파 전체의 대변자가 될 생각은 없겠지?"

레이는 한숨을 한번 쉬고 잠시 사이를 두었다가 다시 빠른 말투로 말했다.

"어쨌든 이미 해도 졌고 곧 어머니가 저녁 밥을 먹으라고 부르러 올라오실 거야. 빨리 내려가지 않으면 내가 얼굴을 내밀 때까지 문을 두들기시지. 그런 어머니야."

"어머니들은 어느 집이든 다 똑같기 마련이지."

"난 당신을 남겨두고 방을 나갈 생각이 없고, 어머니에게 당신을 보이는 것도 싫어. 여기서 당신과 아침까지 잡담이나 나누고 있을 수는 없다고!"

"알았어. 요점을 말하지."

깨끗하게 물러난 고토다는 세 번째 담배를 꺼내기 위해 안주머니를 뒤졌다. 그러나 담배가 다 떨어졌는지, 옷 여기저기에 손을 넣어보는 고전적인 연기를 하면서 레이의 롱피스를 향해 노골적인 시선을 보냈다.

"그것……, 한 개비 주지 않겠나?"

형사치고는 놀랄 만큼 허술한 연기였지만 고민할 시간이 아까웠던 레이는 순순히 담뱃갑을 던졌다.

고토다는 기뻐하면서 한 개비를 꺼내 물더니 놀랍게도 담뱃갑째로 코트 주머니에 집어넣었다. 그 동작은 연기였다면 기립 박수를 받을 만큼 자연스러웠다.

그런 다음, 그는 싸구려 라이터로 불을 붙여 천장을 향해 뻐끔 뻐끔 연기를 내뿜었다.

"어디까지 이야기했지?"

"그쪽이 지금 여기 있는 이유를 묻고 있잖아!"

화를 내봤자 상대방의 논조에 말려들 뿐이라는 사실을 알면서도 레이는 언성을 높이고 말았다.

"당신이 말한 연쇄 살인 사건과 내가 대체 어디서 어떻게 연관이 되는데?"

맛있게 롱피스를 빨던 고토다가 레이의 눈을 내려다보았다. 뭔가 재미있어하는 눈빛이었다.

"우리들은 우선 에스에르파와 그 고교생 조직을 찾아내는 것부터 시작했지. 셋이나 살해당했으니 네 번째도 있을 것 같아서 말야. 조사의 기본이란 거지. 같은 파에 소속한 고교생과 학교의 목록을 만들어봤더니……, 네가 다니는 고교에도 있더라고, 세포 조직이."

분명히 레이의 고교에도 에스에르파의 고교생 활동가는 존재했다. 그러나 세포 조직이라고 말할 정도로 크지는 않았다.

고토다가 다시 수첩을 보면서 읽어 내려갔다.

"아오키 세이지. 17세. 너의 동료지?"

"내가 그런 걸 말할 거라 생각해?"

아무리 이 고토다라는 남자가 공안 사건이 아니라 살인 사건을 담당하는 조사과 형사라 해도 학내 조직에 관한 정보를 누설하는 것은 있을 수 없는 일이었다. 그리고 사실 형사라는 증거도 없지 않은가?

"에스에르파는 작은 조직인 것 같더군. 이쪽이 캐낸 정보에 따르면, 구성원이 노동자와 대학생을 합해 약 열다섯 명, 동조자까지 있는 대로 끌어모아 봤자 최대 100명 이내, 고교생까지 내려가면 약 일곱 명 정도…… 도심 내에 세포 조직을 가진 고교는 넷 정도 있지만, 살해당한 세 명의 고등학교를 제외하면 남는 건 너희 학교뿐이야."

"그렇다 해도."

레이는 사태의 윤곽이 흐릿하게 보이기 시작하는 것을 의식하면서 다시금 반론을 펼쳤다.

"왜 하필 나인 거지? 사정을 듣고 싶다면 본인을 만나면 되잖아!"

"넌 열흘 전 밤에 들어갔다 나왔잖아?"

"체포당한 건 아냐……!"

'보호받은 거야' 하고 말하려던 레이는 말을 삼켰다.

"그건……, 부당 구류였어. 입건도 불가능한 주제에 사흘씩이나 붙잡아두다니. 덕분에 나는……"

"3주 간 정학이지?"

고토다는 '케케케' 하고 기분 나쁜 웃음소리를 냈다.

"뭐, 체포든 부당 구류든 간에 상관없어. 중요한 건 네가 구류되어 있던 당시의 상황이야. 내 쪽으로 넘어온 진단서에 의하면……, 의복에 다량의 혈흔, 신체에 출혈을 동반하는 외상은 발견되지 않았으나 후두부에 가벼운 타박 흔적 발견. 내출혈이나 뇌파 이상 없음……. 꽤나 정확하게 얻어맞은 듯하더구먼."

"그래서 어쨌다고?"

이야기가 핵심에 다가가기 시작한 것을 눈치챈 레이는 고토다의 얼굴에서 눈을 돌리지 않으려 애쓰면서 대답했다.

"내가 누구에게 맞아 피투성이가 되었든 간에 그게 당신의 사건과 무슨 상관이 있는데?"

"문제는 그 피야……. 인간의 혈액이 아니라던데?"

고토다라는 형사가 무엇을 어디까지 알고 있는지 확인하고 싶다는 유혹과, 그때 그 일과 관련된 건 무엇이든 외면하고 싶다는 반발심 사이에서 레이는 간신히 평정을 가장할 수 있었다.

"그건……, 무엇의 피였지?"

"글쎄? 인간의 피가 아니니 사건은 성립되지 않고, 사건과 관계없는 물건에 시간을 들일 만큼 감식과가 한가한 건 아니니까 말야……. 그래서 그 옷은 어쨌어?"

"뭐?"

"옷 말이야. 피 묻은 옷. 입건되지 않았잖아? 증거 물품으로 압류되지도 않았을 텐데?"

그 점퍼는 유치장을 나올 때 구두, 허리띠 등과 함께 분명히 레이 손에 돌아왔다. 그러나 사흘이 지나 검게 굳기는 했지만 피투성이가 된 옷을 입고 시내를 걸어다닐 수는 없었기 때문에 옆구리에 낀 채로 집에 돌아와서…….

"집에 돌아오자마자 제일 먼저 목욕탕에 들어갔고, 목욕을 마치고 나왔을 때는 속옷에서 양말에 이르기까지 전부 없어져 있었으니까……, 어머니가 빨았거나 기분 나빠서 내다버렸거나 하지 않았을까 싶은데?"

고토다는 뒤로 빗어넘긴 머리를 마구 긁어대며 개처럼 으르렁거리는 소리를 냈다. 그러고는 고개를 쳐들고 레이를 비난했다.

"멍청이! 그 귀중한 증거를……, 이런 병신!"

"당신한테 그런 말을 들을 이유는 없어!"

레이는 자기도 모르게 버럭 소리를 질렀다.

"뭐라고 해도 이상하잖아! 사건 현장에는 피 한 방울 남아 있지 않았다니! 내가 본 현장은…….'

피투성이였다고 말하려던 레이는 급히 입을 다물었다. 그러나 이미 때는 늦어 있었다. 멋지게 레이에게서 원하는 말을 이끌어낸 고토다는 회심의 미소를 지으며 레이의 어깨를 한 번 툭 두들겼다.

"봤지?"

기뻐하는 말투였다.

삼류 형사 드라마의 한 장면 같다고 생각하면서도 레이는 어깨 힘이 빠져나가는 것을 느꼈다. 다음 순간, 고토다가 기다렸다는 듯이 내민 사진을 보고 레이는 이번에야말로 온몸의 피가 거꾸로 흐르는 듯한 충격을 받았다.

"너, 이걸 본 거 아냐?"

무슨 증명서에서 복사한 사진인 듯, 입자가 흩어져 윤곽조차 희미했지만 틀림없이 그 소녀였다. 사진에서 보이는 교복은 레이의 기억과는 달랐지만 허공으로 빨려나갈 듯 존재감이 희박한 하얀 피부와 그와 대조적으로 강렬한 인상을 주는 눈동자…….

"어떻게 이 사진을 당신이……?"

"살해당한 세 사람을 조사하던 도중 재미있는 사실을 알게 돼서. 피해자의 학교에는 사건이 일어나기 며칠 전에 반드시 전학생이 나타났고, 또 사건 다음날에는 다른 곳으로 전학을 갔더라고. 그래서 학교 측에 부탁해서 전학 수속 서류를 살펴봤더니……"

"동일 인물이었단 건가?"

"열흘 조금 넘는 기간 동안에 세 번이나 전학을 했어. 게다가 전학 간 반에서는 예외 없이 장례식이 치러졌다고 한다면, 누가 봐도 일급……"

"용의자?"

"일단은 중요 참고인이지."

사진을 수첩 사이에 끼워 주머니에 넣으면서 고토다는 매우 진지한 표정으로 말을 이었다.

"오토나시 사야. 나이 열일곱. 이름과 나이를 제외한 사항은 모두 제각각이었고, 셋 다 거짓 기록이었지."

사야. 분명히 그때 키큰 외국인도 소녀를 그렇게 불렀다.

그러나 그 이름도 나이도, 아니 어쩌면 그녀의 존재 자체도 거짓된 게 아닐까? 레이는 아무런 근거도 없이 그런 의구심이 들었다.

"그래서……, 그 애는 어디로 사라진 거지?"

"사라져?"

고토다가 눈살을 찌푸리면서 대답했다.

"난 그녀가 사라졌다고는 말한 적 없는데?"

"그럼, 대체 어디에?"

"사흘 전에 전학 왔지……, 너희 학교에 말야."

놀라서 말을 잃은 레이에게 고토다는 결정타를 날렸다.

"3학년 D반. 바로 아오키 세이지의 학급이지?"

레이는 상황을 받아들이기까지 한동안 넋을 놓고 있다가 눈앞에 있는, 마치 개와 같은 느낌의 중년 남자가 토해 낸 냄새 나는 숨결에 간신히 정신을 차렸다.

"어이, 듣고 있어?"

멍하니 그의 얼굴을 바라보면서, 레이는 결국 그때 그 일로부터 도망치지 못하는 자신의 운명을 저주했다. 침묵을 지키며 잊은 척하고 있었지만, 현실은 결코 자신을 놔두고 지나가주지 않았다. 지난 일주일 간 잘 먹고 잘 자면서 보내는 사이 현실은 무시무시한 속도로 레이의 주변까지 육박해 들어온 것이다. 아무것도 모른 채 겨우 탕면 곱빼기 한 접시를 뱃속에 넣은 것만으로 안식에 빠져 있던 자신이 너무 바보 같았다. 그리고 아무 생각이 없는 자기 자신에 대해 화가 나서 견딜 수가 없었다.

"자, 나한테 털어놔 봐. 그럼 편해질 거야."

고토다의 대사는 형사 드라마에서 상투적으로 나오는 말이었다. 하시만 레이는 결국 털어놓고 말았다.

'말을 할 때는 더 많은 정보를 감추고 있는 쪽이 압도적인 우위에 선다.'는 것 또한 언쟁할 때 잊어서는 안 될 덕목 중 하나이다. 그러나 형사라는 직업상 그런 식의 줄다리기에 익숙한 고토다와 맞붙기에 레이는 아직 어렸다.

"피투성이 칼을 든 여고생과 두 명의 수상한 외국인이라……"

열심히 수첩에 적어넣고 있는 고토다가 그 내용을 믿는지 어떤지는 알 수 없었으나, 어쨌든 레이는 그날 밤에 목격한 광경을 모조리 털어놓았다. 한 가지 사실만 제외하고…….

"구린걸. 너무 구려서 코가 삐뚤어질 정도야."

정말로 구린 냄새가 나는 듯이 콧등에 주름을 잡으면서 고토다가 수첩을 덮었다.

"피가 빠져버린 시체, 손목의 교상, 피 한 방울 남아 있지 않은 현장과 피투성이 현장, 살해당한 고교생과 전학을 반복하는 여고생, 방치된 시체와 회수된 시체……."

"그게 어디서 어떻게 이어지는 거야?"

레이가 더 이상 기다리지 못하고 머리를 긁적이며 중얼거리는 고토다에게 말을 걸었다.

"글쎄. 그건 이제부터 우리가 알아내야겠지."

"우리?"

"너랑 나 말이야."

유쾌한 말투로 고토다가 말했다.

"잠깐만."

너무나도 갑작스럽게 나온 말에 레이가 언성을 높였다.

"왜 내가……? 단순한 목격자라고, 나는! 미쳤다고 그런 위험한 사건에……"

"목격자?"

이상하다는 표정으로 고토다가 말을 이었다.

"너는 목격자가 아니라 당사자야. 그 자리에서 바로 죽이지 않은 이유는 모르겠지만, 그 수상한 외국인들이랑 일본도를 휘둘러대는 위험한 아가씨한테도 얼굴이 알려져 있잖아? 게다가 다음 목표는 너의 동지 아냐?"

"역시 그를 노리고 있는 건가?"

"일곱 명 중 셋이 이미 살해당했고 나머지 네 명 중 세 명은 몇 달 전부터 집에서도 학교에서도 보이지 않아. 말 그대로 행방불명이지. 이쪽에서 확인할 수 있었던 건 너의 동료인 아오키 세이지뿐이고, 거기다 아까 말한 그 무서운 언니까지 전학을 와 있는 상태니, 그럴 확률은 매우 높다고 할 수 있지."

"그렇다면 체포해야지! 그 무서운 언니란 사람을!"

"무슨 죄목으로?"

"무슨 죄목이냐니 적어도 목격자는 있잖아? 나 말야!"

"너, 그 현장에서 시체를 봤냐?"

물론 레이는 보았다. 보지 않았다면 아직 희망이 있을지도 몰랐지만, 레이는 두 눈으로 똑똑히 보았다. 그러나 그 사실을 입 밖에 내면 사건은 일본도의 소녀나 엽기 살인 사건 정도로 끝나지 않게 될 것이다. 아니, 설사 지금 사건을 추적하고 있는 고토다라 할지라도 쉽게 레이의 말을 믿어줄 것 같지 않았다.

"어두워서 확실히는……"

"네 말이 진짜라고 쳐도 그 2인조 외국인이 시체를 회수했다면 증거물을 찾기가 쉽지 않을걸."

고토다는 뭔가를 곱씹는 듯한 말투로 말을 이었다.

"잘 들어. 시체는 없고, 현장도 확실하게 기억하지 못해. 거기다 증인은 정학중인 과격파 고교생 한 명뿐이야……. 그런 정도의 이야기로 법원이 체포 영장을 내줄 거라 생각하진 않겠지?"

"분명히 장소는 기억나지 않지만, 현장은 아주 엉망진창이었어. 사방이 피투성이였다고. 벽에도 피가 엄청나게 튀어서……"

"그것도 인간의 피인지 아닌지조차 알 수 없잖아? 어떤 정신 나간 녀석들은 돼지인지 닭인지의 피를 가져다 무대에서 뿌려대기까지 하는 세상이야. 건물에 피가 묻은 정도로는 신고해 봤자 미친놈의 장난으로 치부해 버린다고. 아가씨가 죽인 시체가 지나가던 똥개가 아니었다고 장담할 수 있어?"

개는 아니었다. 그건 장담할 수 있었지만 레이는 아무 말도 하지 않았다.

"내가 하는 이야기를……"

"믿지."

고토다는 단숨에 말했다.

"특별한 근거는 없지만……, 넌 적어도 거짓말은 하지 않았어. 그렇지만 체포할 수 없는 이유는 이미 설명했지?"

"그렇다면 중요 참고인이라는 명목으로 임의로 소환해서 구류시킨 다음, 시간을 가지고 심문하면 되잖아? 실제로 나도 그 방법으로 사흘씩이나 부당 구류를 당했으니까."

활동가로서 해서는 안 될 말까지 내뱉으면서 레이는 필사적으로 고토다에게 매달렸다.

"그게 또 불가능해."

"불가능하다니, 왜!"

"난 조사에서 빠지게 되었거든."

아쉬운 표정으로 고토다가 대답했다.

"뭐, 딱히 나만 그런 것도 아니지만 말이지. 사건이 형사부에서 공안부로 넘어가 버렸어. 수사 본부도 간판조차 걸어보지 못하고 해산되어 버렸고."

"그건 대체……"

"그러니까 압력이 들어온 거지……. 신문이나 텔레비전까지 침묵시켜 버릴 정도로 강력한 녀석이."

"경찰총장 같은?"

"아무리 그래도 민주 경찰이야. 노골적으로 그런 짓을 했다간 큰 소란이 일어날걸. 아마도 더 위쪽에 계신 높으신 양반이 아닐까 싶어."

"높으신 양반이라니 어디의 누구 말야!"

레이가 견디지 못하고 외쳤다.

"몰라 나도!"

고토다도 레이를 따라 언성을 높였다.

"난 기껏해야 형사 부장이라고. 순경부터 시작해서 밑에서 세 번째, 총장부터 아래로 세면 여덟 번째! 저 높이 구름 위에서 벌어지는 일을 내가 어떻게 알겠어!"

"목소리가 커! 어머니라도 오시면 어쩌려고!"

"그럼 아버지도 마저 불러버려!"

흥분을 가라앉히기 위해 고토다는 세 번째 롱피스에 불을 붙였다. 레이는 귀를 기울여 계단의 기척을 살폈다. 다행히 어머니는 아직 가게에 나가 계신지 밖에서는 아무런 반응도 느껴지지 않았다.

"괜찮은 것 같은데."

"아아……, 그보다 수사에서 쫓겨난 당신은 왜 여기서 이러고 있는 거야?"

니코틴 덕에 여유가 생겼는지 고토다는 하이에나를 닮은 일그러진 웃음을 흘렸다.

"뭐, 의지라고나 할까. 이런 구린 사건을 내버려두면 꿈자리가 뒤숭숭해서 말야. 그리고 이건 아직 감인데……, 아무래도 공안 쪽에서도 이 사건을 어쩌지 못하고 있는 것 같아."

"정치적인 배경만 움직이고 있는 게 아니라는 말이야?"

"그렇지. 이번 사건은 훨씬 더 황당한 사건일 거라고 생각해. 틀림없어.”

“그런 사건에 나를 끌어들이겠다는 거야?”

“말했잖아, 넌 이미 당사자라고. 동료가 살해당하는 것을 가만히 보고만 있어서야 활동가라는 이름이 부끄럽지 않아? 또, 너도 언제 사라지게 될지 알 수 없기도 하고.”

고토다는 레이를 바라보면서 말을 이었다.

“경찰은 널 지켜주지 못해. 자존심이 있다면 너도 경찰한테 울면서 매달리진 않겠지……. 각오하라고. 다음번엔 혹이 좀 나는 걸로 끝나지 않을 테니.”

레이는 고토다의 손에서 담배를 빼앗아 깊게 한번 들이마셨다.

“한 가지 문제가 있어.”

“뭔데?”

“당신은 나의 본명도 알고 학교도 알고 있어. 여기에 이렇게 있는 걸 보면 주소도 알고 있는 거지.”

레이는 애써 냉정을 되찾으며 말했다.

“그런데 나는 당신이 형사라는 것 외엔 아무것도 몰라.”

“고토다라니까.”

고토다는 한숨을 쉬면서 수첩을 꺼내 레이의 눈앞에 내밀었다.

경시청 형사부 조사1과의 도장 아래 끔찍하게 악필인 글씨체로 ‘고토다 하지메’라고 적혀 있었다.

“또 한 가지.”

“뭐야, 또 있냐?”

“어떻게 이 방에 들어온 거지?”

“아, 그거?”

고토다는 재미있다는 듯 한마디 던졌다.

"구하지 않는 자 얻을 수 없으며, 두드리면 열리리라……. 노크하고 들어왔지."

임시 강령

도립 K고교 사회 과학 연구회. 통칭 '사연'의 서클 룸은 운동장에 접한 학생회 건물 2층에 있었다. 정문에서 학생회 건물 앞을 지나 운동장을 돌아 본관으로 가는 길에는 은행나무들이 죽 늘어서 있어서, 이 학교의 전신인 전쟁 전 막부 시절에 세워진 중학교에 대한 기억을 불러일으켰다. 그런 생각을 가지고 보면 그럭저럭 풍미를 느낄 수도 있을 만한 곳이었지만, 유감스럽게도 정작 중요한 학생회 건물은 몇 년 전에 세워진 딱딱한 철근 콘크리트 건물이었다.

이 건물은 원래 운동장을 사용하는 야구부나 육상부, 축구부 등 흔히 말하는 체육계 서클이 사용하기 위해 세워진 것으로, 문과계인 '사연'이 왜 그 2층에 입주하고 있는지 생각해 보면 이상한 일이었다. 하지만 그 이유를 설명할 수 있는 사람은 아무도 없었다. 문예부, 학생 신문사와 함께 좌익 학생들의 서식처가 되기 쉬운 '사연'을 학교 당국이 일부러 체육계 서클 한가운데로 쫓아낸 것이라는 설득력 있는 설도 있었으나, 반대로 선배들이 교내에서 사람들의 눈을 피하기 가장 적당한 장소를 강제로 점령한 것이라는 반론도 있어 그 진위는 아직까지 밝혀지지 않고 있었다.

그 방에 레이를 포함한 여섯 명의 남자들이 유일한 비품인 목제 탁자를 둘러싸고 앉아 있었다. 그들은 전원이 K고교 투쟁 위원회의 멤버로 '사연'의 부원이었다. 이렇게 말하면 좀 거창하게 들리지만 사실 투쟁 위원회 멤버는 고작해야 이 여섯 명뿐이었다.

고토다와 손을 잡기로 한 레이에게 그가 가장 먼저 요구한 것은 투쟁 위원회 전원의 협력을 받아내는 일이었다. 본격적인 수사는 당연히 전문가인 고토다가 담당한다 해도, 경찰이 개입하기 힘든 교내에서의 정보 수집은 정학중인 레이가 직접 하는 것도 불가능했던 탓에, 결국 그들에게 협력을 요청할 수밖에 없었다. 레이는 이런 이상한 사건에 친구들을 말려들게 하고 싶지 않았으나, 실제로 다음 피해자로 지목되고 있는 아오키 세이지를 무시할 수도 없는 노릇이었다. 집 근처의 공중 전화로 '사연'의 부장인 무라노에게 전화를 걸어 회의 소집을 제의한 것이 어젯밤, 고토다가 레이의 방을 나간 직후였다.

창문으로 들어오는 이른 봄의 햇살은 일찌감치 기울었다. 벽하나를 사이에 둔 운동장에서 야구부가 공을 치는 단조로운 소리와 부원들이 번갈아가며 질러대는 기묘한 함성이 들려왔다. 회의는 방과후에 곧바로 시작되었지만, 레이의 긴 설명이 끝나자 어느새 하교 시간이 닥쳐 있었다.

"제정신이냐?"

처음 입을 연 것은 부장인 동시에 회의의 사회를 맡은 무라노였다.

"네가 집에서 뒹구는 동안, 우리가 네 정학 철회 투쟁을 준비하느라 얼마나 애썼는지 알아? 오래간만에 얼굴 좀 보나 했더니 다른 놈도 아닌 경시청의 형사와 짜고서 교내에서 수사 놀이를 시작하겠다고? 사흘 정도 들어갔다 나왔다고 우릴 얕보는 거야!"

무라노는 교내에서 삐라 살포 같은 정보 활동의 중심 역할을 하는 인물이다. 위원회 내에서는 소극적인 교내 투쟁 방식을 주장해서 온건파로 통했다. 요즘 세상에 보기 드물게도 결핵에 걸려 요양하느라 1학년 때 휴학을 한 탓에, 학년은 같았지만 나이는 한 살 더 많았다. 그래서인지 말만 과격하지 실행하는 것은 없는 레이와 그 일파에 비해 어른스러운 구석이 있었다.

사실 그는 개인적으로 아르바이트를 해서 모은 돈으로 등사판 인쇄기를 구입하여 아지트 삐라가 정기적으로 배포될 수 있는 체제를 만들어낸 공로자였을 뿐만 아니라 쉬지 않고 아르바이트를 해서 종이 값, 잉크 값 등의 활동 자금을 조달하는 꼼꼼함마저 지니고 있었다. 그 밖에도 '사연'의 부장으로서 학교 당국이나 학생회와 교섭하는 등 복잡한 사무 수속도 혼자서 모두 떠맡고 있어 레이 등의 가두파도 함부로 대할 수 없는 존재였다.

"대체 그 연쇄 살인 사건이라는 게 대체 얼마나 신빙성이 있는지, 너 생각은 해본 거야? 모든 것이 전부 고토다인지 하는 형사가 꾸며낸 게 아니라고 증명할 수 있어?"

"하지만 적어도 그 사야라는 여자가 전학 온 것은 사실이잖아."

전 문예부원이자 아지트 삐라의 초고 작성 등을 담당하고 있으며 극단적인 가두 투쟁주의자이기도 한 나베다가 레이를 감싸듯이 말했다.

"사실이면 그게 어쨌다고. 그게 뭔가를 증명해 주는 건 아니잖아?"

어디까지나 신중하게 무라노가 대답했다.

"그렇지만 말야, 그 애 엄청난 미인이라던데."

활동가답지 않은 낙천가로 그 천진 난만함 때문에 때로는 비판의 대상이 되기도 하는 아마노가 끼어들었다. 그러자 옆에서 얼굴을 찌푸리고 있던 도이가키가 자랑거리인 긴 머리칼을 쓸어올리며 신경질적인 어조로 말했다.

"미인인지 어떤지는 지금 상관없는 이야기잖아? 게다가 살인자일지도 모르는 여자라고. 미와의 이야기가 맞을 경우에 이야기지만."

"그럼 이건 그거네. 미와의 이야기를 믿을 것인가 말 것인가. 그게 전부인 것 같은데, 틀렸나?"

"이야기를 단순화시키지 마."

무라노가 아마노의 가벼운 결론을 단숨에 묵살해 버렸다.

"잘 들어. 설사 미와가 목격한 일본도의 여자가 실제로 있다고 해도 말이야……"

"우익인 거 아냐, 그 여자."

좀처럼 기죽지 않는 성격인 아마노가 다시 끼어들었다. 거기에 도이가키와 나베다까지 가세했다.

"우익 녀석들이라면 훨씬 더 거물을 노릴걸. 뭐가 아쉬워서 고교생이나 죽이면서 돌아다니겠어."

"그 여자가 범인이라고 하기엔 범행 방법이 너무 다르잖아. 한쪽에선 일본도로 피바다를 만들고 다른 한쪽에선 셋씩이나 피 없는 미라를 만든다니."

"무엇보다 그 이야기가 정말이긴 한 거야? 세 명씩이나 연속으로 살해당한 데다가, 평범하게 죽은 것도 아니잖아. 가족도 있고 이웃의 눈도 있는데 숨기는 게 가능할까?"

"부모들이 자기 입으로 그런 이야기를 퍼뜨리고 다닐 리는 없잖아? 경찰이 대외비니 어쩌니 하는 소리만 꺼내도 당연히 바깥에는 이야기하지 않겠지. 학교에서도 살해당한 녀석들이 결석한다고 걱정하진 않을 거야. 그냥……, 장기 병결로 처리하고 말겠지."

"그래도 말야, 피가 빠져나간 미라라니. 꼭 그렇게 이상한 방법으로 죽여야 했을까? 다른 방법도 얼마든지 있잖아?"

"나한테 물어봐도 모르지."

"피의 숙청, 피의 재판이란 말이 있긴 하지만."

"피 말리기 숙청이냐?"

"환장할 노릇이로군."

"역시 거짓말 아냐?"

"게다가 요즘 세상에 상부의 압력에 맞서서 현장 실무자가 의지를 관철시키겠다니, 형사 드라마에 빠진 미친놈 아냐?"

"하지만 경찰 수첩을 가지고 있었어."

"멍청아, 그런 건 뒷골목에 천 엔만 갖고 가면 얼마든지 살 수 있어."

"조사과라는 것도 의심스러워."

"경찰에 전화해서 물어볼 수도 없고."

"'그쪽에 고토다란 이름의 형사가 있습니까?' 하고?"

"좌절에 빠진 활동가에게 사건을 가장하고 접근하여 내부 정보를 수집하는 형사라……"

"우리 같은 말단한테? 공안 담당 형사가 그렇게 할 일이 없냐?"

"그쪽에서 정보 수집을 할 만한 내부 정보도 없잖아."

"차라리 학교 쪽에 물어보는 게 빠를걸."

"그쪽 나름대로 사정이 있을 수도 있잖아?"

"그렇다고 쳐도, 실제로 말이 안 되는 이야기이고……"

"그러니까! 확실한 건 아무것도 없다고 말했잖아!"

논리적으로 회의를 이끌어가려던 의도가 단숨에 좌절당한 데다가 토론이 단순한 잡담으로 변해 버리자 화가 난 무라노가 분통을 터뜨렸다.

"소문에 기반을 둔 억측이나 불확실한 정보를 근거로 의미 없는 의논은 하지 마! 냉정하게 객관적인 사실에 기반을 두고……"

"그렇게 말하면 객관적이고 확실한 사실 따윈 어디에도 없잖아."

풀죽은 목소리로 나베다가 말했다.

"아마노의 발언을 지지하는 건 아니지만 이것 역시 미와의 이야기를 믿을 것인가 말 것인가의 문제라고 보는데."

"너, 진짜 봤냐?"

아마노가 몸을 내밀어 레이의 얼굴을 응시하며 물었다.

"얻어맞고 쓰러졌다가 나쁜 꿈이라도 꾼 거 아냐? 너무 영화 같잖아. 피투성이의 일본도를 든 여고생이라니."

"꼭 야쿠자 영화의 한 장면 같아."

정통 야쿠자 영화의 팬이기도 한 도이가키가 끼어들었다.

"알았다!"

뭔가를 알아냈다는 듯 아마노가 갑작스레 소리를 질렀다.

"영화 촬영이나 그런 게 아니었을까! 응?"

"병신아. 그런 시간에 그런 데서 촬영 같은 걸 하겠냐?"

도이가키가 불쑥 끼어들었다.

"촬영 현장을 봤다고 해서 기절시켜 내다버리진 않아."

나베다도 덩달아 한마디했다.

"그럼, 뭐 이상한 사이비 종교 집단이 의식을 치르는 거였다거나, 록 밴드의 리허설이었다거나……"

"그러니까 왜 반전 공동 투쟁일 밤에, 그 소란의 한가운데에서, 그딴 짓을 하고 앉았느냐고 묻고 있잖냐, 지금!"

계속 엉뚱한 소리를 해대는 아마노에게 무라노가 버럭 소리 질렀다.

"봤어……."

내내 침묵을 지키던 레이의 한마디에 모두의 시선이 그에게 쏠렸다. 정말로 본 것인가, 아니면 봤다고 믿는 것에 불과했는가? 그동안 셀 수 없이 스스로에게 질문을 던지면서 가능하면 안 본 것으로 하고 싶다고 몰래 기도하기도 했다. 그러나 막상 입 밖으로 내서 말하자, 그것은 어느새 레이의 마음속에서 확신으로 변해 가고 있었다.

왜 그렇게 겁먹고 있었던 것일까……? 자신이 본 것을 의심한다는 것은, 자신이 살아가는 현실 자체를 의심하는 것과 다를 바 없는 행위이다. 현실이 자신을 내버려두지 않는 한, 현실을 살아가는 인간이라면 본 것은 보았다고 인정할 수밖에 없지 않을까? 설사 그것이 지금까지 자신이 알고 있던 현실을 부정하는 광경이라 할지라도. 마음속으로 뉘우치며 레이는 다시 한번 힘주어 말했다.

"……분명히 나는 보았다."

기괴한 침묵이 실내에 흐르고, 벽 너머로 들리는 운동장의 소음과 함께 서서히 현실감이 옅어져갔다. 그 시체에 대해서 말을 하려면 기회는 지금뿐이다.

'지금 이곳에서라면 나는 말할 수 있다.'

다부지게 마음먹고 입을 열려는 순간 레이는 자신을 노려보는 얼음장 같은 시선을 느끼고 깜짝 놀라 고개를 들었다.

"그럼 왜 지금까지 입 다물고 있었는데?"

무라노의 화난 목소리에 레이는 번쩍 정신이 들었다. 그 순간 레이의 마음속에 있던 굳은 결의는 조금 전의 그 소름 끼치는 시선과 함께 흔적도 없이 사라져버렸다.

"일주일씩이나 방 안에 처박혀 있다가 이제 와서 이상한 소리나 지껄여대고……, 대체 무슨 생각을 하고 사는 거냐, 넌?"

분해 죽겠다며 레이에게 화를 내는 무라노를 진정시키면서 나베다가 끼어들었다.

"자자, 그렇게 화내지 말고……. 누구든 그런 현장을 목격하면 혼란스럽게 마련이잖아. 거기다 미와는 죽을 고비까지 넘겼다고."

"그러니까 하는 소리지!"

"자, 그럼 이러는 게 어때?"

나베다가 다시 한번 일행을 둘러보며 말했다.

"미와가 본 일본도의 여자, 고토다라는 아저씨가 미와에게 보여준 사진 속의 여자, 그리고 아오키의 반으로 전학 온 오토나시 사야라는 전학생…… 이 세 인물이 동일 인물인지 아닌지, 우선 그것부터 확인해 보자고."

"동일 인물이면 어쩌려고?"

아직도 진정이 안 되는지 무라노가 격한 어조로 반론했다.

"적어도 상황은 한발 전진하겠지. 네가 말한 대로, 확실한 것 하나 없는 상황에서 입 아프게 떠들어대는 것보단 낫지 않겠어? 거짓말이든 진짜든 아오키의 목숨이 위험하다는 이야기까지 나왔는데 보고만 있을 수도 없는 일이고. 다음 일은 그때 가서 생각하기로 하고, 급한 대로 임시 강령이라고 생각해 주면 좋겠는데."

"이의 없음."

제일 먼저 도이가키가 대답하고, 아마노도 손을 들어 동의를 표시했다.

"아오키, 넌 어쩔 거야."

웬일인지 지금까지 한마디도 않고 말없이 담배만 피우고 있던 아오키에게 무라노가 물었다.

"지랄하네."

담배를 벽에 비벼끄고 창밖으로 던지면서 아오키가 내뱉듯이 말했다.

"개코가 임시 강령이냐……. 헛소리들 하지 마, 개자식들아."

낮은 목소리로 마구 욕설을 뱉어내는 아오키의 말투에 그 자리에 있던 모두가 할말을 잃었다.

"내 목숨이 위험하다고?"

같잖다는 듯이 아오키가 말을 이었다.

"세상에 형사가 하는 소리를 믿고 따르는 활동가가 어디 있냐? 사람 좋은 것도 그 정도면 남한테 폐가 돼. 병신 새끼가 기만 살아가지곤."

"하지만 미와는 확실히 봤다고……."

불만스럽다는 듯이 반론하는 아마노에겐 눈길조차 주지 않은 채 아오키는 레이를 노려보았다.

"너, 뭘 봤는데?"

날카로운 눈이었다. 흑녹색 안경 밑에서, 가늘게 뜬 두 눈이 매섭게 레이를 노려보았다. 아까 느꼈던 얼음장 같은 시선은 어쩌면 아오키의 것이었을지도. 순간 온몸이 얼어붙으면서 레이에게 잊기 힘든 기억이 다시금 떠올랐다.

"말해 봐, 뭘 본 거지?"

"아까 말했잖아……."

"뭘 봤어!"

"짐승 같은 눈을 한 여자, 피투성이 칼……, 그리고 두 사람의 외국인과……."

레이는 최면술에 걸린 사람처럼 대답했다. 아무리 애써도 아오키의 눈에서 도망칠 수 없었다.

"그것 말고……, 뭘 봤지?"

갑자기 노크 소리가 울려퍼지면서 모두의 눈이 복도로 통하는 나무 문에 쏠렸다. 다음 순간, 대답도 하지 않았는데도 문이 벌컥 열렸다. 아오키의 눈에서 해방된 레이는 문 밖에 서 있는 중년 남자를 보고 놀라움을 감추지 못했다.

"어이, 실례 좀 하지."

고토다는 어리벙벙해 있는 일행을 둘러보며 자연스러운 태도로 서클 룸 안으로 들어온 다음, 손을 뒤로 돌려 문을 닫았다.

"누구야, 당신은?"

망연 자실한 무라노가 물었다.

"레이 군에게서 얘기 못 들었나?"

'나는 이런 사람이야.' 하고 고토다가 경찰 수첩을 내밀어보이자 전원이 일제히 안색이 달라지면서 자리를 박차고 일어났다.

"미와! 너 무슨 생각으로!"

"이봐! 대체 무슨 생각으로!"

무라노와 레이가 동시에 외쳤다.

"그게, 네가 제대로 설득하지 못하면 옆에서 좀 도와주려고 문밖에서 기다리고 있었거든. 보니까 아무래도 수세에 몰리는 것 같아서 말야……"

"도청하고 있었나?"

벽에 기대어둔 각목에 손을 가져가면서 도이가키가 물었다.

"그렇게 큰소리로 소리쳐 대면 듣기 싫어도 들리지."

변함 없이 태평스런 말투로 대답하는 고토다를 보자, 레이는 그가 제정신인지 의심이 들었다. 이번에는 레이의 방에 쳐들어와 이야기할 때와는 상황이 달랐다. 아무리 투쟁중이 아니라고 하더라도, 현직 형사가 백주 대낮에 당당히 학교에 들어와서, 그것도 과격파 활동가들의 본거지에까지 발을 들여놓고 무사히 돌아갈 수 있을 리 만무했다. 몰매를 맞는 것은 피한다고 하더라도, 소란이 일어나 밖에까지 알려졌다가는 그나마 독단으로 진행하고 있는 수사마저 포기해야 할 판이었다.

레이가 파멸을 예감하고 하늘을 올려다본 순간, 쾅 소리와 함께 문이 열리면서 쩌렁쩌렁한 고함이 실내에 울려퍼졌다.

"이놈들! 무슨 소란이냐!"

검붉은 체육복에 운동화, 짧게 자른 스포츠 머리를 한 중년 남자를 보자 레이는 또다시 기분이 나빠졌다.

그는 럭비부 고문이자 생활 지도 담당인 체육 교사 구미였다. 교사가 되기 전엔 자위대에서 교관을 한 적이 있는 자로 교내 강경파들 중에서도 가장 우익 성향이 짙어 종종 레이 일행의 원성을 샀다. 투쟁 위원회의 회의 도중에 현직 형사가 나타난 것도 모자라 생활 지도 교사까지 난입하다니, 정말로 최악의 상황이라는 말이 딱 어울렸다. 레이는 너무나도 절망스러운 나머지 양손으로 얼굴을 감쌌다. 그때 레이를 발견한 구미가 다시 버럭 소리를 질렀다.

"미와! 정학중 자택 근신을 하고 있어야 할 놈이 왜 여기 있냐!"

그는 각목을 손에 잡은 채 굳어 있는 도이가키를 보고 한층 더 크게 소리를 질렀다.

"도이가키! 네놈은 몸이 아파서 결석한 거 아니었냐!"

"오후부터 몸 상태가 좋아져서, 서클 활동만이라도 해야겠다고 생각해서 등교했습니다."

"대답은 잘한다, 이 자식들. 계속 이렇게 나오면 나도 생각이 있어."

차렷 자세로 대답하는 도이가키를 엄청난 증오의 눈으로 노려보면서 구미는 저주의 주문 같은 말을 내뱉었다. 그는 한숨을 내쉬고는 이윽고 옆에 있는 고토다에게 눈길을 돌렸다.

"아, 실례합니다."

고토다는 살짝 고개를 숙이며 말했다. 구미는 그를 위아래로 천천히 훑어본 뒤 낮은 목소리로 물었다.

"당신 누구지?"

"아, 전……"

'나는 이런 사람입니다.' 하고 다시 경찰 수첩을 꺼내는 고토다의 모습을 상상한 레이는 자기도 모르게 눈을 감았다. 그러나 다음 순간, 고토다가 내뱉은 말은 모두의 의표를 찌르는 것이었다.

"레이의 삼촌입니다."

"삼촌?"

그 자리에 있는 모두가 고토다의 거짓말에 순간 현기증을 느꼈다.

"실은, 이 녀석 아버지한테 부탁을 받아서요……."

레이 일행의 반응을 완전히 무시한 채, 고토다는 계속해서 거짓말을 늘어놓았다.

"감방 신세를 지고 난 뒤에 정학 처분까지 받아 애가 완전히 풀이 죽어서 말이죠. 방 안에 틀어박혀 부모님과도 말 한마디 않고 지낸다고 하더라고요. 그래서 차라리 이럴 때에는 아이의 이야기를 차분히 들은 다음, 어떻게 할지 결정하는 게 나을 것 같아서……."

"그런데 왜 여기 계신 겁니까?"

"네?"

"그러니까 이야기를 듣든 충고를 하시든 댁에서 하시면 될 일

아닙니까?"

"아니 그게 또 말이죠. 내 이야기만 들어봤자 우리를 이해하지 못한다, 친구들의 이야기도 들어달라. 뭐, 그러더라고요. 그래서 아이들에게 모여달라고 부탁한 거예요."

고토다는 '그치? 얘들아 맞지?'라며 서툰 연극에 결정타를 날리는 것을 잊지 않았다. 구미는 레이나 친구들을 불러내 몇 시간에 걸쳐 협박을 퍼부은 다음에는, 반드시 튀김 우동을 사줄 정도로 단순한 남자였다. 그러나 제아무리 단세포인 구미라 하더라도 이런 상황에서 저렇게 속이 빤히 들여다보이는 거짓말을 믿어줄 리 만무했다.

레이와 친구들의 긴장 어린 시선을 받으며 구미는 한동안 고토다의 얼굴을 노려보았다. 그러다 운동장 스피커가 하교 시간을 알리는 음악을 내보내는 것을 기회로 입을 열었다.

"삼촌……이시라고요."

"네."

"이러시면 곤란합니다. 외부인이 교내에 출입하는 것은 금지되어 있는 데다가, 정학 처분을 받은 미와가 교내에서 돌아다니는 것 또한 다른 학생들에게 나쁜 영향을 주니까요."

"곧 데려갈 테니까 좀 봐주시죠."

"빨리 데려가십시오."

'너희들도 빨리 돌아가라.' 하고 한마디 내뱉은 구미는 일어서서 나갔다. 그가 계단을 내려가는 뒷모습을 확인한 뒤에야 고토다는 문을 닫았다.

"왜들 그래?"

어이없어하는 일행의 표정을 돌아보며 고토다가 말했다.

"구미가 저 정도로 바보일 거라고는 생각 못했는데……."

허탈한 얼굴로 레이가 말했다.

"그런 거짓말은 초등학생도 믿지 않을걸."

"저 남자는 바보가 아냐."

고토다가 진지한 얼굴로 대답했다.

"너희들이 어떻게 생각하는지는 모르지만, 저자는 나름대로 꽤 능수 능란한 사람이라고. 기세 좋게 쳐들어온 것까지는 좋았는데, 외부인인 내가 떡하니 버티고 서 있으니까 이도저도 못하고 진퇴 양난에 빠진 거지. 내가 어떤 사람인지도 대충은 눈치챈 것 같고 말야. 뭐, 그래서 기회가 오자마자 재빨리 후퇴한 거지. 진짜 바보라면 나가야 할지 물러서야 할지 모르고 주춤거리다가 타이밍을 놓쳐버려."

그가 씨익 웃자 눈꼬리에 주름이 잡히면서 놀랄 만큼 친근한 표정이 되었다.

"그래서 어쩔까……, 우리들도 슬슬 물러나서 밖에서 이야기를 계속 해볼까?"

완전 외부인인 주제에 돌발적인 사태를 이용해 공범인 양 분위기를 조성한 다음, 자리의 주도권을 장악하여 자신이 원하는 주제로 끌어들이는 솜씨가 보통이 아니었다. 레이는 몰래 혀를 내둘렀다.

"아직 당신을 받아들이겠다고 결정한 건 아냐. 미리 말해 두지만 설사 당신과 손을 잡게 된다 하더라도 친한 척할 생각은 없다고. 단지 진상을 밝힐 때까지만이야. 알았어?"

신중한 무라노가 못을 박았으나 대세는 이미 기울어져 있었다.

"임시 행동 강령인지 하는 것 말이지? 좋아, 좋아."

그때 이상하게 화기 애애한 분위기를 뭉개려는 듯 아오키가 말 없이 자리에서 일어나더니 뒤에서 무라노가 부르는 소리도 무시하고 입구로 향했다. 그는 잠시 뒤돌아서서 고토다를 한번 노려본 뒤, 그대로 발걸음을 돌려 밖으로 나갔다.

"저 자식. 당파에 들어간 이후로 사람이 변했단 말이야."

무라노가 혀를 차면서 말했다.

"원래부터 교조주의적인 녀석이긴 했지만……."

저마다 한마디씩 하면서 자리에서 일어났다. 문득 레이는 귓가에 누군가가 속삭이는 소리가 들리는 듯한 기분에 고개를 들었다.

"……."

옆에서 고토다가 뭐라 속삭이고 있었다.

"뭐라고요?"

얼굴을 가까이 가져간 레이에게 고토다가 다시 말했다.

"조심해라. 저건 사안(邪眼, 사악한 눈)이다."

이번엔 확실히 들렸다.

· · ·

시부야에서 전철로 갈아타고 몇 분, 도심에서도 역사와 전통을 자랑하는 옛 거리에서 내려 시끌벅적한 상점가를 빠져나오자 눈앞에는 놀랄 만큼 조용한 주택가가 펼쳐졌다. 레이와 나베다가 방문하려는 고등학교는 그 주택가의 한켠에 있었다.

　T대학 부속 고등학교는 레이 같은 고교생 활동가들 사이에서는 모르는 사람이 없을 정도로 유명한 고등학교로, 교내 인원만으로도 독자적인 부대를 동원할 수 있는 유일한 고등학교였다.

　방과후의 교내는 귀가하는 학생들과 서클 활동을 하는 체육복 복장의 학생들로 번잡했다. 게다가 따로 교복을 입는 것도 아니어서 외부인인 두 사람은 그리 눈에 띄지 않고 안에 들어갈 수 있었다. 밝은 햇살이 비추는 긴 통로를 지나자 오래된 청동제 해시계가 놓인 중앙 정원이 나왔다. 테니스장을 도는 작은 길로 접어든 레이 일행은 코트 위에서 황금빛 공을 쫓는 여자부원들의 모습에 자기도 모르게 발길을 멈췄다. '아' 하고 나베다가 한숨처럼 내뱉자, 레이도 말없이 고개를 끄덕였다. 모든 것이 레이의 학교와는 너무나도 달랐다.

　야쿠자와 파친코 외에는 아무것도 없는 국철 역에서 암울한 녹색 지하철로 갈아타고 10여 분. 중소 규모의 공장들과 번화가라 부르기에는 너무나도 썰렁한 술집들이 늘어선 거리의 한구석. 레이의 학교는 그곳에 있었다. 형무소처럼 학교를 둘러싼 콘크리트 담과 먼지만 날리는 운동장, 막부 시대의 건물이라고는 하나 단순히 오래되었을 뿐 멋이라고는 없는 학교 건물. 시설이라 부를 가치조차 없는 판잣집 같은 교내 식당에 촌스럽기 그지없는 여학생들의 교복…… 청동제 해시계 같은 건 상상조차 할 수 없었다.

　게다가 뒷문 앞에는 매년 신문에 날 정도로 큰 사건이 터지는 '열대어'라는 이름의 바가 있었고, 재학중에 발을 들여놓은 자는 반드시 재수를 하게 된다는 전통을 자랑하는 스트립쇼 극장도 코앞에 있었다.

명물이라고는 부상자가 속출하는 운동회와 야만스럽기 짝이 없는 응원단, 타잔이라는 별명을 가진 반동적인 파시스트 교장뿐이었다.

나베다가 중얼댔다.

"테니스 코트라……, 그런 세계도 있었구나."

하얀 테니스복이 눈부셨다.

평소에 청춘이란 단어를 경멸해 온 레이와 나베다도 마치 딴 세상 사람처럼 뛰어노는 소녀들을 바라보고 있자니, 촌스러운 장발에 점퍼를 걸쳐 입은 자신들의 모습이 너무나 지저분하게 느껴졌다. 쉴새없이 벌어지는 교사들과의 암투. 구원의 길이 보이지 않는 가족과의 절망적인 소모전. 거리로 나가면 또 나가는 대로 비를 맞고 땀에 절어가며 기동대에 쫓기고 심지어는 지명 수배되기까지 한다…….

'나도 이런 학교에 들어왔으면, 어쩌면 정치 투쟁 같은 것과는 무관하게 청춘을 즐기고 있었을지도 몰라.'

레이는 묘한 죄책감에 휩싸인 채 고개를 돌려 나베다의 얼굴을 훔쳐보았다. 멍하니 입을 벌리고 선 나베다는 물고기 같은 눈으로 하얀 소녀들을 쫓고 있었다.

간신히 찾아낸 교내 신문사의 서클 룸은 정면에 오래된 무쇠 창틀도 박혀 있는 제대로 된 서클 룸이었다. 담배 냄새로 절은 레이네 조그만 서클 룸의 몇 배는 넓어보였다.

사물함을 중심으로 오른쪽 벽에는 새 모조지를 붙인 피켓이 몇 장씩 겹쳐서 기대어 있었고, 왼쪽 벽의 한구석에서는 인쇄기가 경쾌한 소리를 내면서 돌고 있었다. 인쇄용 잉크의 냄새가 진하게 풍겼다. 중앙에 설치된 커다란 작업대 주위에서 인쇄물 분류 작업에 여념이 없던 몇 명의 남녀가 레이 일행을 보고서 일제히 고개를 들었다. 그중에서 키가 큰 남자가 레이 일행 앞으로 다가왔다. 벽에 크게 써붙인 '정치 구호'를 멍하니 바라보고 있는 나베다를 팔꿈치로 툭 치면서 레이는 고개를 숙였다.

"저, 우리들은 K고교의……"

"미와와 나베다. 여기저기 냄새를 맡고 돌아다닌다며?"

놀라서 서로 얼굴을 마주보는 레이와 나베다에게 씨익 웃음을 지어보이며 남자는 말을 이었다.

"너희들은 어제 M대 부속 고교에도 얼굴을 내밀었다지? 거기와 우리는 서로 연락을 취하고 있는 사이여서 말이야. 친구라고나 할까? 뭐, 그래서 여러 가지로 이야기를 들었어."

"아, 네. 그렇군요."

선수를 빼앗긴 레이는 애매하게 대답할 수밖에 없었다. 그런 레이를 재미있다는 듯이 바라보던 남자는 말없이 두 사람을 방 안쪽으로 안내했다. 닳아 찢어진 비닐 소파는 잠자리로도 사용되고 있는지 반듯하게 접힌 모포가 쿠션 대신 놓여 있었다. 플라스틱 맥주병 박스를 붙이고 그 위에 합판을 얹어 만든 탁자를 앞에 두고 레이 일행이 소파에 앉자, 남자는 접는 의자를 끌어다 뒤집어 앉더니 등받이 위에 팔을 꼬아 얹었다. 레이는 두 사람을 흥미진진한 눈초리로 내려다보는 남자를 다시 한번 자세히 살펴보았다.

깨끗한 청바지에 하얀 농구화, 소매를 접어올린 면 셔츠 위로 밝은 오렌지색 스포츠 점퍼를 걸쳐입은 모습은 활동가라기보다는 깔끔한 운동 선수에 가까웠다. 남자인 레이의 눈에도 그럭저럭 괜찮은 미남으로 보였다. 럭비공이라도 끌어안고 달리면 지켜보는 여자들로 하여금 탄성을 내지르게 할 만큼 근사한 장면이 연출될 듯했다. 그런 면에서 동년배의 남자들로부터 가장 경계되는 부류의 남자였으나, 동시에 헬멧을 뒤집어쓰고 어깨에 확성기를 걸치면 나름대로 멋진 그림이 될 것 같은 남자이기도 했다.

결국 '미남은 뭘 해도 멋있다.'라는 원칙을 재확인한 레이는 '하얀색 헬멧이 어울릴 것 같은 놈'이라고 결론을 내렸다.

"미안하지만 위원장이 부재중이라서. 대신에 내가 얘기를 하지……. 미우라라고 해. 일단 서기장을 맡고 있고."

"서기장이라……."

나베다가 한숨을 내쉬었다.

"명칭만 그래."

미우라라고 자신을 소개한 남자는 변함 없이 겸손한 태도로 대답했다. 명칭만 그렇든 어떻든, 투쟁 위원회라고 말은 하지만 실제로는 단순한 잔당에 불과한 레이네 서클에는 위원장도 없었으며 서기국 또한 존재하지 않았다. 아니, 서기국이 어떠한 기능과 직권을 가진 조직인지조차 몰랐다. 그래서 서기장이라는 직함은 레이 일행에게는 남다른 의미가 있었다. 스스로 인쇄소장이라 칭하는 무라노의 경우엔 직함이 있다면 있다고도 할 수 있었으나, 서기국의 우두머리에 비하면 마음에 안 드는 원고를 거부할 수 있는 동인지 전문 인쇄소장 정도의 권위밖에 없었다.

"그래서, 뭘 듣고 싶지?"

격의 차이는 신경 쓰지 않는다는 태도를 보이면서 미우라가 본론을 꺼냈다.

"묻고 다닌다면서, 이것 저것…….”

눌리지 않으려고 상대방의 눈을 똑바로 쳐다보며 레이는 자세를 고쳐잡았다.

교내에서 하는 정보 수집은 의욕이 넘치는 아마노 일행에게 맡기고, 우리끼리 살해당했다고 알려진 고교생 활동가나 사야에 대한 정보를 모아보자고 제안한 것은 나베다였다. 하지만 정보를 모으는 일도 그렇게 쉽지는 않았다. 만일 당파 내부의 문제였다면 전문 수사 기관이 부여하는 직권 내에서 청문회 등의 수단을 사용할 수 있었고, 만약 자신들이 대학생이었다면 각종 공동 투쟁 조직이나 연락 회의 등을 통해 정식으로 면회를 신청하거나 할 수도 있었을 테지만, 레이 일행에게는 두 가지 다 불가능했다.

물론 고교생 활동가의 세계에도 연락 조직 같은 것이 몇 개인가 존재하긴 했지만 가맹률이 극히 저조해서 실제로는 따로따로 분리되어 있는 것이나 마찬가지였다. 그렇다고 해서 고토다에게 들은 학교에 아는 사람이 있는 것도 아니었다. 그러니 결국 몸으로 부딪쳐보는 것 외에는 방법이 없었다. 모든 것은 레이 일행이 어떻게 하느냐에 달려 있었다.

같은 활동가라고 해서 모두 동료 의식을 공유하는 것은 아니기 때문에, 엽기 연쇄 살인 사건이니 일본도의 소녀니 하는 허무맹랑한 이야기를 꺼내보았자 상대방을 경계하게 만들 뿐이었다.

"에스에르파 고교생 위원회의 멤버가 위험에 처해 있다. 자신들 중에도 그 멤버가 있어서 소문이 진실인지 여부를 확인하고 있는 중이……라던데?"

"이 학교에도 멤버가 있다고 들었다."

"아아, 오자키라는 녀석이 있었지."

그때 갑자기 '미우라!' 하고 날카로운 질타가 날아오더니 작업대에 있던 남자 중 한 명이 몸을 일으켰다.

"뭐, 어때. 동료를 걱정해서 온 거라잖아, 믿어주자고."

진짜로 신용하고 있다고는 농담으로도 말하기 힘든 어조였으나, 뒤도 안 돌아보고 던진 한마디 말로 작업대의 남자를 침묵시킨 것으로 보아 서기장이라는 직함이 이름뿐인 것은 아닌 듯했다.

"오히려 공안이나 당파의 끄나풀이라면, 지금보다는 제대로 된 방법으로 접근해 올걸. 안 그런가?"

"갑작스레 쳐들어와 미안하군."

"괜찮아. 단지 모두들 신경이 좀 곤두서 있어서 말이지. 특별히 나쁘게 보고 있는 건 아니니까 안심해."

나쁘게 보는 건 아니지만, 경계를 안하는 것도 아니라는 말처럼 들렸다.

"분명 오자키는 두 주쯤 전부터 연락이 끊겼지. 우리도 학내 조직이고 해서 당파 쪽과는 별로 관계하고 싶지 않았지만, 어쨌거나 여러 모로 곤란한 일도 있고 해서 일단 조사는 해봤어. 학교에는 병결 휴학서가 제출되어 있고, 집에는 연락을 해도 아무도 안 받더군. 그래서 상황을 보러 직접 찾아갔더니……"

"문전 박대를 당했고, 가족은 얼굴 한번 비치지 않았다는 건가?"

"과연. M대 부속 쪽도 사정은 같단 거로군."

재빨리 상황을 파악한 미우라가 고개를 끄덕였다.

"하지만 생각해 보면 이상한 이야기잖아. 그렇게 작은 당파 조직을, 그것도 고교생 조직을 박살내서 누가 어떤 이득을 얻을 수 있을까?"

"꼭 조직을 노렸다고 볼 수만은 없어."

"잠깐, 그럼 위험하다는 건?"

"그런 소문을 들은 것뿐이지. 그러나 이렇게 계속해서 모습을 감추고 있다면……"

"위에서 내려온 지시에 의해 잠복해 있을 가능성은?"

"잠복해서 뭘 할 수 있다고? 그런 소규모 당파 조직이 테러나 파괴 활동의 준비라도 할 것 같나?"

'흥' 하고 조그맣게 콧방귀를 뀌고 미우라가 말투를 바꾸어 말했다.

"저기 말야. 이런 식으로 정보를 모으고 다니느니, 차라리 그 동료라는 친구에게 직접 물어보는 게 어때? 같은 조직에 있다면 뭔가 알고 있지 않을까?"

"거기가 어떤 곳인지 알잖아?"

"몇 명이나 사라졌는데?"

"알고 있는 것만도 셋."

미우라의 표정에서 여유가 사라졌다. 그는 웅얼거리는 소리를 내면서 고민하기 시작했다. 레이들의 행동에서 사건 그 자체로 미우라의 주의를 돌리는 데엔 성공했으나, 아직 성과라고는 오자키라는 남자의 실종을 확인한 것뿐이었다. 나베다가 상황을 살피다가 본론에 들어갔다.

"실종 전후에 뭔가 이상한 행동을 보이거나 하지 않았나?"

"오자키 말이지……?"

미우라가 글쎄 하는 표정으로 어깨를 으쓱해보였다.

"이상한 걸로 치자면, 오히려 당파에 든 직후에 더했지. 갑자기 사람이 싹 바뀌었거든. 활동적이고 교내 민주화 운동에도 매우 의욕적으로 참여하던 녀석이었는데, 어느 날 갑자기 분위기가 음험해지고 얼굴 표정까지 어두워지더라고. 에스에르파 사람들은 다 그런가?"

"그런 경향은 있을지도 모르지. 딱딱한 비밀주의에 신경질적인 조직 방어에……."

레이가 맞장구를 치자 미우라는 둑이 터진 것처럼 말을 쏟아놓았다.

"아무리 그렇다고 해도 그렇지. 다른 데도 아닌 당파 조직이 참여 활동이나 이론 투쟁에 정열을 쏟지 않는다면, 당파의 존재 의의 자체가 의심스럽다고 생각지 않나? 기관지는 어쩌다 한번 나오지, 집회도 거의 없지. 가끔 한번씩 거리에 나와도 절대 적극적인 행동을 보이지 않는 데다가 단 한 명도 체포되지 않아. 이쪽에서도 입이 험한 사람들은 '그건 정치 조직이 아니라 신흥 종교 단체.'라고까지 말한다고."

미우라의 지적은 레이와 나베다도 전부터 느끼고 있던 것이었다. 그러나 그러한 이야기를 하러 여기까지 온 게 아닌 만큼, 마냥 이대로 시간을 보낼 수도 없었다. 최대한 빨리 알아낼 수 있는 만큼 알아낸 다음 서둘러 철수해야 했다. 이 일 자체가 밝혀져서는 안 되는 비밀을 숨긴, 매우 위험성이 높은 일이었기 때문이다.

"그리고, 이 여자 말인데."

레이는 사야의 사진을 꺼냈다. 행동 빠른 아마노가 몰래 찍어 온 것으로, 고토다가 가지고 있던 지저분한 복사물 사진보다 몇 배는 선명했다. 사진을 한번 본 미우라는 상체를 돌려 작업대를 향하더니 '아베' 하고 한 명의 여학생을 불러냈다. 보아하니 사야에 대해서도 이미 알고 있는 듯한 태도였다.

"그녀는 오자키의 동급생이야. 아마 전학생에 대해서도 기억하고 있을 거야."

아베라 불린 여학생은 다가와 사진을 들여다보고는 틀림없다며 고개를 끄덕였다.

"오토나시 사야……. 작은 소(小)에 밤 야(夜)를 쓰고 사야라고 읽는 애였어."

"뭐든지 좋으니까, 그 애에 대해서 아는 대로 말해 주지 않겠어?"

레이는 아무리 작은 움직임이라도 놓치지 않겠다는 각오로 그녀의 얼굴을 살폈으나, 그녀는 퉁명스런 태도로 작게 고개를 저을 뿐이었다.

"같은 반이었다 해도 겨우 사흘뿐이어서……. 예쁜 애긴 했지만."

그녀는 '미안해요.'라고 말하며 가볍게 고개를 숙인 뒤 작업대 쪽으로 돌아가 버렸다. 어쩔 도리가 없었다. 레이는 이쯤이 한계인가 하는 생각에 나베다에게 신호를 보낸 뒤 자리에서 일어났다.

"고마워. 많은 참고가 되었어."

"아, 그리고 이건 M대 부속 녀석들에게 들은 이야기인데."

출구로 향하는 레이들에게 미우라가 말을 건넸다.

"공안과 내통하고 킁킁대며 돌아다니는 미친개에게 철퇴를 내리겠다며 공언하고 다니는 녀석이 있는 것 같다더군."

레이의 등줄기에 식은땀이 흘렀다. 활동을 시작한 지 아직 이틀밖에 지나지 않았는데, 역시 이 세계는 생각보다 좁은 것일까 하는 생각도 들었다.

"무슨 사정이 있는지는 모르겠지만, 그런 녀석은 그냥 내버려두는 게 어때? 당파 쪽 일은 당파에게 맡기는 것이 낫지 않을까?"

"우리들한테는 소중한 동료라서. 충고는 들어두지."

레이는 허세를 부리며 말한 뒤, 다시 미우라에게 등을 돌렸다. 인쇄기가 내는 규칙적인 소리가 계속해서 레이의 귓가에 울렸다.

레이 일행이 정문을 나섰을 때는 이미 해가 지고 밤이 오는 것을 알리는 차가운 바람이 불어오고 있었다.

"뭔가 구린내가 나는걸."

점퍼의 지퍼를 올리면서 나베다가 중얼거렸다.

"킁킁대는 미친개에게 철퇴를 내리겠다, 그건가."

미우라가 던진 경고가 레이의 마음을 무겁게 짓눌렀다. 당파의 동향을 조사하고 돌아다녀서 좋을 게 없다는 것 정도는 이미 알고 있었으나, 아무리 그렇다 해도 반응이 너무 빠른 것이 이상했다.

'미우라의 입을 빌려 우리에게 경고를 던진 것은 아오키가 아니었을까?'

레이는 별 근거도 없이 그런 생각이 들었다. 만약 그렇다면 그는 이 사건에 관련된 뭔가 중요한 정보를 쥐고 있으며, 동시에 레이 일행이 더 이상 이 일에 연관되는 것을 원치 않는다고 볼 수 있었다. 미우라의 말대로, 아오키에게 먼저 진상을 듣고 나서 행동했어야 옳았을까?

귀가 시간이 다가왔다.

귀가 시간의 제약이 있는 조사 활동이라니 생각해 보면 웃기는 이야기였으나 정학중인 학생의 몸으로 어쩔 도리가 없었다. 만약 사태가 급박해진다면 이러한 제약 따위는 얼마든지 무시할 생각이었지만, 아직 확실한 수사 방침조차 정해져 있지 않은 상황에서는 더 이상 부모님과 관계를 악화시킬 필요가 없었다. 해가 지기 전에는 집으로 돌아가야만 했다.

라면이나 먹고 가자는 레이의 제안에 나베다가 '이의 없음' 하고 대답했다. 둘이서 막 라면 집으로 향하려는데 뒤에서 누군가가 두 사람을 불러세웠다. '아베'라 불리던 학생이었다. 두 사람을 쫓아오느라 급하게 뛰었는지, 그녀는 레이 일행 앞에서 숨을 몰아쉬면서 멈추어섰다.

"미안해요……. 거기선 말하기 힘든 부분이 좀 있어서."

서클 룸에서 보았을 때엔 미처 알아채지 못했으나, 다시 보니 그녀는 눈초리가 살짝 올라간 눈이 매력적인 청순한 미소녀였다. 달려온 탓에 하얀 볼이 살짝 붉게 물들고, 눈꺼풀 위에 짧게 자른 앞머리가 흩어져 이지적인 이마가 살짝 드러났다.

"뭔가 알고 있는 게 있군요?"

같은 느낌을 받았는지 나베다의 목소리가 금방 밝아졌다. 레이도 아베의 얼굴을 힐끔힐끔 훔쳐보았다.

"그 사야라는 전학생은 위험해요."

"위험?"

"아니, 위험하다기보다 뭐랄까……, 사악하다는 게 어울릴지도?

내 생각인데 오자키 군은 두 번 다시 돌아오지 못할 거예요."

"기다려봐, 사악이라니."

"그녀에게는 접근하지 않는 게 좋아요. 그걸 말하고 싶었어요."

그녀는 '실례' 하고 말하며 발걸음을 돌렸다.

"저기, 나중에 다시 한번 천천히 이야기를 하는 게……."

나베다가 큰 기대를 담아 말을 건넸다.

아베는 어딘지 모르게 쓸쓸한 미소를 지으며 대답했다.

"안됐지만, 한동안은 그럴 여유가 없을 것 같아요."

"그럴 여유가 없다니……."

나베다가 매달리듯이 말했다.

문득 레이는 서클 룸 전체를 감싸고 있던 기묘한 긴장감을 떠올렸다. 벽에 늘어서 있던 엄청난 수의 피켓과 간판들.

'모두들 신경이 좀 곤두서 있어서.'

미우라는 분명 그렇게 말했다.

"설마……."

아베는 날카로운 눈빛으로 레이를 돌아보았으나, 그 입가는 웃고 있었다. 레이와 아베를 번갈아 보던 나베다도 드디어 눈치챘는지 '헉' 하고 숨을 삼켰다. 상쾌한 분위기의 아베가 사라지자, 그곳에는 레이와 나베다만이 버려진 듯 덩그러니 남게 되었다.

"좋겠다……."

나베다가 부러움을 담아 말했다.

"청동 해시계에 테니스장에……."

"서클 룸은 또 어떻고……."

"전동식 인쇄기에 피켓들에……."

"서기장은 멋진 오빠 분위기의 미청년에……."

"저렇게 이쁜 애까지 있는 데다가……."

"거기다 이젠 바리케이드 봉쇄까지……. 정말 불공평하군."

바리케이드 봉쇄란 바리케이드를 구성하여 공장이나 교회 같은 특정 건물을 봉쇄, 점거하는 전술로 전국의 대학에서 자주 일어나는 반체제 운동의 상징적인 전술이었다. '건축물 불법 점거', '강제 업무 방해' 등의 죄목이 붙는 불법 수단이었으며, 내부에서 농성을 벌이는 사람들이 일망 타진당할 수도 있는 위험한 전술이기도 했다.

또한 레이 같은 고교생 활동가에게는 학교와 가정이 아닌 비일상적이고 상징적인 공간을 쟁취할 수 있는 유일한 전술로, 그들의 가장 큰 소원이기도 했다. 단, 일정 기간 이상 봉쇄 상태를 유지하기 위해서는 나름대로 부대와 지원 세력을 갖추고 있어야 하기 때문에 고교생들로서는 실현하기가 불가능에 가까운 전투 수단이었다. 물론 독자적으로 조직된 부대조차 가지지 못한 레이 일행의 입장에서는 꿈도 꾸지 못할 일이었다.

레이와 나베다는 정문 앞에 선 채로 잠시 '바리케이드 봉쇄'라는 단어가 가져다주는 과격한 환상을 즐겼다. 그러나 결국 그들이 돌아가야 할 곳은 먼지 쌓인 학교였고, 구질구질한 교사들이었고, 담배 냄새 가득한 서클 룸이었고, 싸구려 인쇄기로 삐라를 찍어 좀도둑처럼 여기저기 뿌려대는 일상이었다. 그리고 그곳에는 물론 아베 같은 여자아이도 없었다. 두 사람은 정말로 라면이라도 먹고 가지 않으면 짜증이 나서 견딜 수가 없는 기분이 되었다.

T대 부속 고등학교가 같은 학교 투쟁 위원회에 의해 바리케이

드 봉쇄를 당했다는 기사가 신문과 TV에 보도된 것은 그로부터 이틀 뒤의 일이었다.

· · ·

"사악하다……."

김치를 집은 젓가락을 멈추며 뜬금없이 고토다가 말했다.

"꽤 감이 좋은 애인가 본데……, 이름이 뭐였다고?"

"아베. 본명인지 어떤지는 모르겠지만."

나베다가 솔직하게 대답했다.

"한번 만나보고 싶은걸."

그렇게 말하며 고토다는 김치를 입에 넣고 맥주 잔을 입으로 가져갔다.

불판에서는 숯불구이 특유의 짙은 연기가 뭉게뭉게 솟아올랐다. 아직 시간이 이른 탓인지 가게에는 레이 일행과 고토다를 제외하고 다른 손님은 보이지 않았다. '이화원'은 레이의 학교에서 걸어서 10분 정도 가면 있는 시장 구석에 위치한 불고기 집으로 싸고 양이 많기로 유명했다.

고토다에게 연락을 받은 레이 일행이 약속 장소로 이 가게를 고른 이유는 일개 형사에 불과한 고토다의 빈약한 지갑 사정을 고려한 것도 있었지만, 교복 차림으로 들어가도 자연스럽게 맥주를 주문할 수 있는 이 가게의 경영 방침에 있었다. 그리 넓지 않은 가게였지만, 네 개의 탁자를 지나 안쪽으로 들어가면 대략 열

명은 앉을 수 있는 방이 있었으며, 그곳에서는 담배도 피울 수 있었다. 하지만 예전에 나베다가 흥에 겨워 소주를 주문했을 때 가게 주인이 주방에서 고기 써는 식칼을 들고 뛰쳐나와 모두를 놀라게 한 적도 있는 걸 보면 아주 양심이 없는 가게는 아닌 듯했다.

레이 일행은 그 방을 점령하고 연기를 모락모락 피우면서 맥주를 마시고 있었다. 고토다의 허술해 보이는 외모와 연령대로 미루어보아, 노력하기에 따라선 문과계 서클의 담당 교사와 서클 회원의 뒷풀이 정도로 보이지 못할 것도 없었다.

"만나보고 싶다 해도 만날 수 없어."

젓가락을 바쁘게 움직이는 한편, 눈으로는 큰 접시에 남은 생고기의 양을 확인하면서 레이가 선고를 내리듯 말했다.

"그녀는 어제부터 바리케이드 안에 들어가 있으니까."

'좋겠다.'라면서 도이가키가 끼어들고, 아마노도 호기심을 드러내며 고개를 내밀었다.

"미인이었어?"

"내 취향이었어."

나베다가 말했다.

"마르고 하얀 피부에 눈초리가 살짝 올라간 미인."

레이가 뒤를 이었다.

"T대 부속이라. 집회 때 한번 봐둬야겠는데."

"그러니까 한동안은 집회든 거리든 나오지 못한다니까."

도이가키가 말했다.

"며칠 안 가서 분명 경찰이 투입될 거고, 그럼 체포에 구류……, 한동안 사바 세상은 구경도 못할걸."

"난 그녀를 위해서라면 잡혀 들어가도 좋아."

감정에 사로잡힌 목소리로 나베다가 말하자, 아마노가 젓가락질을 멈추고 숨을 삼켰다.

"뭐, 확실히 그런 생각이 들게 하는 애이긴 했지."

레이가 덧붙이자 아마노가 '아아아' 하고 소리를 지르면서 일어났다.

"제기라아아아알!"

"시끄러워, 자식들아!"

그때까지 침묵을 지키고 있던 무라노가 갑자기 버럭 소리를 질렀다.

"그렇게 여자에 굶주린 거냐! 사적인 말은 적당히들 해둬. 나베다, 네가 생각 없이 한 발언 때문에 아마노가 이야기를 계속 삼천포로 끌고 가잖아."

달아오른 석쇠 위에 나란히 고기를 늘어놓으면서 꼼꼼한 성격의 무라노가 마치 선생님 같은 말투로 말했다.

"있는 덴 있고 없는 덴 없어. 편중된 것은 부나 문화만이 아니지. 빈부에 격차가 존재하듯이 투쟁 환경에도 격차는 존재해. 바리케이드든 대신 잡혀가도 좋은 여자든 전동식 인쇄기든 간에, 있는 데엔 있기 마련이야……. 그래서 그게 어쨌다고!"

우리에게 있는 것은 넉살 좋은 고깃집 아줌마랑 등사판 인쇄기뿐이다. 입 밖에 내서 말하지는 않았으나 무라노의 말 속에 담긴 분노는 레이 일행에게도 충분히 전달되었다. 냉정히 생각하면 나베다나 아마노가 부러움을 담아 한 말을 단순히 분노로 바꾸어 표현한 것에 지나지 않았으나, 무라노 스스로는 그 점을 알아채지 못했다. 레이의 보고를 들으면서 스스로가 처한 환경의 부조리함을 느끼기는 무라노도 마찬가지였다. 일행이 둘러싼 탁자 위에서는 레이 일행의 감정을 대변이라도 하듯 고기가 지글지글 소리를 내며 익어갔다.

"자, 너희들의 우울한 기분도 모르는 건 아닌데 말야."

"우리들의 우울이 어떻다고! 당신 따위가 알 리가 있어?"

감정을 앞세우면서 무라노가 고토다에게 덤벼들었다.

"자, 자. 진정들 하라고."

상냥한 말투와는 반대로 고토다의 눈은 무라노의 반응을 즐기고 있다.

"일 이야기나 하지?"

"먹으면서 천천히 하도록 하지……. 그런데 이제 고기가 없네."

도전적으로 눈을 부릅뜨며 무라노가 말했다.

"더 시켜도 될까?"

"미리 말해 두지만 내 지갑엔 한계가 있다고. 지금 먹은 식사 비용은 경비로 처리할 수도 없고."

무라노는 못 들은 척 '아줌마' 하고 크게 외쳐 불렀다. 레이 일행은 가차없이 추가 주문을 넣었다.

"갈비 10인분."

"생고기 10인분."

"갈비탕, 소금이랑 막장 넣어서 3인분."

"김치와 깍두기 각각 두 접시."

"나물 잔뜩."

'이 녀석들의 위장을 고기만 가지고 채웠다가는 파멸하겠군.'

하고 생각한 고토다가 공기밥 다섯 개를 주문했지만, 오히려 스스로 무덤을 판 꼴이 되고 말았다. 레이 일행이 너도나도 별도의 식사를 주문하기 시작했던 것이다.

"난 냉면이 좋아."

"나도 냉면."

"난 국밥 곱빼기."

"비빔밥 곱빼기, 국물이랑 같이."

"육회 비빔밥 곱빼기, 국물 포함."

주문을 받아적고 사라지는 아줌마에게 마지막으로 아마노가 맥주 다섯 병을 추가로 덧붙였다.

"보고를 정리해 보자."

참혹한 표정의 고토다를 완전히 무시하고 무라노가 분위기를 다잡았다.

"미와와 나베다의 조사에 의하면, M대 부속의 모리타, T대 부속의 오자키, N공고의 코가, 이 셋은 확실히 사라졌다고 한다."

"사라진 날짜도 아저씨가 말한 시체 발견 날짜와 일치했어."

나베다가 작은 접시의 양념장을 젓가락으로 휘저으면서 말했다.

"사라진 다음의 상황도 모두 같아. 학교에는 장기 병결 서류가 제출되고, 가족들은 모두 입을 다물고."

"그러나 살해되었다고 결론 짓기엔 아직 일러. 가출이나 잠적의 가능성도 무시할 수는 없으니까."

끝까지 신중한 태도를 취하는 무라노에게 고토다가 한 뭉치의 서류를 내밀었다. 검은 표지에 종이로 '사체 검안 조서'라는 제목이 붙어 있었다.

일반적으로 사람의 죽음에는 병사나 자연사 말고도 외부의 힘이 작용한 탓에 사망한 '외부 원인사'라는 것이 존재한다. 검시 제도가 있는 지역에서는 이를 변사로 취급하여, 만일 그러한 시체가 발생할 경우엔 경찰에 변사 신고를 하도록 되어 있다. 신고를 받은 경찰은 그 원인에 대한 수사에 착수하는데, 이때 검시의에 의한 검시, 즉 사체 검안이 반드시 실시된다. 검시에는 검시의의 판단으로 이루어지는 행정 부검도 있지만, 범죄를 전제로 하여 검사의 지휘 아래 이루어지는 사법 부검도 있다. 지금 무라노 앞에 놓인 서류는 사법 부검 보고서인 듯했다.

"의심 많은 너희들을 위해 어렵게 구한 세 사람의 검시 보고서다. 미리 말해 두지만, 주문한 음식을 그대로 버리고 싶지 않다면 밥을 다 먹고 나서 펼쳐보는 게 좋을걸."

'흥' 하고 콧방귀를 뀌며 서류 봉투를 연 무라노가 얼굴을 있는 대로 찌푸렸다. 옆에서 들여다보던 아마노 역시 "으에에 끔찍해." 하고 기분 나쁜 탄성을 내뱉었다.

"이 시체가 사라진 세 사람과 동일 인물이라는 증거는?"

이제는 집착으로밖에 보이지 않았으나, 무라노는 고토다에게 마지막으로 저항을 시도했다.

"이 사진을 세 사람의 학교에 들고 가서 보여주면 되지 않을까?"

"멍청아, 어디서 구한 거냐고 하면 뭐라고 할래?"

쉬운 일이라는 투로 말하는 아마노에게 대뜸 도이가키가 면박을 주었다.

"경찰 친구한테서 빌려 왔다고 말했다간 몇 대 맞는 정도로는 안 끝날걸."

"살아서 나오긴 할려나."

옆에서 나베다가 거들었다.

아마노는 몇 번이나 서류를 되풀이해서 보다가 도이가키에게 건넸다. 서류는 나베다를 거쳐 레이의 손에 들어왔다. 레이는 조심스레 봉투를 열었다. 수술실 불빛 아래서 촬영된 듯 사진에는 음영이 거의 없었다. 그래서인지 레이의 눈에는 왠지 모르게 사실감이 결여되어 보였다. 목부터 하반신까지 일직선으로 이어진 봉합 흔적을 빼면, 사후 경직 특유의 무표정한 얼굴만이 그들이 시체라는 것을 증명하고 있었다.

"이것, 만일의 경우를 위해서 복사해 둘까?"

"그건 좀 봐줘. 이걸 밖으로 들고 나와 민간인인 너희들에게 보여준 것만으로도 이미 내 목은 위태위태하다고."

고토다는 황급히 레이의 손에서 서류를 빼앗아 조심스레 가방에 넣으며 대답했다.

"어차피 들키면 모가지잖아?"

"너희들에게 이런 말을 해봤자 이해 못하겠지만 말야. 난 다시 시작할 수 있는 나이가 아니야. 이런 보잘것없는 모가지라 해도, 잘릴 때와 장소 정도는 고르고 싶다고."

"뭐, 좋아. 어쨌거나 세 사람이 누군가의 손에 의해, 그것도 꽤나 엽기적인 방법으로 살해당했다는 것은 사실로 인정하도록 하지. 이견 있나?"

무라노가 침착한 태도로 발언하자, 일동은 모두 알았다며 입을 모았다. 생각해 보면 매우 웃기고 불손한 이야기였다. 겨우 고교생 따위가 사실로 인정했다고 해서 달라질 것이 무엇이 있겠는가?

그러나 고토다는 만족했다는 듯 고개를 끄덕였다.

"그럼 다음은 교내에서 벌인 조사 활동을 보고할 차례다, 도이가키."

무라노가 도이가키를 지적하자 아마노가 고기 그릇을 치워 식탁 위에 빈 공간을 만들었다. 도이가키는 서류철을 꺼내서 식탁 위에 펼쳤다. 서류철에는 아마노가 찍은 듯 보이는 사진들이 나란히 정리되어 붙어 있었으며, 그 아래에는 도이가키가 쓴 것으로 보이는 작은 각주들이 있었다. "와" 하고 레이가 감탄사를 내뱉었고, 고토다가 낮게 휘파람 소리를 냈다.

"멋지군."

"힘들었다고."

무라노의 찬사를 들으며 도이가키가 노트를 펼쳐 보고를 시작했다.

"오토나시 사야. 17세. 전학 수속 서류에 첨부된 이력서에 의하면 본적과 현주소는……"

"잠깐 기다려."

레이가 깜짝 놀라 물었다.

"그런 걸 어떻게 손에 넣은 거야?"

"직원실에 숨어들어 담임의 책상에서 훔쳐봤지. 덤으로 이력서 복사본은 자료 맨 뒤쪽에 있어."

"어이, 그렇게까지 하라곤 한 적 없어."

무라노가 매섭게 질타했다.

"만에 하나 걸리기라도 하면 어쩌려고."

"괜찮아. 복사만 하고서 제자리에 갖다놨으니까."

"일단 조회는 해보겠지만……. 가짜일 거야, 아마."

두 사람의 말싸움을 귓등으로 흘려들으며 고토다는 수첩을 꺼내 메모하기 시작했다.

"그보다 학교에서는 평가가 어때?"

"D반 녀석들 말로는 얌전한 아이라는 게 일반적인 평가더군. 누구와도 이야기를 나누지 않고, 누구도 그녀에게 말을 걸지 않아. 지각도 없고 결석도 없어. 수업 태도는 양호한 편이고, 특히 영어는 능숙한 모양인지 질문을 던진 영어 선생 무라사키는 오히려 발음이 틀리다는 지적을 받기까지 했다더군. 외국에서 살다 왔다는 설도 있었어. 단, 체육은 무조건 견학이야."

"생리는 있다는 건가."

아마노가 짓궂은 농담을 던졌다.

"누구도 말을 걸지 않는다니 무슨 뜻이야? 이렇게 미인인데."

무라노는 아마노의 농담을 무시하고 질문을 던졌다.

"이유는 모르지만 접근하기가 힘들대. 이야기를 걸려고 마음을 먹었다가도 일단 눈앞에 서면……"

"몸이 위축되지."

도이가키가 깜짝 놀라 레이의 얼굴을 쳐다보며 고개를 끄덕였다.

"응, 다들 그렇게 말하더라고."

"뱀 앞의 개구리처럼?"

"아니, 조금 틀려."

레이가 무라노의 말을 정정했다.

"어두운 숲속에서 늑대와 마주친 인간 쪽이 더 어울려."

"너 말야, 어두운 숲속에서 늑대와 마주친 적이 있기나 하냐?"

"응. 어두운 숲속은 아니었지만."

레이는 무라노의 눈을 똑바로 쳐다보며 대답했다. 레이를 노려보던 무라노는 그의 눈에 담긴 것이 반발심이 아니라 공포라는 것을 알아채고 슬쩍 미간을 찌푸리며 고개를 돌렸다. 그러고는 팔짱을 끼면서 고토다와 똑같은 말을 입에 담았다.

"사악하다……"

"아베라는 애가 말한 게 그런 뜻일지도."

사악한 기운을 풍기는 아름다운 소녀 전학생은 3류 만화에서도 보기 드문 테마이다. 하지만 실제로 그런 소녀가 자신들의 학교에 있다면, 게다가 그 소녀가 살인 사건에 관련되어 있으며, 그 범행 현장으로 추정되는 현장을 목격한 자와 다음 피해자 후보까지 주변에 실존한다면 더 이상 웃어넘길 수가 없는 것이다. 있을 수 없는 일이라고 생각하면서도 무라노와 친구들은 입 밖으로 소리 내서 하는 대화와 자신이 살아온 현실 사이에 느껴지는 괴리감과 기묘한 위기감 때문에 당혹해했다.

"하지만 말야, 생리가 있다면 어쨌거나 인간이란 거잖아."

"머릿속에 떠오르는 걸 모두 입 밖에 내지 말라고 했지!"

다시금 저속한 말을 꺼내는 아마노에게 무라노가 버럭 소리를 질렀다.

"결국 이러저러한 것 같다는 심증만 있을 뿐, 사야라는 애에 대해선 아무것도 확실한 게 없다는 결론이로군."

묵묵히 종이만 넘기고 있던 고토다가 서류철을 닫으며 결론을 내리듯 말했다.

"말 먹이로 쓸 수 있을 만큼 많이 찍긴 했는데……, 무슨 새로운 사실이 있는 것도 아니고 현상비를 대줘야 할 만큼 가치 있는 것들은 아닌걸."

"그럼 이건 어때?"

도이가키가 최후의 수단이라는 듯 도발하는 표정으로 교복 가슴 주머니에서 몇 장의 사진을 꺼내 식탁 위에 늘어놓았다. 사진을 집어든 레이의 표정이 굳어졌다. 한 장은 사야가 검은 외제 차에 올라타는 장면을 몰래 찍은 것이었다. 그 옆에는 두 명의 검은 정장 차림의 남자가 서 있었다. 그리고 다른 사진들은 그 두 사람을 망원 렌즈로 확대해서 찍은 것이었다. 평소 촐싹대는 아마노이긴 했지만, 사진 실력 하나만은 확실했다. 키 큰 초로의 남자와 건장한 중년 남자. 그날 밤 레이가 목격한 두 명의 외국인이었다.

"틀림없어……. 그 2인조야."

레이가 내뱉듯이 말하자 도이가키와 아마노가 회심의 미소를 지으며 손을 맞잡았다.

"적어도 이걸로 미와의 증언에 대한 의심은 사라진 거지?"

도이가키가 자랑스러운 듯 가슴을 내밀었다.

"건방지게시리, 이런 게 있으면 빨리빨리 내놓았어야지."

화를 내는 말투였지만 무라노도 안도하는 표정이었다. 아무리 친구의 말이라고는 하지만 너무나 믿기 어려운 내용이었기 때문이다. 이번에 나온 증거 덕분에 상황은 확실히 한 단계 진전된 셈이었다.

"그 사야라는 여자, 꽤 높은 신분인 것 같더라고. 노골적으로 정문 앞에서 당당히 기다리는 건 아니었지만, 그래도 이런 엄청난 외제 차로 마중을 나오다니. 거기다 경호원까지 붙여서 말야."

"쫓아가 봤냐?"

무라노가 도이가키의 컵에 맥주를 따라주며 물었다.

"우리들이 슈퍼맨이냐?"

한 모금 달게 마신 뒤 도이가키가 말을 이었다.

"하지만 오토바이 한 대만 있으면 내일 당장이라도……"

"그럴 필요 없어."

레이에게서 건네받은 사진을 보고 있던 고토다가 입을 열었다. 그는 의아해하는 일동 앞에 사진을 내밀고는 니코틴에 절어 색이 변한 손톱 끝으로 사진 한쪽 구석을 톡톡 두들기며 말했다.

"아직 관찰력이 모자라군. 사진을 자세히 보라고."

"외교관 번호판이로군!"

도이가키가 외쳤다.

"외교관 번호판이라니?"

아마노가 어리둥절해하면서 질문했다.

"대사관의 차란 말이야, 멍청아."

무라노가 대신 대답해 주었다.

"그럼, 당신 알고 있었던 거야?"

레이가 고토다를 쳐다보며 말했다.

"이봐, 나라고 놀고 있는 건 아니라고. 이래봬도 현직 형사라는 걸 잊으면 곤란해."

일순 도이가키의 표정이 어두워졌다. 아마노가 졌다는 듯 고토다의 컵에 맥주를 따랐다.

"그래서 목적지는?"

맥주를 단숨에 들이켠 고토다가 대답했다.

"나도 슈퍼맨은 아냐."

일제히 실망의 탄식이 새어나왔다. 도이가키가 외쳤다.

"잘난 척해 봤자 결국 우리하고 다를 게 없잖아!"

"이제부터가 달라. 일반인과는 말이지."

고토다는 애용하는 경찰 수첩을 뒤적이면서 말을 이었다.

"그 번호판은 이스라엘 대사관의 차로 등록되어 있더군. 단, 그 두 사람은 대사관 직원이 아니야. 고용인 명단에도 올라 있지 않고."

생각지도 못한 상황에 일동의 표정이 딱딱하게 굳었다.

"어이, 정말이야?"

"이스라엘이라니, 그 이스라엘 말야?"

"안 되겠는걸."

뭐가 안 되는지는 레이나 무라노도 잘 알 수 없었으나 사건의 본질은커녕 윤곽조차 희미한 상황에서, 갑작스레 튀어나온 '이스라엘'이라는 단어는 상당한 충격으로 다가왔다. 고교생 활동가를 노린 연쇄 살인 사건, 엽기적인 살해 방식, 피해자가 소속되어 있는 불가사의한 당파, 사건 전에 항상 모습을 드러내는 전학생……. 이어질 듯하면서도 이어지지 않는 그 사슬들 속에 지금 또다시 새로운, 그리고 전혀 스케일이 다른 사슬이 끼어든 것이다. 사태는 평범한 고교생인 레이 일행은 물론, 일개 형사인 고토다에게도 벅찬 지경에 이르렀다. 그러나 사건은 레이의 학교를 무대로 진행되고 있었으며, 목격자인 레이는 말할 것도 없고 친구들 역시 고토다를 도와 행동해 왔기에, 이미 보통 고교생은 물론이거니와 과격파 고교생 활동가에서도 크게 벗어나 있었다. 어쩌면 어차피 잃을 것도 없다는 무당파 특유의 자포 자기한 심정이 다른 때라면 호기심을 억눌렀을 위기감을 마비시키고 있는 것일지도 몰랐다.

이해할 수 없는 점은, 아무리 과격파 활동가들이라고는 해도 기껏해야 고교생에 지나지 않는 레이 일행을 여기까지 말려들게 한 주제에 태연한 표정을 짓고 있는 고토다라는 남자의 정신 상태였다. 직업이 형사라는 점을 감안한다면, 이미 제정신이 아니라고까지 할 수 있는 수준이었다. 혼란이 커져가는 만큼 그들의 논의도 점점 열기를 더해갔다.

"사야라는 여자 뒤에 이스라엘이 있다는 건가?"

"대사관의 차가 마중을 나온다고 해서 그 여자가 이스라엘의 국익을 위해 활동하고 있다고 볼 수는 없잖아?"

"사실은 일본계 유태인이었다던지?"

"아니, 그보다 일본인인 것은 맞아?"

"버터 냄새 나는 얼굴이긴 한데."

"하지만 일본 국적이 없으면 공립 학교에 편입할 수 없잖아?"

"무엇보다 서류에 새빨간 거짓말을 기재할 수 있다는 것 자체가 이상하지 않아?"

"교육 위원회가 태만해서 그런가보지."

"야, 그건 반혁명적인 발언이야!"

"맞아, 맞아. 경찰의 조사까지 막아내는 녀석들인데 교육 위원회에 압력을 넣는 게 어렵겠어?"

"역시 국가 규모의 범죄란 건가?"

"이스라엘이 관련되어 있다면 국제적인 모략일지도……"

"알았다!"

아마노가 외마디 소리를 지르며 '짝' 하고 손바닥을 마주쳤다.

"그 두 중년 사내는 모사드의 파괴 공작원이고, 여자아이는 암살자일 거야."

"생각나는 대로 입에 올리지 말라고 몇 번을 말해야 알아듣겠냐, 넌!"

"모사드는 아랍 게릴라와 나치주의자를 상대하느라 바빠! 극동에 있는 작은 나라의 좌익 고교생을 죽이고 다닐 정도로 한가하지 않다고!"

"무엇보다 모사드의 암살자가 왜 일본도를 휘두르고 다니는데?"

"아, 알았어!"

다시 아마노가 생각났다는 듯 말했다.

"넌 조용히 있어!"

"무라노, 그런 강압적인 태도는 좋지 않아."

"아마노도 발언권은 보장받아야 해."

"보나파하지 말라고."

'보나파'는 보나파르티슴, 즉 나폴레옹의 독재주의에서 나온 말로 독재주의적 경향을 띤다는 뜻이다. 일반적으로는 '잘난 척하지 마'나 '파시즘'과 비슷한 어감으로 사용되는 말이었다.

"알았어, 알았어. 빨리 말해. 시간이 아깝다."

"그러니까 말이지……, 그 두 사람은 CIA의 수사관이고."

"그래서 말하지 말라고 했던 거라고!"

무라노가 다시 분통을 터뜨리며 외쳤지만, 그에게도 딱히 뾰족한 생각이 있는 것도 아니어서 다시 일행은 잠잠해졌다.

"이봐, 아저씨."

레이가 고토다에게 말했다.

"당신 생각은 어때?"

"사야라는 여자의 정체에 대해서, 아니면 사건 그 자체에 대해서?"

"어느 쪽이든."

벽에 기대앉은 채 멍하니 논의를 듣고 있던 고토다가 몸을 일으키자, 일행의 시선이 일제히 그에게 쏠렸다.

"어디……, 일단은 고기나 먹고 다시 생각해 보는 게 어때. 추가 주문한 음식도 나왔고 말이지."

갈비 10인분.

생고기 10인분.

막장과 소금을 넣은 갈비탕 3인분.

김치와 깍두기 둘씩.

나물 가득.

냉면 두 그릇.

국밥 곱빼기.

비빔밥 곱빼기와 추가 국물.

육회 비빔밥 곱빼기와 추가 국물.

맥주 다섯 병.

추가 주문한 음식이 식탁 위에 상다리가 휘도록 차려졌다. 이화원 같은 대중 식당은 고급 식당처럼 손님의 식사 속도에 맞춰 요리를 내오거나 하는 식으로 섬세하게 손님을 배려하지 않았기 때문에 손님이 알아서 식사 속도와 순서를 조절해야 했다. 그래서 후식으로 먹을 생각으로 냉면을 주문했던 나베다와 레이는 고기가 구워지기를 기다리면서 먼저 냉면을 먹어야 했다.

논의를 관리하듯 고기나 냄비 요리처럼 한 명이 관리해야 하는 요리를 좋아하는 무라노가 네모난 철망에 사각형으로 고기를 늘어놓으며 말했다.

"어쨌거나 정보가 너무 모자라."

면이 불 염려가 없는 국밥이나 비빔밥을 주문한 아마노와 도이가키는 고기가 구워지기 전까지 여유 있게 맥주를 마시며 무라노의 발언에 귀기울였다.

"언제나 사건의 본질을 이해하는 것이 곧 사건을 풀어나갈 수 있는 유일한 방법이야. 이 경우 우리들의 사상적 입장에서 볼 때, 사건의 해결이란 에스에르파의 고교생 조직을 방어하는 것만을 의미하지 않아. 우리의 최우선 과제이자 획득 목표는 투쟁 위원회의 멤버인 아오키 세이지의 피살을 막는 것이지. 두 번째로, 현재까지 밝혀진 바와 같이 이 범행이 신좌익 세력을 적대시하는 세력에 의한 정치적 테러 또는 국가적 모략이라면 우리는 고토다 씨의 수사에 협력할 것이고, 만일 이 사건이 단순히 개인적 원한 또는 이상 심리에 의한 비정치적 범죄라는 것이 판명되면 우리는 그 시점에서 동맹 관계를 해제할 거야……. 여기까지는 알겠지?"

"이의 없음."

나베다, 도이가키, 아마노 세 명이 대답했고 잠시 뒤에 레이가 고개를 끄덕였다.

"너희들의 임시 강령은 알고 있으니까 좀 넘어가자."

짜증 내는 목소리로 고토다가 내뱉었다.

"계속해서 정보를 수집한다 해도……."

고토다를 무시하고 무라노가 말을 이었다.

"문제는 그 방법이지. 모두의 의견을 들어보고 싶은데."

"고기 다 익은 것 같은데?"

"먹으면서 이야기하자고."

일동은 일제히 고기에 덤벼들었다. 무라노가 불판이 비는 족족 고기를 올려놓았다. 고기는 불판에 놓이기가 무섭게 일행의 입 안으로 사라졌다. 그러다 보니 먹으면서 이야기를 한다기보다는 먹다가 고기가 구워지는 틈에 이야기를 하는 식으로 논의가 진행 되었다.

"학교 밖에서 하는 조사는 한계가 있어. 학생이라는 제약이 따 라붙는 데다가, 자금도 넉넉하지 않거든. 거기다 현재 유일한 실 마리인 대사관은 우리로선 손을 쓸 수 없는 곳이고."

입 안에 고기를 몇 점 쑤셔넣은 나베다가 우물거리면서 말했다.

"그렇다 해도 아저씨, 짧은 시간에 잘도 거기까지 조사했네?"

"외사과에 물어봤지."

맥주 잔을 입가에 가져가면서 고토다가 대답했다.

"외사과면 확실히 공안부였지? 당신 공안부를 싫어하는 것 아 니었어?"

레이가 묻자 고토다는 '호오' 하고 감탄하는 듯한 표정으로 그 를 바라보며 컵을 내려놓았다.

"친구가 한 놈 있어서 말야. 공안부 녀석들이 24시간 대사관 관계자를 감시하고 있다는 건 알지?"

"그렇군."

애매하게 대답하면서 레이는 뭔가 속고 있다는 느낌을 받았다.

"과연 직업은 못 속인다는 건가?"

아마노가 가벼운 농담을 던졌다.

"그쪽 일은 당신에게 맡길 수밖에 없겠군."

무라노까지 그렇게 말하자 레이는 동의할 수밖에 없었다. 이러니저러니해도 대사관을 상대로 뭔가 행동을 벌일 수는 없는 일이었기 때문이다.

"문제는 학교인데……."

무라노가 말을 던졌다.

"역시 열쇠는 아오키 본인이겠지?"

"그 자식, 태평스런 얼굴로 등교하더군. 대단한 배짱이야."

"그 자식한테 그런 근성이 있었던가."

"재판이니 숙청이니 하는 살벌한 이야기는 꽤 좋아했지만."

친구들의 이야기를 들으면서 레이는 아오키에 대해 생각했다. 아오키 세이지는 '사연'의 부원이긴 했지만 레이와 마찬가지로 머릿수를 채우기 위한 유령 부원이었다. 1년 전 그는 축구부에 몸을 담고 있던, 문학이니 정치니 하는 것보다는 땀을 흘리며 달리는 것을 더 좋아하던 전형적인 체육계 학생이었다.

그런 아오키가 레이네 그룹에 들어오게 된 것은, 순전히 무라노와 레이가 아오키의 반 담임과 일으킨 소동 때문이었다. 각 반을 돌아다니면서 반전 집회에 참가하자고 외치던 레이와 무라노는 우연히 교실에 있던 아오키네 반 담임과 말싸움을 하게 되었다. 그때 닥치고 공부나 하라는 식으로 레이를 야단치던 담임에게 항의했던 학생이 바로 아오키였던 것이다. 아오키는 정색을 하고 담임에게 다가가 그쪽 말도 들어봐야 한다고 레이를 편들고 나섰다. 당황한 레이와 친구들이 말리지 않았다면 담임을 때렸을지도 몰랐다.

공을 차면서 운동장을 뛰어다니던 아오키가 그때 무슨 생각으로 그랬는지는 알 수 없는 일이다. 어쨌거나 그 사건이 인연이 되어 함께 집회에 참가한 이후로 아오키는 '사연'의 서클 룸에 얼굴을 내밀게 되었고 동시에 시험 공부에 쫓기는 일상에서 급속도로 멀어지게 되었다. 급진적인 혁명파이자 혈기 왕성한 아오키의 언동은 동료들 사이에서도 자주 안 좋은 평판을 일으켰으나, 레이는 그의 치기 어린 정의감이 싫지 않았다.

그런 아오키가 태도를 바꾸고 어두운 표정을 지으며 레이 일행과 멀어지게 된 것은 에스에르파에 들어간 이후의 일이었다. 레이 일행은 기본적으로 무당파를 지향하고 있었으나, 특정 당파에 들어가는 것에 대해 아무런 간섭도 하지 않았다. 기본적으로 동인 집단에 가까운 레이네 서클을 유지하기 위해서는 사상적 차이보다는 내부적으로 인간 관계의 균형을 유지하는 것이 우선시되었기 때문이었다. 그런 면에서 볼 때, 어제 서클 룸에서 아오키가 보였던 방만한 태도는 레이 일행이 만든 집단의 규범을 크게 벗어나는 것이었다. 그러니 지금 여기서 아오키에 대해 이야기를 할 때에 좋은 말이 나오지 않는 것은 당연하다면 당연한 결과였다.

'오자키 군은 이제 두 번 다신 돌아오지 못할 것 같아요.'

아베는 그렇게 말했다. 레이는 아오키 역시 두 번 다시 예전 모습으로 돌아오지 못하는 건 아닐까 하는 생각이 들었다. 그날 레이가 피부로 느꼈던 아오키의 차가운 시선은 사람이 사람에게 보낼 수 있는 종류의 것이 아니었다. 흔히 사람이 변했다고 말들 하지만, 아오키의 변화는 생각이나 사상이 바뀐 정도가 아니었다. 한 명의 인간을 그렇게까지 바꿔버릴 수 있는 힘이란 대체 어떤 것일지, 레이로선 상상조차 할 수 없었다.

"불러도 안 나오면 어쩌려고?"

"심문이라도 해볼까?"

"관둬. 폭력은 반대야."

"그런 말은 하지 않았어. 그냥 좀 거칠게 물어볼 뿐이야."

"그게 폭력하고 뭐가 다른데?"

논의는 어떻게 아오키로부터 정보를 끄집어낼 것인가로 귀결된 듯했다.

"여기서 이렇게 이야기해 봤자, 결국 아무것도 되는 건 없잖아? 일단은 내가 불러내서 말을 해볼게. 어때?"

"무라노에게 맡기자. 난 아무래도 그 자식 대하기가 좀 뭐해서."

원래부터 아오키와 충돌이 많았던 나베다가 동의하자, 나머지 멤버들도 '이견 없음' 하고 대답했다.

"미와도 괜찮은 거지?"

"아아, 맡길게."

무라노가 선선히 어려운 일을 자청하고 나서자 레이는 내심 안도의 한숨을 내쉬었다.

'나는 아오키를 두려워하고 있는 건가?'

레이는 속으로 자문했다. 진정 두려운 것은 아오키 본인인가, 아니면 아오키를 그렇게 만든 다른 어떤 힘인가……?

"일단 행동 방침을 점검해 보자. 도이가키와 아마노는 계속해서 여자를 감시한다. 단 그녀가 학교를 나선 다음부턴 이 아저씨한테 맡길 것. 아오키에겐 내가 가보지. 그리고 미와와 나베다는……"

"하나 좀 이상한 게 있는데."

무라노의 말을 가로막으면서 레이가 입을 열었다.

"뭐야, 제안할 거라도 있어?"

"아오키를 심문한 다음에 그 여자도 심문할 건 아니지?"

"멍청아, 상대방은 일본도를 휘두르는 아가씨라고."

"학교에서 그런 걸 휘두를 리는 없잖아."

"밤길에 목이 뎅정 날아갈 수도 있잖아?"

"알았으니까 넌 좀 닥치고 있어!"

무라노가 도이가키 일행을 조용히 시킨 뒤에 다시 말했다.

"좋아, 미와 말해 봐."

"……동기 말이야."

도무지 끝이 날 줄 모르는 레이 일행의 대화에 지쳐 지겹다는 표정으로 담배를 피우고 있던 고토다가 입가를 일그러뜨리며 웃었다. 레이는 계속 말을 이었다.

"무라노의 말대로 사건의 본질을 이해하기 위해서는 사실 관계를 규명하는 것도 물론 중요하지만, 다른 측면에서 생각해 볼 필요도 있지 않을까?"

"범죄의 본질은 언제나 동기에 있지……. 꽤 괜찮은 의문이야."

흡사 학생의 논의를 유도하는 세미나 교수 같은 말투로 고토다가 말했다.

"계속해 봐."

지금까지 조용히 이야기를 듣고만 있던 고토다가 레이의 발언 중 어느 부분에 흥미를 느낀 모양이었다. 레이는 그의 표정을 살피면서 이야기를 시작했다.

　"살인 사건인 이상, 그 살해 방법에는 범인의 범행 동기 중 일부분이 반드시 반영되게 되어 있어. 세 건이나 같은 방법으로, 그것도 이만큼이나 엽기적인 수단을 사용했다면 거기엔 뭔가 의미가 있다고 보는 게 맞지 않을까?"

　"원한, 숙청, 본보기……."

　"그런 걸로 보기엔 조금 이상해. 피를 빼서 죽이는 건 음험하긴 하지만 박력과 설득력이 모자라잖아?"

　"단순히 미친놈이었던 게 아닐까?"

　"범행 수단에 동기를 해명할 열쇠가 있다는 것은 맞는 말이라고 생각해. 하지만 그 방법이 이렇게까지 엽기적이어선 알 도리가 없잖아?"

　"결국 이야기가 다시 처음으로 돌아갈 뿐이야. 그리 생산적인 발언이라고는 생각되지 않는데."

　무라노가 결론을 내리듯 말했다.

　"사람 말을 끝까지 들어보자고."

　고토다가 다시 짜증을 내듯이 한마디했다. 곧바로 레이가 말을 이었다.

　"나도 세 명을 죽인 방법에서 범인의 동기를 추리해 낼 수 있다고는 생각지 않아. 그러나 적어도 그 방법의 동일성과 특이성으로 미루어 보아 세 사건이 동일범에 의한 범행일 가능성이 극히 높다는 건 모두 이해할 것이라고 생각해. 여기까진 알겠지?"

"말을 돌리는군."

도이가키가 말했다.

"결론이나 말해 봐."

"조금만 더 기다려……. 자, 봐. 일련의 범행에서 사용된 방법에 주의를 돌린다면, 신경 써야 할 점은 동일성과 특이성만은 아냐. 그 차이점에 대해서도 똑같이 신경을 썼어야 했다는 생각이 들지 않아?"

"무슨 소리야?"

아마노가 물었다.

"좀더 구체적으로 말해 봐."

무라노도 재촉하고 나섰다.

"나는 일련의 범행이라고 말했어. 너희들은 잊었어, 내가 목격한 그 여자의 살해 현장 이야기를……? 세 사건의 방법은 확실히 같다고 생각해. 하지만 그 사야라는 여자는 달라. 오히려 대조적이라고 해도 좋을 정도지."

"피가 전혀 없는 현장과 피투성이인 현장 말이지? 분명히 대조적이긴 하네."

도이가키가 동의했다.

"그래서 그게 어쨌다고?"

무라노가 물었다.

레이는 그들의 둔한 반응에 화를 내면서도 작은 영감에 불과했던 생각이 말로 옮기는 와중에 점점 명확한 형태를 띠는 것을 느끼고 가슴이 뛰었다.

"내 생각에 가장 중요한 것은 수단이 다르면 동기도 다를지 모른다는 거야."

'아' 하고 나베다가 작게 신음소리를 냈다.

"아마도 그 차이 속에 이번 사건의 본질이 부분적으로 나타나 있는 것이 아닐까 싶어."

"그러니까……."

드디어 말뜻을 알아챈 나베다의 말을 가로막으면서 레이는 단숨에 말을 끝냈다.

"그러니까 말야. 나는 이번 일련의 살인 사건에 사야와 두 외국인 외에 전혀 다른 용의자가 존재할지도 모른다고 생각해."

레이는 자신이 한 말의 효과를 확인하려는 듯 일행을 둘러보았다. 도이가키와 무라노는 젓가락을 공중에 멈춘 채 멍하니 레이를 쳐다보았고, 나베다는 손으로 머리를 감싸고 주저앉았다.

"저어, 그게 무슨 뜻인지……."

아직 무슨 이야기를 하는 건지 모르겠다는 듯 아마노가 무라노의 얼굴을 훔쳐보았다.

"그러니까 세 사람을 죽인 범인과 그 사야라는 여자는 동일 인물이 아닐 거라고 말하고 있는 거야, 미와는!"

"매번 세 명의 피해자가 사라지기 전에 나타나서 사건 직후에 모습을 감춰버리는 여자가 우리 학교에, 그것도 살해당한 세 명과 같은 조직에 소속되어 있는 아오키의 반에 전학 왔다는 사실에 현혹되어 그 여자와 살해된 세 사람을 그대로 연결지어 생각해 버리고 만 거지……. 실수였어."

한숨을 한번 쉬면서 레이는 맥주 잔을 입으로 가져갔다.

갑자기 '짝짝짝' 하고 박수 소리가 들려왔다.

"좋아, 좋아. 고교생치고는 매우 훌륭해."

일행이 일제히 눈을 돌리자, 고토다가 만족스런 미소를 지으며 박수를 치고 있었다.

"그러나 아직 50점 정도일까?"

"무슨 소리야, 아저씨?"

나베다가 고토다를 노려다보며 말했다.

"주어진 정보를 냉정히 분석하면 필연적으로 떠올라야 하는 가능성 아닌가? 그것도 다른 누구도 아닌, 사야라는 애의 살해 현장에 있었던 유일한 목격자가 이제야 그걸 눈치챘다는 것도 참 한심스런 이야기 아냐?"

잔뜩 들떠 있던 레이의 기분이 순식간에 가라앉았다. 맞는 말이었다. 반론의 여지조차 없었다.

"그리고 말이야, 살해의 동기는 그 방법뿐만 아니라, 다른 것에도 반영되게 마련이지. 무엇일 것 같아?"

일동은 서로 얼굴을 마주보았으나 아무것도 생각해 내지 못했다.

"죽은 사람. 시체 말이야."

눈을 빛내면서 고토다가 말했다.

"정확히 말하자면 시체가 놓인 상황이라고 할까……? 고깃집 방석 위에서 나눌 만한 화제는 아니지만 들어볼래?"

"우리의 위장은 그렇게 연약하지 않아."

무라노가 도발적으로 말하자 전원이 동의했다.

"정말로 괜찮은 거지?"

"끈질기군!"

나베다가 불판 위에 와르르 한 무더기의 갈비를 쏟아놓자 치이익 소리와 함께 연기가 피어올랐다.

"그럼, 이야기하지."

고토다가 담배에 불을 붙였다.

"범죄자가 시체를 어떻게 처리하는가에 대해 이야기하기 전에 말야……. 먼저 왜 사람은 시체를 처리하려 하는가, 그것에 대해서 먼저 이해해 둘 필요가 있어. 실제로 인간의 역사는 시체의 처리를 둘러싼 싸움의 역사였다고 말해도 과언이 아니니까 말이지."

"갑자기 역사 이야기인가?"

도이가키가 말했다.

"왠지 긴 이야기가 될 것 같은데."

나베다가 한마디 거들었다. 그 말을 긍정하는 듯 고토다는 컵에 맥주를 따르며 말을 이었다.

"병사, 자연사, 사고사, 살인, 전쟁……. 그 유래가 무엇이든지 간에, 인간은 시체를 회수해서 처리해 왔지. 왜 그런 것 같아?"

"비위생적이니까."

"전염병의 원인이잖아?"

"지저분하고 냄새나."

"그뿐인가?"

고토다가 일동을 둘러보았다.

"범죄를 은닉하고 조사를 늦추려고."

"그건 나중에 이야기해야 할 주제이지. 나는 가장 일반적인 시체 처리의 동기에 대해 묻고 있는 거야."

"윤리적인 문제도 있겠지. 시체를 방치하는 것은 사회 분위기상 안 좋은 데다가, 인간의 존엄성에도 어긋나니까."

"위생, 윤리, 인간의 존엄……. 그 외엔 없나?"

말이 막힌 일행은 서로 얼굴을 마주보았다. 참을성이 없는 무라노는 짜증을 내면서 다리를 떨었고, 도이가키는 담배를 꺼내 물었다. 레이도 고토다가 무슨 대답을 바라는지 도통 알 도리가 없었다.

"알았다!"

아마노가 손을 번쩍 들며 말했다.

"무서우니까!"

고토다가 만면에 짓궂은 웃음을 지으며 따졌다.

"무섭다니, 뭐가 무서운데?"

"그러니까, 시체가……"

"시체의 어디가?"

"……."

할말이 떨어진 아마노가 구원을 청하듯 일행을 돌아보았으나 아무도 대신 대답하지 못했다.

"시체가 눈을 뜨거나 일어서서 걷거나……. 그러니까 시체가 되살아나는 것이 무서운 게 아닐까?"

머리 나쁜 학생에게 정답을 유도하는 듯한 능숙한 교사의 말투로 고토다가 대신 말하자, 아마노가 기뻐하면서 몇 번이나 고개를 끄덕였다. 고토다도 그래, 그래 하는 얼굴로 만족한 듯 맥주를 들이켰다.

"당신……."

무라노가 더 이상은 참을 수 없다는 얼굴로 말했다.

"대체 무슨 이야길 하고 있는 거야?"

"인간은 무엇이 두려워 시체를 처리하는가. 그 얘기를 하고 있지."

고토다는 무라노의 분노 따위는 신경도 쓰지 않는다는 태도로 빈 컵에 맥주를 따랐다.

"위생상의 문제니, 윤리니, 인간의 존엄이니……. 그런 건 기껏해야 지난 몇 세기 사이에 생겨난 관념에 불과해. 역사가 시작되기 전, 그러니까 문자 없는 사회(無文字社會)에 살던 사람들은 죽음을 어떻게 생각했을까? 생리학이나 병리학, 면역학 등은 물론이고 생물에 대한 기본적인 지식조차 없었던 인간들은 병이나 죽음을 어떻게 이해하고 설명했을까?"

"악마 또는 사신?"

아마노가 몸을 내밀며 대답하자 고토다는 상냥하게 미소 지었다. 교사인 고토다가 맥주 잔을 손에 든 꼬질꼬질한 형사풍의 중년 남자만 아니었다면 어쩌면 따뜻한 사제지간의 문답으로 보였을지도 몰랐다.

"미안하지만 악마는 영혼의 타락과 관계 있을 뿐이야. 사람의 생사는 신이 관리하지. 거기다 그러한 기독교적 관념은 당시에는 유럽 문명권, 그것도 극히 일부 특권 계층들 사이에서만 유통되던 고급 관념에 불과해……. 더욱 단순하면서도 설득력 있는 설명이 당시 인간들에겐 필요했지."

그렇게 말하고 고토다는 손가락으로 작은 접시에 담긴 김치를 집어 입에 넣었다. 싸구려 김치는 맵기만 할 뿐 풍미도 깊은 맛도 없었다. 고토다는 기침을 하면서 말을 이었다.

"유행병에 의해 생기는 대량의 죽음, 유전성 질환에 의한 원인 불명의 죽음, 낙뢰나 낙석 등의 자연 재해에 의한 부당한 죽음, 나이 들어 죽는 자연사……. 세계는 수많은 죽음으로 가득 차 있었어. 그들 또한 이렇게 불합리한, 그러나 명백한 죽음이 가져다주는 공포와 사회적 불안에 대해 설명을 요구했지. 아까 했던 말인데, 검시 제도는커녕 병리학의 기초조차 없던 시대의 이야기야. 그들이 납득할 수 있는 죽음은 살인이나 전쟁에서 죽는 것처럼 누군가가 지닌 악의(惡意)가 가져온 죽음이지, 자연이나 우주 법칙으로 인해 찾아오는 당연한 죽음은 아니었어. 죽음은 찾아오는 게 아니라, 누군가가 가져오는 것이었지. 더욱 단순하고 설득력 있는 설명은 무엇이었을까? 그것은 죽음을 죽은 자의 탓으로 돌리는 것이야."

"순서가 바뀌었잖아."

고기를 굽고 있던 무라노가 손이 비는 틈을 타 자신의 육회 비빔밥을 먹으면서 불만스럽다는 듯이 말했다.

"아무리 과학적인 사고가 일반적이지 않은 세계였다고 해도 논리 정도는 있었을 것 아냐. 시체는 죽음의 결과지 원인은 아냐."

"논리적 사고란 녀석은 항상 같은 과정을 거쳐 동일한 결론을 내리도록 해주는 게 아니란다."

무라노의 육회 비빔밥에 매료된 듯 고토다가 나물 그릇을 가져가며 답했다

"이 경우, 두 가지의 편견이 그들의 추론에 영향을 주었다고 생각할 수 있지. 그중 하나는 두 가지 현상이 연달아 일어날 경우, 제1의 현상은 제2의 현상의 원인이라고 생각하는 거야. 여기서 제

1의 현상은 시체의 출현이고 제2의 현상은 죽음 그 자체를 뜻하지."

고토다는 나물 그릇을 마치 신께 바치기라도 하는 것처럼 높이 받쳐들고 시를 읊듯이 라틴어로 말했다.

"포스트 호크 에르고 프로프테르 호크(그 일 뒤에, 때문에, 그 일 탓에)."

"뭐야 그건."

무라노가 물었다.

"너희들이 사야라는 소녀의 출현과 세 사람의 죽음을 연결지어 생각했던 것과 같은 논리야."

고토다는 그렇게 대답한 뒤 나물을 한입 가득 물었다. 무라노는 노골적으로 싫은 얼굴을 했다.

"시체의 출현이라니 무슨 뜻이야?"

이번엔 아마노가 물었다.

"말 그대로지. 세계 어떤 문화권에 가도 죽었다가 다시 살아나서 가족이나 친구에게 죽음을 가져다주는 녀석들이 존재하잖아?"

와작와작 소리를 내어 나물을 씹으면서 고토다가 말을 이었다.

"슬라브의 뱀파이어, 러시아의 우피르, 그리스의 브뤼콜라카스, 루마니아의 스토리고이, 북부 독일의 나하제어……"

"그거 설마 흡혈귀들?"

깜짝 놀란 아마노가 국밥 그릇에서 얼굴을 들었다.

"이봐요, 아저씨."

도이가키가 이번에는 비빔밥 그릇을 식탁에 내려놓으면서 뭐라고 말하려고 했다.

"가만히 듣고 있자니까……"

"흡혈귀라는 건 말이지. 죽음이라는 설명할 수 없는 사태를 설명하기 위한 지역적이며 집약적인 표현으로, 일종의 도피처였어. 가슴에 말뚝을 박아넣는 것은 죽은 자의 위협으로부터 도망치는 방법을 상징적으로 표현한 것이고 말이야. 예를 들어 흡혈귀에 물린 인간은 흡혈귀가 된다는 전설은 전염병을 설명하는 당시의 가장 뛰어난 상징적 은유였다고 생각하면 이해가 갈 거야. 물론 이런 식의 해석은 현대를 살아가는 우리들의 관점에서 보면 터무니없이 허황하지만 말이지. 이러한 상징들의 재미있는 점은, 당시의 인간들이 모을 수 있는 모든 정보를 모아, 그것들이 서로 모순되지 않으면서도 당시 당사자들조차 이유를 알지 못하고 보편적으로 행하던 풍습의 대부분을 논리적으로 설명할 수 있게끔 짜맞추었다는 것이지……. 뭐, 그건 딴 이야기고."

"아, 놀랐다."

아마노는 크게 한숨을 내쉬고는 다시 입 안에 국밥을 떠넣으며 중얼거렸다.

"난 살해당한 세 사람 이야기인가 했네."

"과연. 확실히 그렇게 생각하면 앞뒤가 맞긴 하네."

도이가키가 고개를 끄덕이며 말했다.

"손목의 교상과 대량 출혈사……. 피는 어디론가 빠져나간 게 아니라 빨려버린 거라고 생각하면……."

여기까지 말한 도이가키는 반대편에 앉은 나베다의 눈을 진지하게 바라보았다.

"그렇다면 현장에 핏자국이 전혀 없었던 것도 설명이 되지……."

나베다도 도이가키를 마주보며 목소리를 낮췄다. 아마노는 얼굴이 파랗게 되어 숟가락을 든 손을 멈추었다.

"농담……이겠지?"

"헛소리 말고 고기나 먹어. 고기 탄다."

무라노의 훈계에 도이가키와 나베다가 웃음을 터뜨리며 젓가락을 가져갔다.

"그만 좀 해. 무섭단 말야, 정말로."

"네가 너무 민감하게 반응하는 거야!"

무라노와 아마노의 대화를 지켜보면서 고토다도 입가를 일그러뜨리며 하이에나 같은 웃음을 지었다.

이 고토다라는 남자는 대체 무슨 생각으로 흡혈귀 따위의 화제를 꺼낸 것일까? 레이는 열심히 냉면을 먹는 척하면서 마음속으로 다시 한번 그를 의심했다.

"당신은 두 가지 편견이라 말했지."

무라노가 다시 고기를 철판에 올려놓으면서 물었다.

"그랬지. 그 일 뒤에, 때문에……"

"그건 됐어. 두 번째 것은 뭐지?"

"그들은 어떤 특정한 추론을 이끌어내기 위해서 여러 번 실험하려 들지 않았어. 단 한번이면 충분했지."

"잘 모르겠어."

도이가키가 말했다.

"설명해 봐."

나베다가 말했다.

"말하자면 말이야……. 여기에 무덤에서 튀어나온 팔이 하나 있다고 치자."

고토다가 산처럼 쌓여 있는 생고기 더미에 젓가락을 하나 꽂아넣으며 말했다.

"당시의 매장 풍습을 생각해 보면 그리 드문 경우가 아니었지. 나중에 자세히 이야기해 주겠지만, 무덤을 깊이 파려면 힘이 들 뿐만 아니라 지리적으로도 여러 조건이 맞아떨어져야 해. 그래서 대부분 무덤은 얕게 파게 되고 흙도 많이 두르지 못했지. 그러다 보니 장마가 오래 지속되거나 동물이 땅을 좀 파거나 하는 정도로도 쉽게 시체가 튀어나오곤 했어. 그러나 튀어나온 팔을 발견한 당시의 인간은 그 과정 중 한 단계만을 생각하게 되지. 무덤에서 팔이 나와 있다. 죄인의 팔은 무덤에서 튀어나온다는 말이 있다. 따라서 이건 죄인의 팔이다. 죄인의 시체는 흡혈귀의 예비 후보이니, 이것은 죽은 자가 무덤에서 나오려고 하는 것이 틀림없다. 무덤 주변에는 짐승의 흔적이 있다. 이것은 흡혈귀가 동물로 변신해서 배회하고 있다는 증거이다……. 뭐, 이런 식이지. 만일 이게 팔 하나가 아니라 반쯤 썩어버린 끔찍한 시체의 상반신이라면 어떤 일이 벌어질까?"

불고기를 잔뜩 입에 물고 우물거리던 무라노와 도이가카키가 턱의 움직임을 멈췄다.

"그리고 그 이야기를 들은 수많은 사람들이 각자의 생각을 덧붙여 저마다 다르게 해석을 했고 결과적으로 다양한 전승 설화가 태어나게 된 거지."

"말하자면 객관적인 정보가 부족했던 거로군."

간신히 고기를 삼킨 무라노가 혼잣말처럼 중얼댔다.

"부족이고 자시고, 당시에는 주관이 섞이지 않은 정보는 존재하지 않았어. 거기다 특별한 경험적 사실에서 공통점을 찾아내 종합적으로 설명 가능한 결론을 이끌어내는 귀납적 사고도 매우 드물었지…… 사건이란 건 과거에서 현재에 걸쳐 일어나는 일련의 과정들이 이어져 구성되는 것이야. 그런데 경험이나 소문을 통해서 유포되는 사건의 경우에는 우선 결론이 존재하고, 그 다음에 이야기의 앞뒤를 맞추기 위해 사건이 재구성되지. 그렇게 된 다음에야 사건이 완성되는 거야. 때문에 이런 일이 반복되다 보면, 이윽고 원래의 사건과는 전혀 다른 이야기로 변해 버리지. 바꿔 말하면, 먼저 증거가 해석되고 그 다음에 그 해석에 맞춰서 증거를 보완하는 과정이 필연적으로 일어났던 거야."

고토다는 생고기의 산과 나무 젓가락으로 만들어진 엉성한 오브제를 바라보며 계속 말을 이었다.

"미리 말해 두지만, 이러한 사고를 봉건 영주에게 착취당한 무지 몽매한 서민의 헛소리라고 생각하는 것은 현대인의 교만이야. 아무리 비과학적이고 비논리적으로 보인다 해도, 거기에는 불가사의한 사태를 합리화시키기 위한 옛날 사람들의 노력이 담겨 있어. 자, 합리화란 뭘까? 너 한번 말해 봐."

갑자기 지명된 아마노는 당황해서 우물쭈물하며 입을 열지 못했다.

"좋아, 다음."

"에, 그러니까……"

무라노 역시 대답을 제대로 못했다.

"좋아, 다음."

"쓸모 없는 것들을 제외하여 효율을 추구하는 것……."

레이가 대답했다.

"이 경우는 어떤 건지 묻는 거야, 다음."

"다음."

나베다는 아예 대답을 옆사람에게 미뤄버렸다.

"다음."

"몰라."

도이가키 역시 마찬가지였다.

전원의 패배를 확인하자 고토다가 "케케케" 하고 독특한 웃음 소리를 냈다. 유쾌해서 견딜 수가 없다는 모습이었다.

"활동가라는 게 겨우 이 정도인가. 마르크스가 무덤에서 울겠군."

무라노가 반사적으로 화를 내며 외쳤다.

"우리는 마르크스주의자가 아냐!"

"그럼 뭔데?"

"그러니까……."

"우리는 과격파다. 문제 있어?"

고토다를 똑바로 노려보면서 레이가 무라노를 대신해서 선언했다.

"그보다 그쪽은……, 정말로 형사인가?"

"형사가 사회학을 말하면 안 되나? 경찰을 단순한 육체 노동 집단이라고 생각하는 건 너희들의 편견이야. 편견은 오해에 가득 찬 이야기를 만들어낼 뿐이라고 지금 막 이야기했잖아? 좀 고쳐, 그런 건."

"쓸데없는 참견하지 마. 그보다 시체 얘기는 어떻게 되는 거야?"

인내심의 한계에 도달한 무라노가 외쳤다

"큰 소리 내지 마. 아저씨가 식칼이라도 들고 나오면 어쩌려고!"

"출입 금지당하면 어떡해?"

"이야기를 계속할 거냐, 동맹을 파기할 거냐?"

분노가 담긴 어투로 무라노는 낮게 으르렁거렸다.

"어느 특정 상황과 부딪쳤을 때, 원래부터 존재해 왔던 세계관과 모순되지 않는 범위 안에서 그것에 설명을 붙여 세계관 내에 통합시키는 행위를 합리화라 하지……. 과학적 지식을 가지지 못했던 과거의 인간들이, 이해할 수 없는 사태이며 동시에 공포 그 자체였던 죽음을 설명할 근거라고는, 시간이 흐름에 따라 부패해 가는 시체 외엔 아무것도 없었어. 여기까진 이해가 가지?"

"그래서?"

무라노가 따졌다.

"시체의 부패나 손상에 관한 이해할 수 없는 일들……. 얼굴이 부풀어오르거나, 배가 부풀어오르거나, 입에서 피를 토한다거나, 관 속에서 자세를 바꾸거나, 살이 잘려나가 뼈가 노출되거나, 시체 내부에서 발생되는 가스의 압력으로 자궁에서 태아가 밀려나오거나 하는 것 등을 말하지. 그러한 변화들은 미생물의 분해 작용 때문이거나 대형 육식 동물 또는 곤충 같은 청소 동물 때문이었지만, 그들은 미생물을 볼 수 있는 방법이 없었으며 청소 동물의 행동에 대해서도 거의 알지 못했지. 청소 동물의 식사 광경을 관찰한다는 것은 그리 쉬운 일도 아니었고, 또한 매우 위험한 일이기도 했으니 말이야. 그들 생각에 보이지 않는 것은 곧 존재하지 않는 것이었어. 그래서 어떤 이유로든 잔뜩 썩어 문드러진 시체를 보게 된 사람들은, 시체가 누군가에 의해 또는 스스로의 의지로 괴물이 되어 다시 태어났다고 생각하게 되지. 이런 까닭에 모두는 아니라 하더라도 대부분의 문화권의 전설 속에서 시체는 무덤을 기어나오지⋯⋯. 실제로 시체는 굳이 악마의 도움을 안 받아도 갖가지 자연 현상에 의해 무덤에서 슬그머니 고개를 내밀곤 하지만 말이야."

맥주를 한 모금 삼켜 목에 수분을 공급하면서 고토다는 말을 이었다.

"대량의 시체를 동시에 나타나게 하는 자연 재해 중에 가장 자주 일어나는 것은 역시 홍수지. 미비한 기술 탓에 치수 시설이라 부를 만한 것이 대도시 근처에나 존재했던 당시의 시대 상황으로 보면, 무덤이 홍수에 휩쓸려 떠내려가는 일은 그리 드물지 않았거든. 나무로 된 데다 속까지 텅 빈 관은 물론이고 시체 자체도 부력이 꽤 되기 때문에, 물을 먹어 약해진 흙을 밀어내고 수면 위로 떠올라 떠내려가다가 물이 빠지고 나면 여기저기에서 그 끔찍한 모습을 드러내곤 했지. 비바람이나 햇빛 등의 침식 작용은 무덤을 뒤덮은 흙을 어디론가 가져갔고, 관이 있거나 없거나 간에 무덤은 청소 동물이 노리는 절호의 목표였어. 자연 재해가 아닌 인위적인 요소에 의해서도 시체는 땅 위에 모습을 드러내곤 했지. 부장품이나 주술에 사용되는 시체의 일부를 찾아서 무덤을 파헤치는 경우도 있었어. 그 외에도 사용하지 않은 무덤이 어디인지 잊어버린 멍청한 장례 일꾼이 파내거나, 무덤을 이장하는 풍습을 가진 사람들이 시체가 해골이 되어 있기를 기대하고서 파내거나,

이단자나 자살자는 성스러운 땅에서 추방해야 한다는 등의 종교
적인 이유로 파내거나……"

"알았어, 알았어."

질려버린 나베다가 말했다.

"알았으니 빨리 다음 이야기로 넘어가 줘."

"아직도 잔뜩 있는데 말야."

고토다는 짐짓 불만에 찬 어조로 에코 담뱃갑에 손을 뻗었다.
그러나 담뱃갑은 텅 비어 있었다.

"담배 있나?"

고토다가 레이를 보고 졸랐다.

"난 밖에선 안 피워."

"왜애?"

롱피스를 기대하고 있던 고토다가 더더욱 형사의 입에서 나왔
다고는 생각할 수 없는 말을 입에 담으면서 모두를 둘러보았다.

"하이라이트라도 좋다면."

나베다가 내민 담배를 가볍게 거절하면서 고토다는 도이가키
를 보고 말했다.

"그쪽에 비빔밥 형씨, 분명히 쇼트호프 피우고 있었지?"

고토다는 도이가키가 던져준 쇼트호프 담뱃갑을 받아 능숙한
손놀림으로 한 개비를 꺼내 문 다음, 일행의 차가운 시선은 안중
에도 없다는 듯 나머지를 자신의 주머니 속에 넣으면서 불을 붙
였다.

그는 맛있다는 듯 연기를 내뿜으며 말했다.

"무슨 이야기를 하는 중이었지?"

"역사가 시작되기 전, 문자 없는 사회에 살던 사람들은 불가사의한 죽음을 설명할 근거로 썩어가는 시체 외에는 아무것도 가지지 못했다. 그래서 설화 속에 시체는 빈번히 무덤에서 나와 사람들 앞에 끔찍한 모습으로 나타났다."

무라노가 그로서는 파격적인 인내심을 발휘하며 그동안의 설명을 정리했다.

"어쨌거나 옛날 이야기잖아. 그게 우리들의 조사 방침과 무슨 연관이 있는지 아직 말하지 않았어."

"옛날 이야기가 아니라니깐. 얼마 전 이야기라고."

고토다는 한마디하고 다시 담배를 빨면서 말했다.

"거기다 말야, 현대인이라 해도 죽음이라는 개념을 완전히 설명하는 데는 성공하지 못했다고 생각하는데, 네 생각은 어때? 죽음을 두려워하고 그 상징인 시체를 두려워하는 것은 오직 인간뿐이지. '우리는 사고의 특성상 자신이 존재하지 않는다는 개념을 만들어내지 못한다.'고 어떤 잘난 사람도 말했어."

"누구야, 그건?"

아마노가 물었다.

"잊어먹었어. 하지만 시체를 앞에 두었을 때 인간의 심리는 무지와 맹신에 둘러싸인 세계에서 살아온 인간이든 현대를 살아가는 우리들이든 별로 다르지 않아. 인간이 완전히 이성적이 되는 것은 애초부터 불가능한 일이나 마찬가지니까. 특히 범죄 현장에서는 더 더욱 그렇지. 그래서 하는 말인데……. 자, 여기서부터 잘 들어."

"그건 다행이로군. 난 가게 문 닫을 때까지 안 끝나는 게 아닐까 걱정했는데 말야."

비아냥거리는 도이가키를 무시하면서 고토다가 말을 이었다.

"옛날 사람들은 틈만 있으면 무덤에서 나오려고 하는 시체와 전쟁을 개시했어……. 여기에서 중요한 것은, 일반적인 장례와 범죄를 저지른 다음 증거를 감추기 위한 시체 은닉 사이에 어떤 공통점과 차이점이 존재하느냐인데……"

"일반적인 장례라면 시체가 변형되거나 무덤 밖으로 나오는 걸 막는 것이 가장 중요한 과제일 것이고, 범죄를 저질렀을 때는 시체 자체를 반영구적으로 은폐 또는 소멸시키는 것을 목적으로 한다는 게 다르겠지."

이야기를 듣고서 대충 눈치를 챈 레이가 재빨리 대답했다.

"어떻게 된 거야, 갑자기. 냉면을 먹어서 머리가 냉정해지기라도 한 건가?"

"빨리 결론에 도달하고 싶을 뿐이야."

눈가에 주름을 지으며 즐거워하는 고토다에게 레이가 최대한 차가운 얼굴과 태도로 대답했다.

"너희들의 이야기를 계속 듣고만 있었으니 조금 더 내 이야기를 했으면 좋겠는데 말이지……. 뭐, 좋아. 그렇다면 템포를 좀 올리도록 하지. 일반적으로 시체 처리법을 선택할 때 필요한 조건이란?"

전원이 일제히 '저요, 저요.' 하고 손을 들었다.

"쉽고 쌀 것."

"적은 노력으로 대량의 처리가 가능할 것."

"오래 걸리지 않을 것."

"확실할 것."

"사회 불안을 조성하지 않는 올바른 수단일 것."

"냄새 나지 않을 것."

"사람들 눈에 띄지 않을 것."

"자신의 손으로 직접 하지 않아도 될 것."

"우선 순위를 매겨 정리해 보자. 첫째, 시체가 움직이기 전에 재빨리 처리할 것. 둘째, 가급적 빨리 시체가 여기저기 돌아다니지 않게 할 것. 셋째, 가능한 한 시체에 손을 대지 않아도 될 것. 범죄 상황에서 시체를 은닉할 때도 이 순위는 변하지 않아. 특히 첫 번째 조건은 말 그대로 사활이 걸린 문제로 일분 일초를 다투지. 두 번째 조건은 조사 방해 및 처리 수단의 은닉. 세 번째는 증거의 인멸. 이견 있나?"

"이견 없음."

"다음은 획득 목표다. 시체 처리의 방법은 일반적인 장례든 범죄 현장을 은닉하려는 것이든 가리지 않고 실로 다양하게 존재해. 일반적으로는 다음 두 가지 중 적어도 하나 이상의 행동을 취하게 되지. 하나는, 시체를 특정 장소에 고정시켜서 혹시 발생할지도 모르는 문제점, 그러니까 썩은 시체가 다시 나타나 발생하게 될 혼란이나 범죄의 발견을 방지하는 것. 두 번째로 시체를 행동 불능으로 만드는 것. 어느 쪽이든 시체를 최종적으로 안정시키는 것, 말하자면 시체가 더 이상 변화하지 않도록 만드는 것을 그 목표로 삼지. 간단히 말해서, 뼈나 재로 만들어버리는 게 가장 좋긴 해. 일반적인 시체 처리에 한정지어 말한다면 화장과 미라는 같은 단계에 있다고 할 수 있는지."

그는 '짝' 하고 손바닥을 부딪쳐 모두의 주의를 환기시키고는 다시 말을 시작했다.

"자, 그럼 드디어 실전이다. 대표적인 시체 처리법을 '언제 닥칠지 모르는 죽음의 그림자에 공포를 느끼는 농부가 살인 사건의 범인이 되었을 경우'의 예를 들어서 말해 봐."

"묻는다."

"태운다."

"무거운 걸 매달아 물속에 가라앉힌다."

"황산에 담근다."

"콘크리트로 굳힌다."

"벽에 묻는다."

"새에게 먹인다."

"악어에게 먹인다."

"개에게 먹인다."

"속여서 누군가에게 먹인다."

"스스로 먹는다……."

냉면이나 비빔밥, 국밥 등을 단숨에 먹어치운 일동이 다시 철판에 한 무더기의 갈비와 생고기를 얹으면서 서로 뒤질세라 마구 대답을 쏟아냈다.

"너희는 아무래도 선량한 농부보다는 흉악한 살인범 쪽에 더 가까운 것 같군……. 뭐, 좋아. 그럼 어디, 하나씩 검토해 볼까?"

고토다는 도이가키에게서 빼앗은 쇼트호프에 다시 불을 붙이며 말했다.

"우선은 땅에 묻는 방법인데……. 땅에 시체를 묻었을 때 기대

할 수 있는 효과는 시체의 고정과 은닉 및 땅속 박테리아나 곤충
류에 의한 시체의 분해이지. 이것은 앞서 말한 두 가지 목적을 동
시에 만족시키는 데다가, 다른 방법에 비해 그리 큰 노동을 필요
치 않기 때문에 언뜻 생각하기에는 가장 뛰어난 해결 방법이라고
할 수 있어. 실제로 일반적인 장례법으로도, 살인 사건의 뒤처리
로도 가장 많이 쓰이는 방법이지. 그러나 막상 시체를 파묻으려
면 수많은 조건들이 충족되어야만 해. 시체를 백골로 만드는 것
은 그리 만만한 일이 아냐. 우선, 사람은 보통 자신들의 주거지나
공동체에서 가능한 한 멀리 떨어진 곳에다가 시체를 묻고 싶어해.
게다가 자신이 죽인 시체라면 후환이 두려워서라도 더더욱 인적
이 드문 장소를 고르게 마련이고. 이러한 장소를 살펴보면 대부분
이 거주에 적당하지 않은 장소야. 더 구체적으로 말하면 산악 지
대나 협곡, 늪지 등인데, 여기서 문제는 사람이 살기 힘든 땅은 시
체를 묻기에도 적합하지 않다는 거지. 시체는 썩기 시작했든 아니
든 무겁고 들고 다니기 불편한 물건이거든. 자동차가 보급되기 전
에는 운반 자체에 큰 노력이 필요했지. 설사 고생해서 옮긴다 해
도 산악 지역이나 협곡은 지층 자체가 흙이 적고 돌이 많아서 파
묻기가 매우 힘들고 시체의 분해에 필요한 미생물도 적어. 부패에
충분한 수분, 온도, 미생물, 곤충이 셀 수 없을 정도로 많은 일본
의 풍토는 세계적으로 보면 오히려 예외라 할 수 있지. 한편, 늪지
나 습지의 경우 흙은 시체를 묻기에 충분할 만큼 깊긴 한데, 물이
새어 들어오지 않는 깊은 구멍을 파는 것은 불가능에 가까워. 이
것을 무시하고 묻었다간, 아까 말했듯이 썩어서 부력이 생긴 시체
가 홍수나 큰 비에 의해 다시 땅 위로 나타나게 돼. 거기다 알카

리성이 강한 토양에서는 염화되어 버릴 위험도 있지."

"염화가 뭐지?"

아마노가 레이에게 물었다.

"시체에 포함된 지방분이 땅속의 나트륨과 화학 반응을 일으
켜 밀랍 인형처럼 변하는 현상이지……. 쉽게 말해서……"

"인간 비누."

나베다가 대신 말했다.

"따라서 미생물이나 곤충이 풍부하면서도, 청소 동물의 위험
으로부터 시체를 지킬 정도로 깊은 구멍을 팔 수 있고, 게다가 사
람 눈이 닿지 않는 곳을 찾는 것은 극히 힘든 일이야. 그뿐만이
아냐. 매장 자체는 아무나 할 수 있는 작업이긴 하지만, 상당한 노
동량이 필요한 행동이지. 전염병이 돈 곳이나 전장, 학살 현장 등
에선 위의 조건을 충족시키기는커녕, 오히려 처리 능력의 한계를
맞이해 버리지……. 위의 여러 가지를 종합해 보면 땅에 묻는 것
은 일반적인 장례법으로도, 시체 유기의 수단으로도 이상적인 방
법이라고 하기에는 조금 문제가 있지. 물론 그렇기 때문에 시체는
계속해서 무덤에서 기어나오고, 살인 사건이나 학살 사건이 나중
에 가서 대부분 밝혀지는 거고 말야……. 질문이 없으면 다음으
로 넘어가지."

아무도 말이 없었다.

"화장은 시체를 완전히 행동 불가능한 무기물, 그러니까 재로
만든다는 점에서 거의 최고의 시체 처리법이라 할 수 있지. 그 증
거로 화장을 행하는 문화에서는 육체를 가진 망령이 존재하지 않
아. 또한 그러한 문화는 망령을 만들지 않기 위해서 화장을 행해.

화장의 풍습은 망령에 대한 선제 공격에서 시작된 것이라고 생각하는 학자조차 있을 정도니까 효과는 절대적이라 할 수 있지. 그러나 매장과 마찬가지로 그렇게 쉽기만 한 건 아냐……. 어이, 불이 너무 센 거 아냐? 고기가 타잖아."

불판을 관리하던 무라노가 당황해서 불을 줄였다. 갑자기 기분 나쁜 생각이 든 나베다와 도이가키가 재빨리 조금 탄 고기를 입 안에 넣었으나, 그 빈 공간에 아마노가 재빨리 고기를 잔뜩 끼었었다.

"수분의 함유량이 많은 인간 한 명을 불태우는 것이 얼마나 힘들며 얼마나 대량의 에너지를 필요로 하는 일인지 평균적인 성인을 태울 때를 예로 들어 검증해 보자. 어느 자료에 의하면 체중 약 70킬로그램의 시체를 태워서 완전히 재로 만드는 데에는, 고온 기체 순환 장치가 장착된 전용 화장로를 써서 섭씨 870도의 온도를 유지했을 경우, 45분에서 60분, 순환 장치 없이 연료를 잔뜩 처넣어서 때우는 구식 화로의 경우, 석탄 연료라면 700킬로그램, 가스라면 약 42.5입방미터를 사용해서 90분 정도가 걸린다고 해. 전기 화장로를 사용할 경우에는 작동 온도에 도달할 때까지 화로에 열을 넣는 데 소비하는 중유만 24갤런에 달한다고 하더군……. 석탄 700킬로그램은 한 초등학교 전체의 난로가 하루에 소비하는 양을 가볍게 능가하는 양이야. 놀랍지?"

"놀라워."

아마노가 솔직하게 감탄했다.

"이런 전용로가 없을 경우, 예를 들어 영화에서 흔히 나오는 것처럼 장작 더미를 사용할 경우엔 어떤가 보자. 어느 자료에 의하면 약 21입방미터의 목재를 사용하여 사형 집행인이 하루 동안 꼬박 일해서 간신히 재로 만들었다는 기록도 있고, 217개의 장작을 사용했다는 기록도 있어. 실제로는 소각 추진제로 불순물을 제외한 버터 같은 동물성 지방이나 콜타르 잔류물, 석유 등도 사용했다고 하더군. 뭐니뭐니 해도 당시의 인간은 현대의 살인범처럼 가솔린을 마음대로 사용할 수는 없었으니까. 가솔린을 사용한다 해도 꽤나 장기간에 걸쳐 정성 들여 태우지 않으면 까맣게 탄 시체를 만들어내는 것이 고작이야. 문제는 어떻게 충분한 고온의 불을 만드느냐 하는 것뿐만 아니라 그 고열을 어떻게 시체에 전달해서 완전히 타버릴 때까지 유지하느냐 하는 것이지. 연료에는 끊임없이 산소가 공급되어야 하기 때문에 시체를 지면에 굴리면서 가솔린을 죽죽 뿌려대며 불을 붙인다 해도 지면에 닿아 있는 몸의 아랫부분은 타지 않아. 반은 타고 반은 설익은 기분 나쁜 레어 스테이크가 만들어질 뿐이지."

숯불에 갈비 기름이 떨어지면서 치이익 소리와 함께 연기가 피어올랐다. 무라노가 서둘러 고기를 한 점 한 점 뒤집었다.

"말하자면 시체도 이 갈비와 마찬가지야. 고열을 내는 불꽃에서 적당히 떨어진 곳에 시체를 고정시킨 뒤, 끊임없이 태우면서 정성스럽게 회전시키는 것…… 그러한 장치와 끈기 있는 노동 없이는 사람을 완전히 재로 만드는 것은 불가능해. 그러니 만약 살해된 시체를 처리해야 한다면 그런 종류의 작업이 가능한 장소는 기껏해야 소각로나 도예용 가마에 한정되기 때문에 꼬리를 밟힐 확률이 엄청나게 높아지지. 문제는 그뿐만이 아냐…… 시체를 통구이하는 작업을 할 때 사람이 어떠한 기분이 들지 인간적인 면에서 생각해 보면, 소각에 의한 시체 처리나 범죄 뒤처리는 아무래도 한계가 있음을 인정할 수밖에 없지. 귀찮은 데다가 돈도 들고, 거기다 기분도 나빠……. 그러므로 상당히 두꺼운 신경을 가진 흉악 범죄자를 제외하면, 실제로 시체를 불태울 수 있었던 사람은 그 기분 나쁜 작업을 타인에게 강요할 수 있는 유복한 인간이나 권력자뿐이었지. 사실, 고대 로마에서 일반적으로 화장을 행할 수 있었던 것은 귀족 계급뿐이었다고 해. 인도에서도 불가촉 천민들이 화장을 담당했고, 그 외의 빈곤층은 시체를 갠지스 강에 흘려보냈지. 화장은 시간이 걸리기 때문에 매장과 마찬가지로 긴급한 상황에서 시체를 대량으로 처리할 때는 적당하지 않아. 전염병으로 인해 사람 수가 부족해지거나 살아남는 것이 우선시되는 전장에서 무덤을 파거나 센 불을 지피고 있을 여유는 없을 테니 말이지. 화장에 필요한 막대한 에너지의 문제나 시체를 취급하는 것에 대한 심리적 저항이 그들의 문화가 지닌 시체 처리 능력을 상회한 결과 무엇이 생겨났는가 하면……"

"공동 묘지."

레이가 내뱉듯이 말했다.

"커다란 구멍을 파고 한쪽부터 차례대로 시체를 채워넣은 뒤, 석회 따위를 던져넣어 그것이 가득 차면 그 위에 흙을 덮는 것……. 나치가 수용소에서 사용했고 카틴 숲에서 벌어진 폴란드 군 장교 학살 사건에서 소련 군이 사용했던 방법이지. 덤으로 한마디하자면, 전염병으로 죽은 모차르트가 던져진 곳도 비슷한 구멍, 즉 공동 묘지였어. 다수의 사상자가 나올 때마다 인류가 되풀이해서 사용하는 거의 유일한 수단이지. 그리고 시체는 잊혀질 만하면 다시 나타나서 살인이나 전쟁 범죄를 고발하는 거고."

그때 무라노가 아무도 손을 대지 않아 새까맣게 타버린 고기를 각자의 접시에 나누어주기 시작했다. 레이는 억지로 고기 조각을 입 안에 쑤셔넣었다. 하지만 까맣게 탄 고기는 육즙과 지방분이 거의 느껴지지 않아 마치 육수에 적신 종이를 씹는 것 같았다. 아무도 말이 없었다.

"인간의 육신에 대한 의혹은 인간성에 대한 의문으로 이어졌다. 전쟁과 살인이야말로 육식에 대한 응보다……."

고토다가 비웃으며 말했다.

"누구의 말이지?"

레이가 물었다.

"고깃집의 아저씨가 아니라는 건 확실해."

"당신은 왜 안 먹는데?"

무라노가 증오를 담아 고토다에서 물었다.

"나는 논리적 채식주의자야. 말 안했던가?"

고토다는 가볍게 대답하고 나물을 입에 넣었다.

"뭐, 열심히 먹으면서 들으라고. 다음은 수장인데……. 강이나 바다에 시체를 던지면 간단하기는 하지. 시체와 접촉도 최소한이고. 장례의 방법으로 생각할 경우 경제 효율도 뛰어나. 하지만 물속에서는 시체가 땅속보다 느리게 분해돼. 게다가 만약 강 같은 흐르는 물에 던지는 식의 조잡한 방법을 사용할 경우에는 물고기나 갑각류 등의 수중 청소 동물이 먹어치워 주리라고 기대할 수없고, 시체 자체가 부력 덩어리인 만큼 강 하류의 기슭 같은 곳에 보기에도 끔찍한 모습으로 시체들이 쌓이게 될 가능성이 높지. 이런 끔찍한 사태가 발생하는 것을 미연에 방지하려면……?"

"추를 달아서 가라앉힌다."

"콘크리트에 담가 굳힌 다음 던진다."

"좋아, 좋아. 그런데 물속에 시체를 붙잡아두려면 원칙적으로 시체의 부력, 즉 시체의 용적과 같은 만큼의 중량을 가진 추가 필요하다는 것 정도는 알겠지?"

"아르키메데스의 원리 정도는 알고 있어. 엄밀히 말하면 완전히 같은 중량일 경우에는 물속을 풍선처럼 떠돌아다니게 되기 때문에 더 큰 중량을 매달아야 해."

레이가 말했다.

"실제로는 거기에 시체 내부에서 발생한 가스의 부력도 더해지지. 어느 쪽이든 아령이나 역기 정도로는 어림도 없어. 결과적으로 다른 장점을 무색하게 할 정도로 막대한 노동량이 필요하게 되지. 로스앤젤레스 경찰국의 검시관이었던 테렌츠 앨런 박사의 기록에 의하면 약 66kg의 무게를 가진 철제 발전기에 묶인 채로 수면에 떠오른 시체도 있었다더군. 그러니 웬만한 추로는 시체를 가라앉힌 채로 묶어둘 수가 없는 거지. 이것을 범죄의 관점에서 보면, 시체를 감추기 위해 시체 이상으로 눈에 띄는 거대한 쇳덩어리나 바위를 운반해 와야 하는 배보다 배꼽이 더 커지는 현상이 발생해 버리지. 저속한 갱 영화에서 흔히 나오는 쇠사슬 달린 쇠공도 협박용으로 쓰는 데는 괜찮을지 모르지만 실효성은 극히 적어. 콘크리트 따위는 말할 가치도 없지."

"저질 갱 영화에는 아르키메데스의 원리 따윈 나오지 않으니까."

나베다가 잘난 척 한마디했다.

"저질 영화 제작자의 머리에는 없다고 하는 게 맞지."

고토다가 정정했다.

"자, 다음은 새, 늑대, 하이에나, 개, 악어 등의 청소 동물에게 먹게 한다. 말하자면 시체에서 고기를 제거하는 방법인데. 한마디로 이건 정말로 지저분해. 조장(鳥葬)이라고 하면 뭔가 로맨틱하게 들리긴 하는데, 실제로 그 장면을 목격한 자의 증언에 의하면 노천의 고깃집은 상대가 안 될 정도로 끔찍하다더군. 일단 새들이 빨리 먹어치우지 않으면 썩어버리니까, 장작 쪼개는 칼로 조각을 낸 다음 뼈에서 고기를 발라내기도 하고 고기를 작게 토막 내기도 하지……. 너무 끔찍한 행위였기 때문에 실제로는 그 일을 업으로 삼는 노예 계급이 생겨나게 되었고, 그들에게 의뢰를 하려면 비용도 들었지. 거기다 상처 자국이 있는 사람 뼈를 양산하게 되기 때문에 고고학자나 인류학자들에게 식인 풍습의 오해나 혼란을 가져다줄 가능성도 커. 다음으로 늑대나 하이에나, 악어 등을 사용하는 방법으로 넘어가면, 우선 그것들은 어디서나 쉽게 찾을 수 없기 때문에 보편적인 방법으로 성립하기는 힘들지. 개는 어디에나 있지만, 야생 동물이 아닌 개에게 설사 시체라고 해도 인간을 먹게 한다는 것은 윤리적인 문제가 있어. 또 자칫 사람 뼈를 문 개가 인가 주변을 배회하는 재미없는 사태가 일어날 수도 있지. 만약 이것을 범죄 현장이라 가정하면, 일부러 증거를 뿌리고 다니는 거나 다름없잖아? 그러니 집에서 사자를 키우거나 풀에 상어라도 키우지 않는 한 이 방법도 실현 불가능해."

"스펙터클한데."

"007의 세계야."

"마지막으로 인간에게 먹게 하는 방법이 있지. 그런데 말이야, 인육을 먹는 행위에 대해서는 시체에 대한 기피감 이상의 심리적 저항이 엄연히 존재해. 그러니 시체를 처리하기 위해 인육을 먹는다는 것은 있을 수도 없는 일이지. 범죄 역사상 시체의 일부를 먹는다거나, 햄이나 소시지 등을 제조하거나, 아니면 만두라고 속여서 타인에게 먹게끔 한다거나 하는 예는 있었지만, 증거를 은폐하기 위해 통째로 먹어치운 적은 없어. 애초부터 육식이라는 행위가 인간에게 얼마나 큰 정서적 문제와 사상적 과제를 불러일으키는지 생각해 보면, 그것이 얼마나 곤란한 일인지 여기에 남은 생고기나 갈비의 양을 봐도 명백히 드러나지 않아?"

고토다가 도전적으로 그렇게 말하자, 반항심이 일어난 무라노가 굳은 얼굴로 불판 위에 고기를 잔뜩 끼얹었다. 뭉게뭉게 피어오른 연기 속에서 무라노를 제외한 모두가 한숨을 쉬며 서로를 마주 보았다.

"남은 처리법은 화학적 수단으로 미라로 만들어버린다거나 고온의 모래나 바람, 불 등을 사용해서 건조시킨다거나, 동굴 등의 자연 환경을 이용해 밀랍화하는 것을 생각할 수 있는데 이것은 최종적인 목적이 시체의 소멸이 아니라 보존이기 때문에 상세히 검토해 보기에는 시간이……. 아 참, 화학적 처리라고 하니까 생각났는데, 황산으로 녹인다는 제안이 있었지?"

아마노가 깜짝 놀라며 어깨를 떨었다.

"너의 제안이었냐? 공포 영화라면 몰라도, 그 방법은 대량의 약품을 입수해야 하기 때문에 꼬리가 잡히기 쉬워. 게다가 시체는 소멸하지 않고 단지 끈적끈적한 액체로 변할 뿐이야. 이 끈적

거리는 액체는 아마도 끔찍한 악취를 풍길 것이고, 결국 원래의 시체보다 더 처리하기가 어려워지기 때문에 시체 처리 방법으로는 아무런 이점도 없다고 할 수 있어. 아직 이야기할 건 많지만 이 정도로 끝낼까?"

레이 옆에서 나베다가 '하아' 하고 한숨을 쉬었다. 아마노와 도이가키도 안도의 표정을 지었다.

"시체가 얼마나 취급하기 힘들며, 처리하는 데 얼마나 노력이 드는가……. 인간이 시체를 처리하기 위해 겪었던 고충과 살인자 앞에 기다리고 있는 고난에 대해서는 충분히 인식했을 것이라고 생각하고. 이번 사건을 시체 처리의 관점에서 다시 한번 검토해 보도록 하지. 우선 처음으로 네가 목격한 살인인데……."

고토다가 다시 한번 레이를 바라보며 말했다.

"사야라고 불리는 소녀와 2인조 외국인은 분명한 공범 관계에 있으며 두 사람 중 한 사람은 목격자인 너를 본 체 만 체하고 시체를 회수했지. 고무줄이 달린 큰 자루를 썼다고 했나?"

"소재는 잘 모르겠어……. 어두워서 말이지."

"아마도 그건 미군이 베트남 전에서 사용했던 시체 운반용 자루일 거야. 아무 데서나 손에 넣을 수 있는 물건이 아니지. 실행범으로 보이는 여자가 칼날이 상했는지를 살펴봤다는 증언이나 리더인 듯한 다른 한 남자의 태도로 보아, 개인적 원한에 기반을 둔 우발적 살인이라고는 생각하기 힘들지……. 프로의 짓이야."

"킬러인가?"

"프로라고는 해도 돈을 목적으로 살인을 행하는 청부업자라고 단정할 수는 없어. 일본도라는 도구와 교복의 여고생은 아무리 생각해도 이해가 안 되는 부분이긴 하지만, 어쨌거나 엄청난 실력을 가진 듯한 살인 집행자와 노련해 보이는 시체 회수자, 상당한 지위가 있어 보이는 지휘자. 어딘가 불법적인 조직의 냄새가 풀풀 풍기지 않아?"

"역시 모사드라니까."

아마노가 말했다.

"됐으니까 좀 닥쳐라, 넌!"

무라노가 다시 꾸짖었다.

"현장은 일반적으로는 살인을 실행할 만한 장소는 아니었어. 어쩌면 그날의 혼란스러웠던 상황을 역이용한 것일지도 모르지. 아마도 나름대로 준비를 한 뒤 실행에 옮긴 것일 거야. 그러나 그들을 직업적인 암살자 집단이라고 가정할 경우, 가장 주목해야 할 점은 그들이 시체를 회수했다는 사실이야. 정치적인 암살의 경우, 그들의 주장을 내세우기 위해 시체를 방치해 두곤 하지. 눈에 띄는 곳에 두고 가는 일도 그리 드물진 않아. 또 시체를 회수하면 꼬리를 밟힐 위험이 커지기 때문에 거기에는 나름대로 뭔가 중요한 이유 혹은 의미가 있었다고 보는 게 정상이지."

"시체가 사람 눈에 띄어선 안 되는 이유라……."

나베다가 그렇게 중얼거리자 레이는 아무도 몰래 고개를 돌렸다. 레이만은 그 시체를 사람 눈에 띄지 않게 회수한 이유를 확실히 알고 있었다. 그리고 지금이 그것을 말할 수 있는 마지막 기회일지도 몰랐다. 하지만 이번에 레이가 망설이는 것은 그 시체 때문만은 아니었다. 레이의 옷에 묻었던 혈액이 인간의 것이 아니라는 사실을 밝히지 않고, 고의로 살인 쪽으로 분위기를 몰아가는 듯한 고토다의 이상한 태도가 레이의 입을 다물게 했다.

"하지만 말야, 녀석들을 직업적 살인자라고 보기에는 방법이 너무 이상하지 않아?"

도이가키가 다시 한번 납득할 수 없다는 투로 말했다.

"미와의 말에 따르자면, 현장은 피투성이였다면서. 시체를 회수한 이유가 살인 그 자체를 은폐하기 위한 것이었다면 왜 그런 방법을 선택해야 했을까?"

"일본도였다면……, 피가 튀어도 보통 튀는 게 아니었겠지."

나베다도 끄덕였다.

"기껏 시체를 회수한다 해도 피투성이인 현장이 남아버리면 의미가 없잖아."

"역시 프로는 권총이지."

아마노가 재미있어하며 한마디했다.

"소음기가 달린 녀석으로 푸슝 푸슝 하고……"

"일본도 같은 시대 착오적인 물건을 고른 이유는 모르겠지만, 현장의 뒤처리라면 그리 어려운 문제는 아니야. 아까 그들이 그날의 상황을 이용했을 가능성에 대해서 말했는데……. 나라면 화염병을 쓰겠어. 시체를 불태우는 거라면 몰라도, 벽에 묻은 혈흔이나 지면에 흐른 핏자국 정도는 간단히 없앨 수 있겠지. 실제로 그날은 여기저기에서 화염병이 수십 병이나 터졌고 말이야."

"아, 과연."

아마노가 솔직하게 납득했다.

"하지만 말야, 그럼 미와를 살려둔 이유는 뭐였을까? 왜 그 자리에서 목을 날리지 않았던 거야?"

148

도이가키와 나베다가 자조적으로 반론했다.

"과격파 고교생의 증언을 경찰이 믿어줄 리가 없잖아. 물증도 없고."

"미와, 너 그때 헬멧 쓰고 있었냐?"

날카로운 목소리로 무라노가 레이에게 물었다.

"어땠어, 미와?"

도이가키도 거기에 합세했다. 말을 아끼면서 이야기의 흐름을 지켜보고 있던 레이는, 갑자기 추궁의 창 끝이 자신을 향하자 내심 당황했다. 대답 여하에 따라서는 레이의 증언 중 애매하게 넘어갔던 부분까지 추궁당해 고토다마저 감추려 하고 있는 그 사실을 고백해야 할지도 몰랐다. 그러나 이번에도 레이를 궁지에서 구한 것은 고토다였다.

"상대방이 누구든 프로라면 무의미한 살인은 피하지 않을까? 결과적으로 보면 더 큰 위험 부담을 안게 될 테니 말야. 아무런 관계도 없는 일반인을 끌어들이는 것은 보통 터부시되어 있기도 하고……. 하지만 그럭저럭 날카로운 지적이었어. 의논이라면 이 정도는 되어야지."

'흥' 하고 도이가키가 콧방귀를 뀌었다.

"당신에게 칭찬받아 봤자 조금도 기쁘지 않아."

"하지만 녀석들의 행동에 이상한 점이 많다는 것은 맞는 말이야. 비빔밥 형씨가 말한 대로, 그들이 범죄 행위 자체를 숨기려 했다고는 생각하기 힘들어……. 시체를 회수한 목적이 무엇인지는 여전히 알 수 없지만, 그것을 알게 된 것만으로도 사건의 진상에 한 발 더 다가갔다고 할 수 있지."

조금 아쉬워하면서도 어쨌거나 도이가키와 무라노는 레이를 겨누었던 창을 회수했다. 그러나 고토다에 대한 레이의 의혹은 오히려 깊어지기만 했다. 꼴 보기 싫을 정도로 냉정하게 논리적인 말만 해대는 고토다치고는 설득하는 방식이 너무 강제적이었고, 항상 냉소적인 태도를 지켜오던 고토다가 공연히 도이가키를 추켜세운 것도 어딘지 부자연스러웠다. 사건의 진상에 다가가면서도 어느 한 지점에 도달하려고만 하면 미묘하게 논의의 초점을 흐리게 해서 도망치는 고도의 화법. 레이에게는 그렇게 보였다.

어쩌면 고토다는 그때 레이가 무엇을 봤는지 알고 있는 게 아닐까? 거기까지 생각이 미친 순간, 레이는 자신의 생각에 당혹해했다. 그럴 리 없었다. 고토다가 그것을 보았을 가능성 따윈 절대로 없어야 했다. 그러나 그것을 부정할수록 의혹은 급속도로 부풀어올랐다. 레이의 방에 방문했을 때부터 이미 알고 있었다면 왜 레이에게 말하지 않았던 것일까? 아니, 만일 그것을 알고서 레이에게 협력을 강요한 것이라면, 이 고토다란 남자는 절대로 현장의 의지를 관철시키기 위해 수사를 계속하는 일개 형사일 리 없었다. 이 남자는 대체 어떤 자일까……? 레이는 눈앞의 잡종개 같은 인상의 중년 남자를 다시 한번 바라보았다.

"다음은 연속해서 발생한 세 건의 시체인데, 이쪽은 또 이쪽 나름대로 특징이 너무 많아서 범행의 수단뿐만 아니라 그 시체 처리법에 대해서도 주목해야 할 점이 너무나 많아. 우선 발견 장소를 보자. 집 근처의 폐가, 피해자 집 2층, 타마가와 철교 아래, 이 세 장소는 아무런 공통점도 없지만 방치되어 있었다는 점에서는 완전히 같다고 볼 수 있지."

"일부러 방치했다는 건가?"

"두 번째 사건의 경우에는 피해자 집 2층이라고. 범행을 저지르기 가장 힘든 장소란 점을 생각해 본다면, 의도적이라고밖에 생각되지 않아."

"그런 장소이기 때문에 방치한 것일지도 모르잖아?"

"그렇다면 세 번째 사건의 다리 밑은 어때? 이른 아침부터 조깅이나 개를 산보시키는 사람들이 끊임없이 오가는 곳이지. 세 구 모두 의복이 흐트러지지도 않았고 저항의 흔적도 없었어. '괴도 아무개 왔다 감'이란 종이 쪽지만 없을 뿐이지, 찾아내 달라는 말이라도 하려고 가져온 게 아닐까 하는 생각이 들 정도야."

"목적은 뭔데? 그 의도라는 건."

"역시 본보기일까?"

"누구의, 무엇에 대한?"

"도발일지도 몰라."

"그러니까 누구의 무엇에 대한 도발이냐고!"

짜증을 내기 시작하는 무라노를 진정시키려고 고토다가 입을 열었다.

"목적은 모른다 치고 넘어가지. 적어도 지금 단계에서는 말이야. 중요한 것은 범인의 의도가 시체가 확실히 발견되게끔 하는 데 있었다는 점이야. 그것은 세 건의 발견 현장에서도 추측해 볼 수 있지."

"폐가, 집, 산보 코스의 다리 밑……. 확실히 이 이상 확실한 장소를 대라면 경찰서 앞밖에 없겠군."

"알았다. 경찰에 대한 도발이다!"

"그럼 왜 반(反)권력주의자인 활동가를 노리겠냐! 생각나는 대로 말하지 말라고 몇 번 말했어?"

"수단도 시체 처리의 의도도 다른 것으로 보아, 미와 말대로 동기가 다른 범인이 둘이라는……"

나베다가 결론을 내리려는데 또다시 고토다가 가로막았다.

"범인은 둘일지도 모르지만, 동기는 셋이지."

입을 다물고 있던 레이를 포함한 전원이 고토다를 바라보았다. 예상 밖의 말에 레이가 자기도 모르게 입을 열었다.

"시체를 은폐하기 위해 회수한 동기와 시체를 발견시키기 위해 방치한 동기. 그 외에 또 뭐가 있는데?"

"사건 자체를 은폐하기 위해 시체를 회수한 동기……. 아직까지 시체가 발견되지 않은 것이 무엇보다도 확실한 증거다."

수수께끼라도 내는 듯한 고토다의 말이었다.

"아직 발견되지 않은 시체라니, 뭐야 그건?"

"이것 말고도 살인 사건이 있었어?"

잠시 생각에 잠겨 있던 레이가 문득 어느 가능성을 알아채고 경악했다.

"설마……"

"우리들이 피해자 및 피해자 예비군으로 보고 있는 에스에르파의 멤버는 일곱 명이었지. 셋은 시체로 발견되었고, 하나는 아직도 당당히 등교하고 있어. 그럼 나머지 셋은 어디로 사라진 걸까?"

"그 셋은 이번 살인 사건 전부터 안 보였잖아?"

"원시인들처럼 생각하지 말라고. 보이지 않는다고 없을 리는 없잖아?"

모두가 숨을 죽이고 고토다와 레이의 대화를 지켜보았다. 컵에 남은 맥주를 단숨에 마셔버린 고토다가 먼저 말했다.

"구체적인 증거는 없지만 지금 먹은 고기 값을 걸고 말하는데, 이미 살해당했을 거야. 틀림없이."

"잠깐만!"

무라노가 이의를 제기했다.

"미리 말해 두지만 우리들은 무일푼이야. 그런 말을 해봤자……"

"차원 낮은 이야기는 나중에 해. 다른 셋이 살해당했다는 근거는 뭐야?"

레이가 무라노를 제치고 고토다에게 따졌다.

"간단한 순서의 문제지."

'뭘 이제 와서' 하는 말투로 고토다가 말했다.

"그런 이상한 시체를 세 구나 보여준 다음, 일부러 남은 시체를 감춰봤자 무슨 의미가 있겠어? 일련의 살인 사건의 범인이 이성적인 사고를 지닌 자라고 가정한다면, 이 정도 규모의 사건을 일으켰으면서 그 시체 처리에 아무 생각이 없었다고는 생각하기 힘들지. 만일 계속해서 범행을 저지를 의도였다면 사건이 발각되어 법적인 조사가 시작되는 것을 막기 위해서 가능한 한 시체를 은닉하려 할 거야. 이번처럼 예상 피해자의 범위가 좁혀지는 경우엔 더더욱. 그러므로 시체의 은닉에 성공한 범인이 어떤 사정에 의해 시체를 사람 눈에 띄도록 방치하기로 방침을 바꿀 수는 있어도 그 역은 존재할 수 없어. 어때?"

"전부 다 당신 추리잖아."

"구체적인 증거는 없다고 말했잖아."

"형사의 감이란 거야?"

"그렇게 말하고 싶으면 그렇게 말해도 좋아. 하지만 말야, 원래 감이니 뭐니 하는 것도 과정에 따른 논리적 증명 대신에 다년간의 경험을 바탕으로 얻은 귀납적 사고의 결과라고. 그렇게 바보 취급할 건 아냐……. 거기다 우리들에겐 시간이 없어. 열심히 뒤만 캐고 다닐 수 있을 만큼 넉넉하지 않아."

"시간이 없다니, 왜?"

아마노가 의아해했다.

"예상되는 피해자의 명단에 여분이 없다는 거지. 일곱 명 중 여섯이 이미 사라졌고 남은 건 한 사람, 너희들의 동료인 아오키 세이지뿐이야."

"정리해 보자."

무라노가 딱딱한 말투로 말했다.

"실종된 셋은 이미 살해당했으며, 어떤 상황 변화에 따라 뒤이은 세 피해자의 시체가 방치되었다는 아저씨의 발언을 일단 맞는 말이라고 가정할 경우……"

"그게 맞다니까."

고토다가 말했다.

"갑자기 방침을 바꾼 게 어쩌면 사야라는 여자와 2인조 외국인이 나타났기 때문일지도 모르지. 사건이 진행되는 것을 볼 때, 두 용의자 사이에 아무런 관계도 없을 것이란 생각은 들지 않으니까 말이야. 그 둘 사이에 어떤 일이 있었는지는 모르지만, 이스라엘 대사관이 관여하고 있는 점으로 미루어보아 국가 또는 그에

준하는 조직의 국제적인 음모일 가능성도 배제할 수 없어."

"역시 모사드야."

아마노가 거들었다.

"여전히 정보는 부족하지만, 유감스럽게도 이 아저씨의 말대로 사태가 긴급을 요한다는 점은 확실해."

매번 하던 대로 아마노에게 질타를 날릴 여유조차 없다는 표정으로 무라노가 말을 이었다.

"아오키 세이지의 소환과 전원이 참가하는 청문회를 제안한다. 시기는 오늘 밤."

진지한 눈빛이었다.

"어이, 폭력은 안 돼."

고토다가 연장자이면서 동시에 경찰관이라는 입장을 다시 확인시키려는 듯 충고했다. 하지만 그는 확실히 무라노의 제안에 흥미를 느끼는 눈치였다.

"뭐하면 내가 중재를 할 수도 있는데."

"외부인의 참가는 거부한다. 그리고 당신이 동석하고 있으면 아오키는 입을 다물어버릴 거야."

"호출에 나와줄까?"

나베다가 걱정스럽다는 듯이 말했다.

"온다고 해도 말을 할지 어떨지……. 이런 상황에서도 당당히 학교에 등교하고 있는 바보라고, 그놈은."

도이가키가 덧붙였다.

"어떻게 해서든 말하게 해야지. 여기까지 와서 수단 방법을 가릴 수는 없어."

"그럼 청문회를 한다 치고. 어디서 할 건데?"

무서운 분위기에 짐짓 위축이 되는지 아마노가 우물쭈물하면서 물었다.

"어디든 가게에선 곤란하잖아?"

"어차피 무라노가 뭔가 할 거고."

"아오키도 뭐할지 알 수 없어."

"하지만 그 시간에 서클 룸을 쓸 수도 없잖아."

"서클 룸은 안 돼. 타겟은 아오키라고. 습격이라도 받았다간 도망칠 방법이 없어."

"좀 멀리 가서……. 아마노네 차를 빌려다가 요코하마 근처의 공원에라도 가는 게 어때? 근처에 아베크족들도 많으니까 안전할 것 같은데."

건축가의 장남인 아마노는 심야에 가끔 가게 차를 빌려 나베다나 레이와 함께 요코하마의 공원에 가곤 했다. 물론 무면허이지만.

"안 돼. 아베크족들이 우리를 보고 수상하다고 신고라도 하면 어쩌려고?"

"호기심 많은 고교생들로밖에 보지 않을걸."

"우리 집으로 하지. 부모님들은 법회 때문에 내일 저녁까지는 집에 돌아오지 않을 거고, 경찰은 갑자기 민가에 들이닥칠 정도로 미치진 않았으니까. 이웃에는 친구들이 모여 놀기 때문에 조금 시끄러운 거라고 말하지, 뭐."

"동생은 어쩌고?"

"용돈 좀 줘서 친구네서 자고 오게 하지. 어때?"

"폭력적 수단을 쓰지 않는다는 조건으로 동의."

레이가 조건부 합의안을 내놓자 전원 동의했다.

"아오키에겐 내가 연락하지. 오늘 밤 열시에 집합이다."

"연락이 되지 않으면?"

"그땐 정말로 술이라도 마시지, 뭐. 다행히 고기도 잔뜩 있잖아."

무라노가 웃으면서 가방에서 비닐 봉지를 꺼냈다. 그는 친구들
의 우울해 보이는 얼굴을 흘끔 쳐다보고는 남은 고기를 챙기기
시작했다.

"가지고 가는 건 마음대로 하더라도, 일단 구운 건 먹고 가라
고."

고토다가 결정타를 날렸다.

"아무리 싸구려라고는 해도, 내 쥐꼬리만 한 봉급에서 나가는
거니까."

"그래, 먹자!"

기세 좋게 말하는 무라노에게 이끌려 멤버들은 이미 숯처럼 새
까맣게 탄 고기에 젓가락을 가져갔다.

"그런데 아직 발견되지 않은 세 명의 시체는 어디로 사라진 걸
까?"

아마노가 지금 가장 피하고 싶은 화제를 꺼내자 고토다가 대답
했다.

"하늘만이 알겠지. 어쩌면 정말로 먹어버렸을지도 모르고."

"케케케케." 하는 하이에나 같은 웃음소리가 좌중에 울려퍼졌다.

아오키 세이지의 실종이 판명된 것은 그로부터 몇 시간 뒤의
일이었다. 아오키는 방과후 학교를 나선 뒤 어디론가 사라졌다. 아

오키에게 연락을 했던 무라노는 오히려 아오키 어머니의 질문 공세 덕택에 그 사실을 알게 되었다. 결국 레이와 친구들은 무라노의 집에서 싸구려 술을 잔뜩 퍼마시고 고기를 배부르게 먹었다. 그러고는 모두들 술에 취해 아침까지 그 고기를 토했다.

동맹

　도이가키와 아마노가 경찰에게 잡혀 들어갔다는 것을 레이가
알게 된 것은, 아오키를 심문하자고 모였다가 허탕만 친 레이 일
행이 무라노의 집에서 취해서 고기를 마구 토해 댄 다음날 저녁
무렵이었다. 정확히 말하면 아침에 돌아온 레이가 열쇠로 문을 열
고 몰래 집에 들어가 12시간 정도 자고 일어난 다음이었다.

　동급생을 가장하고 전화를 건 나베다도 자세한 사정은 잘 모
르는 듯했다. 어쨌거나 어떻게 할 건지 만나서 같이 생각해 보자
는 제안에, 레이는 점퍼를 걸쳐입고 방에서 나왔다. 아들이 나쁜
길에 빠져들지 못하도록 엄중히 감시하던 어머니가 현관에서 저
지선을 펼쳤으나, 레이는 이를 강행 돌파했다. 사실은 외투 자락
에 달라붙는 어머니를 외투째 버리고 뛰쳐나갔다. 레이는 전속력
으로 역을 향해서 달렸다.

만나기로 한 장소인 역 앞의 대형 찻집은 저녁 식사 시간이 막 지난 무렵이라서 그런지 꽤 많은 사람들로 북적댔다. '로마'라는 촌스러운 이름에서 쓸데없이 크기만한 발코니, 계단 중간중간 놓인 모조품 갑옷에 이르기까지 실내 장식 전체가 '이곳은 고급 카페입니다.'라고 주장하는 곳이었다. 그러나 근처에 파칭코 집들이 우글거리는 입지 조건 탓인지 모이는 손님들은 그리 품위 있는 사람들이라고 할 수 없었다. 동네 야쿠자, 접대부, 상점 주인, 부동산 아저씨 등, 미학과는 거리가 먼 손님들이 큰 소리로 대화를 나누고 있는 플로어를 지나고 미로 같은 계단을 올라 몇 층인지조차 알 수 없게 된 어느 층 구석에서 마침내 레이는 나베다의 얼굴을 찾을 수 있었다. 그는 가볍게 손을 들어보이면서 나베다에게 다가갔다. 벌써 숙취가 풀렸는지 나베다는 선명한 색의 파르페를 스푼으로 떠먹고 있었다. 자리에 앉은 레이는 아침부터 아무것도 먹지 않았음을 떠올리고 토스트 세트를 주문했다.

　"그래서, 어떻게 됐대?"

　진한 화장을 한 웨이트리스가 자리를 떠나자 레이는 몸을 기울여 작은 소리로 물었다.

　"어떻고 자시고……. 두 시간쯤 전에 고토다 아저씨한테서 전화가 왔어. 도이가키와 아마노가 잡힌 것 같다고. 확인한 다음에 직접 설명하러 오겠다던데."

　"무라노는?"

　"바쁘지. 만약 정말로 잡혀 들어간 거라면, 학교 측에 나름대로 대응도 해야 하고 구급 센터에 확인도 해야 하고……. 거기다 아오키 쪽까지 신경 쓰고 있으니."

"그쪽은 어떻대?"

"점심 때쯤 집에 전화를 걸어봤는데 돌아오지 않았대. 아오키의 어머니는 반쯤 정신이 나가 있다더라."

"최악이로군."

"응. 최악이야."

거기까지 이야기한 뒤 두 사람은 입을 다물었다. 의논해야 할 것은 산더미처럼 쌓여 있었지만, 이런 심각한 사태에 직면하게 되자 도저히 입을 열 기운이 나지 않았다. 어쨌거나 고토다와 무라노가 나타나서 상황을 확실하게 알려줄 때까지 기다릴 수밖에 없었다.

고토다와 무라노보다 토스트 세트가 먼저 왔다. 레이는 버터 냄새가 피어오르는 두꺼운 토스트를 반으로 자른 다음, 서비스로 나온 잼을 잔뜩 발라 입 안에 넣고 씹었다. 홍차에도 밀크 시럽을 잔뜩 부어서 빵을 삼키면서 마셨다.

레이가 남은 반쪽에 다시 잼을 바르고 있는데, 무라노가 심각한 얼굴로 나타났다. 무라노는 레이의 토스트를 흘끔 보고 햄 토스트 세트를 주문했다가, 잠시 생각한 뒤 계란 샌드위치와 커피로 주문을 바꾸었다.

"어땠어?"

파르페를 마시며 나베다가 물었다.

"어떻고 자시고……. 아직 구급 센터에서 무슨 연락이 온 건 아니지만, 일단 서클의 서류는 전부 처리해 두었어."

"아오키는?"

"오는 길에 그쪽 집에 들렀다 왔는데, 아직 돌아오지 않은 것 같아. 잡힌 건지 사라진 건지 선수를 쳐서 숨어버린 건지는 아직 모르겠어. 어쨌거나 녀석 어머니가 붙잡고 엉엉 울어대는 바람에 재빨리 와버렸지."

거기까지 이야기한 뒤 그들은 모두 팔짱을 끼고 입을 다물었다. 레이가 두꺼운 토스트를 모두 다 위장 속에 넣었을 즈음 무라노의 계란 샌드위치가 도착했다. 그걸 본 나베다가 이번에는 핫케익을 주문했다. 계란 샌드위치를 먹어치운 무라노가 허공을 쳐다보며 커피를 마시고, 나베다가 핫케익에 시럽을 바르고 있을 즈음 고토다가 나타났다.

그는 엉망진창이 된 테이블을 보고 얼굴을 잠시 찌푸렸다. 자리에 앉은 그는 맥주 작은 병을 주문한 뒤, 웨이트리스가 빈 접시와 찻잔을 치우기를 기다렸다가 입을 열었다.

"아사부 교차로에서 신호를 기다리고 있던 불법 2인승 오토바이를 순찰중이던 경관이 붙잡아 불심 검문을 하던 도중 언동이 수상해서 근처의 파출소까지 임의 동행. 동 파출소에서 역시 아무런 말도 없이 있다가 갑자기 폭력을 휘둘러 파출소에서 근무중이던 경찰관 1인을 구타. 폭행 상해, 공무 집행 방해 현행범으로 긴급 체포. 소지하고 있던 지하철 정기권으로 두 사람이 도립 K고교 2학년생인 도이가키 유이치와 아마노 마사루라는 것이 판명됨. 현재 아사부 경찰서 내 유치장에서 구류중."

"역시 잡혀 들어간 건가?"

"두 사람 다 파출소에서 경관을 때릴 정도의 멍청이는 아냐. 이건 함정이야."

"아아, 아마도 그렇겠지."

162

고토다가 단번에 긍정을 하고 말을 이었다.

"애초에 불심 검문이라는 것도 이상하고, 임의 동행을 요구한 시점에서 저항을 하면 바로 공무 집행 방해가 성립되어 버린다고. 일단 파출소 안에 들어가고 나면 그 다음엔 무슨 일을 당해도 아무 말 못하지. 아마 처음부터 계획적으로 한 일이었을 거야."

불심 검문은 자체는 법적 강제력이 없으며, 파출소로 임의 동행하는 것 또한 법적으로는 얼마든지 거절할 수 있는 것이다. 그러나 실제로는 동지의 수가 많거나 주변에 목격자가 많지 않은 다음에야 이를 거부하기도 힘들고, 집요한 거절은 공무 집행 방해라는 죄목이 붙을 위험성이 있었다. 만약 경찰관 쪽에서 그럴 마음만 먹는다면 사람들의 눈이 닿지 않는 파출소 안은 말 그대로 무법 지대로, 주먹으로 때리거나 발로 차거나 하는 폭행을 가한다 해도 경관 이외에는 아무도 없는 밀실에서 벌어진 일이 되는 것이다. 설사 멍자국이 남는다 하더라도 본인이 혼자 날뛰다가 넘어져 생긴 것이라고 치부해 버리면 그만인 것이다. 거기다 상처가 남지 않도록 전화 번호부를 사용하는 등의 여러 가지 교묘한 기술도 있었다.

한술 더 떠서, 일반인의 눈에 띄지 않는 경찰서 내 유치장에서는 경찰이 생사 여탈권을 쥐고 있다 해도 과언이 아니다. 실제로도 고문에 가까운 자백 강요 등의 행위로 원성을 들어온 게 어제오늘 일이 아니었다.

"도주할 경우에는 곧장 추적할 수 있도록 순찰차까지 준비한 거겠지. 겨우 고교생을 상대로 그렇게까지 하다니."

고토다가 자조 섞인 말투로 내뱉고 한숨을 내쉬었다.

"하지만 왜 그런 걸까? 기껏해야 고교생을 상대로……"

맥주를 가져온 웨이트리스를 보고 나베다가 말을 끊었다. 한 손으로 작은 접시에 가득 담겨 나온 기본 안주인 볶은 콩을 집고, 다른 한 손으로 잔에 맥주를 따르면서 고토다가 입을 열었다.

"말단 경찰관은 사정이고 뭐고 아무것도 모르면서 그저 위에서 명령하는 대로 움직일 뿐이야. 수사에 제동을 걸 수 있는 놈들이라면 그런 정도의 일은 간단히 할 수 있어. 하지만 말이야……, 그들이 겨우 고교생을 상대로 이렇게 노골적인 수단을 사용할 정도까지 몰렸다면, 상황은 우리가 생각하는 것 이상으로 절박할지도 몰라."

"아오키가 사라진 것과 관계가 있나?"

"어느 쪽이 먼저라고는 할 수 없겠지만."

고토다는 레이의 말에 미묘한 방식으로 긍정을 하고 맥주 잔을 기울였다.

"하지만 멤버가 갈라진 건 좀 곤란한데."

식기 시작한 핫케익을 자르면서 나베다가 우울하게 말했다.

"곤란이고 뭐고, 만약 그쪽이 작정하고 한 일이라면 이미 이야기는 끝났어. 우리가 손쓸 방법은 없어. 지금쯤 아마노나 도이가키 집에서는 경찰에서 온 전화를 받고 한바탕 뒤집어졌을걸. 곧 있으면 우리 쪽으로도 불똥이 튈 거고."

레이의 말에 동의하면서 나베다가 더 우울한 표정이 되어 핫케익을 씹었다. 고교생 활동가를 데리고 있는 가정들이 다 그런지는 알 수 없었으나, 멤버의 부모들은 전화를 통한 강력한 정보망을 구축하고 있었다. 언제 어디서 누가 누구를 만났고, 지금 누가 어디에 있으며 무엇을 하고 있는가. 아들의 장래를 걱정하는 마음에서 우러나온 것이라고는 해도 그 정보 수집 능력은 놀라운 수준이었다. 한번은 레이를 불러낸 생활 지도 교사가 눈앞에 삐라를 들이대면서 '이것은 네가 생각해 내고 무라노가 인쇄해서 나베다와 도이가키와 아마노가 뿌린 거지?'라며 꾸짖은 적이 있었다. 그의 말은 정말 사실이었는데, 그건 멤버들 옆에서 지켜보기라도 하지 않는 한 알 수 없는 것이었다. 나중에 엄밀히 점검해 본 결과, 무라노의 방 쓰레기통에서 발견된 레이의 원고가 화근이었다는 것이 판명되었다. 그때부터 그들은 자기 방의 쓰레기통에 대해서조차 혁명적 경계심을 발휘할 수밖에 없게 되었다.

그 비밀 정보망이 최대한의 기능을 발휘하고 있을 것이었다. 아마 지금쯤 멤버 전원의 부모들 사이에 협약이나 모략이 진행중일 것은 불을 보듯 뻔했다. 부모의 마음은 거의 절대적인 이데올로기니까. 동료 중 한 명이 실종되고 두 명이 체포 구금된 지금 레이와 친구들은 이른바 '가족 제국주의'라는 부모와의 정면 대결을 각오해야 할 터였다.

"그렇다 해도 도이가키와 아마노 녀석, 아사부 같은 데서 대체 뭐하고 있던 거야?"

나베다가 말하자 레이가 힘없는 어조로 답했다.

"전의 그 차를 미행이라도 했던 거겠지. 면허도 없이, 그것도 둘이나 타고서."

"그 두 사람은 원래부터 모험을 즐겼잖아."

"뭐, 한동안은 사바 세계 구경은 못하겠지."

고토다가 귀찮다는 말투로 말하며 에코에 불을 붙였다.

"내가 필요 없다고 그렇게……"

"당신 형사잖아. 이런 데서 놀고만 있지 말고 두 사람을 어떻게든 해봐!"

그때까지 조용히 레이와 나베다의 말을 듣고 있던 무라노가 갑자기 폭발했다. 주변에 앉아 있던 손님들이 일제히 고개를 들어 이쪽을 쳐다봤고, 옆자리에서 담배 연기를 뿜어대고 있던 젊은 남자들은 형사라는 소리를 듣고 자리에서 일어났다. 옷차림으로 보아 레이네 같은 변형파와는 다른 정통파 불량배 같았다. 날카로운 긴장감이 층 전체를 감쌌고 웨이트리스가 놀라 떨어뜨린 쟁반이 날카로운 소리를 냈다. 고토다가 슬그머니 일어나 고개를 숙이면서 "이것 참 실례했습니다. 부디 천천히들 대화를 계속 즐겨주세요."라는 결혼식 사회자 같은 말을 입에 올린 뒤 다시 자리에 앉았다.

그러자 여기저기서 소곤거리는 소리가 나더니 이윽고 다시 소란스러운 말소리가 주변을 둘러쌌다. 옆자리의 불량배들이 자리를 뜬 것을 제외하면 방금 전과 별 다를 게 없는 모습이었다.

"큰 소리 내지 마, 이 멍청아……!"

레이가 얼굴을 가까이 가져가 무라노를 비난했으나, 그는 뚱한 표정 그대로 목소리만 조금 낮춘 채 다시 반복해서 말했다.

"두 사람을 어떻게든 해봐."

"말도 안 되는 소리 말라고. 네가 일개 고교생이듯 나도 일개 형사에 불과해. 지금 말한 정보를 모으는 것만으로도 힘들었다고."

"어떻게든 해."

완고하게 같은 말만 되풀이하는 무라노를 무시하고 레이가 고토다에게 물었다.

"어떻게 되는 거야, 그 두 사람?"

"윗사람들이 뭘 생각하는지 잘 모르기 때문에 뭐라 말하지 못하겠다만, 아마 입건은 되지 않을 거야. 만일 이게 그쪽이 보내는 경고장이라면 공연히 검찰에 이송해 법원에서 싸워서 사태를 복잡하게 만드느니, 차라리 구류 기간이 다할 때까지 붙잡아두었다가 놔주는 게 더 편할 테니까."

고토다는 남은 맥주를 컵에 따르면서 계속 말했다.

"게다가 내 생각에는 아무래도 이번 사건이 경고나 견제 같은 것으로 생각되지 않아."

"그건 무슨 소리야?"

"경찰같이 커다란 조직에서는 각자 자신의 입장에서 나름대로 머리를 굴리게 되어 있어서 말야……. 맨 위에서 맨 아래까지 모두가 똑같은 생각을 가지고 행동한다고 보기 힘들거든."

고토다는 애매한 말투로 그렇게 말했다.

"그것보다 그 아가씨 쪽은 좀 어때?"

"이상 없어. 변함 없이 담담히 등교중."

"아오키 세이지 쪽은?"

"어제부터 집에도 돌아오지 않고 학교에도 나타나지 않는 상태로 연락조차 없어."

나베다가 무라노를 대신해서 대답했다.

"시체가 발견되었다는 통보는 없었으니 괜찮아. 녀석은 아직 살아 있을 거야."

"또 형사의 감이라는 건가?"

"어쨌거나 그 두 사람 쪽은 걱정할 필요 없어. 여기서 더 좋아지게 할 수는 없어도 더 나빠질 이유도 없으니까 말이야. 그리고 너희들도 잠시 얌전히 있는 게 좋을 거야. 또 연락하지."

이렇게 말하고 자리를 일어서려는 고토다에게 나베다가 망설이면서 계산서를 내밀었다. 금액을 흘끔 쳐다본 고토다는 뭔가 저주의 말 같은 것을 중얼거리면서 계산서를 낚아채고 등을 돌려 사라졌다.

"이제부터 어쩔 거야?"

나베다가 불안한 표정을 띠며 레이에게 물었다.

"글쎄……, 집에 돌아가고 싶진 않은데."

"나도."

"나도 마찬가지."

무라노도 동의했다.

집에 돌아가면 세 명 모두 비슷한 지옥이 기다리고 있을 터였다. 특히 나베다는 아버지와 형이 모두 구청에서 근무하는 공무원 가족으로, 어머니는 모 보수당 여성부의 지역 담당자이자 정보망의 핵심 인물이었다.

무라노는 또 무라노대로 부모들에게 학생 당파의 괴수로 찍혀 있었다. 물론 사실을 들여다보면 단순히 꼼꼼한 성격 탓에 일을 혼자 떠맡고 있는 것에 불과했지만. 설상 가상으로 폭주족인 동생까지 출석 일수가 부족하다는 이유로 유급을 당해 집에서 싸움이 끊기지 않는 상황이었다.

정학중의 몸이면서도 계속해서 암약을 해왔으며 게다가 오늘은 어머니의 저지선을 '강행 돌파'해 버린 레이의 경우는 더 말할 필요도 없었다.

준비를 단단히 하고 기다리고 있을 부모를 생각하는 것만으로도 기분이 우울해지면서 온몸에서 힘이 빠졌다. 이 상황을 피할 수만 있다면 도이가키나 아마노를 대신해서 유치장에라도 들어가고 싶은 기분이었다.

멤버들은 각자 가진 돈을 모아 커피를 한 잔씩 더 주문한 뒤 재떨이에 담배 꽁초의 산을 쌓고 나서야 가게를 나왔다. 그런 다음 상황이 더욱 악화될 뿐이라는 것을 알면서도 시가지를 배회하면서 시간을 보냈다. 그리고 마지못해 집으로 돌아갔다.

・ ・ ・

레이는 다시 연금 상태에 놓였다. 지난번에는 스스로 원한 상황이었으나, 이번에는 지난번과는 달리 진짜 연금 상태였다.

그날 밤 무라노와 나베다와 헤어진 뒤 막차로 집에 돌아온 레이를 기다리고 있는 것은, 이미 취해서 도깨비 같은 형상이 되어버린 아버지와 아들을 위해서는 차라리 자신이 귀신이 되고 말겠다고 다짐한 어머니, 두 귀신이었다. 빨갱이, 매국노, 반역자, 전과자 등의 욕설이 호령이 되어 날아왔고, 컵과 주전자가 하늘을 날았으며, 가구는 부서지고 옆집 개는 짖어댔다. 이러한 종류의 소란에 대한 대처 방법으로 레이는 자신의 신경을 지키는 데 가장 유효한 수단, 즉 완전한 침묵을 선택했다. 그러나 이것이 오히려 신경에 거슬렸는지 급기야 아버지는 주먹을 날리고 말았다. 그런

데 뜻밖에도 아들을 지키기 위해 몸을 던진 어머니가 그 주먹을 대신 맞고 날아가 의식을 잃고 쓰러졌다. 그 바람에 당황한 레이가 구급차를 부르는 것으로 아수라장은 일단 막을 내렸다.

물론 그걸로 끝날 리는 없었다. 다음날 첫차를 타고 억지로 집에 돌아온 어머니는 일이 일단락되었다고 안심하고 있던 레이에게 정학이 풀릴 때까지 연금 생활에 들어갈 것을 선포했다. 외출 전면 금지, 전화 통화 금지, 서신 봉쇄 등……. 용변 이외에는 방에서 나오는 것조차 금지되었으며, 세 번의 식사도 방으로 운반되어 올 정도로 철저한 연금 생활이었다. 그런데다가 예전부터 밤 9시 이후 레이의 행동에 의혹을 품고 있던 어머니는, 열쇠 가게 사람을 불러다 현관의 자물쇠를 새것으로 바꾸어 레이가 가지고 있는 열쇠로는 열 수 없도록 만들어버렸다.

가택 연금이 시작된 이후 3일 동안 레이는 지난번과 마찬가지로 자면서 보냈다. 아무리 연금이라 해도, 마음만 먹으면 얼마든지 탈출할 방법은 있었다. 방문에 자물쇠가 걸려 있는 것도 아니었고, 현관도 야간에는 잠겨 있지만 사무실 직원들이 출입하는 대낮에는 자물쇠를 채울 수가 없기 때문이었다. 그런데도 레이가 연금을 달게 받아들인 데에는 두 가지 이유가 있었다.

일단은 이 상황에서 어머니의 선언을 무시하고 외출을 했다간 이번 소동 이상으로 큰 소란이 일어날 것이 뻔했고, '야만적 권력'의 상징인 아버지가 본성을 발휘할 확률 또한 높았기 때문이다. 레이는 아버지에게 얻어맞거나 자신이 아버지를 주먹으로 치게 되어 전쟁 상태에 돌입하는 것만은 가능한 한 피하고 싶었다. 그런 지옥도를 연출하느니 차라리 선수를 쳐서 '가족 제국주의'에 대한 최종 투쟁 수단, 즉 가출을 선택하는 것이 차라리 낫다는 것이 레이의 생각이었다. 바꾸어 생각하면 이것이 바로 레이가 안고 있는 약점이자 한계였다. 그러나 레이의 마음속에는 그것을 정당화시키는 논리 또한 존재하고 있었다. 폭력 혁명을 표방한 레닌이 부인인 크룹스카야를 때렸는지 어땠는지는 모르겠지만 개인의 불안정한 감정에서 표출되는 육체적 폭력과 정치적 폭력은 엄연히 다른 것이다. 제국주의적 침략 전쟁과 혁명 전쟁이 다른 것이듯. 이것이 레이의 말버릇이었다.

애초부터 생물학적 개체인 레닌과 혁명가 레닌을 동일시하는 것 자체가 무의미한 일이며, 한 개인이 혈연이나 가정이라는 고유한 세계에 품는 감정과 사회적이고 정치적인 세계에 대해 가지는 의지는 명백히 다른 심리적 과정에 기반을 두는 것으로, 이 둘을 혼동하는 것은 사상적으로 중대한 과오를 저지르는 행위였다. 그러나 레이 역시 다른 대부분의 고교생 활동가가 그러했듯이 이론과 논리에 집착하는 모순을 저질렀으며, 그런 까닭에 사상적 태도를 준엄하게 지켜나가는 면에서 아직 미숙했다. 다시 말해서, 그는 필요하다면 화염병이나 폭탄을 던져 시민 사회의 질서를 파괴하는 것도 불사하겠다고 결의하면서도 정작 부모와의 불화는 견디지 못하는 마음씨 착한 젊은이에 불과했던 것이다. 또한 폭력적 갈등의 본질이자 원인인 아버지에 의해 심리적으로 각인된 자신의 상처를 객관적으로 바라보지 못한 채, 그 위에 사상으로 덧칠해 가며 버둥대고만 있었다. 물론 레이 자신은 그런 사실을 깨닫지 못했다.

또 하나의 이유, 그것은 전자에 비해 더 결정적이며 직접적인 원인이었는데, 밖으로 뛰쳐나간다 해도 아무것도 할 수 없는 참혹한 상황에 처해 있었기 때문이다. 무라노와 나베다는 어떻게 지내고 있을까? 이렇게 연락조차 불가능한 상황에서는 상상하는 것 외엔 방법이 없었으나, 아마도 비슷한 상황에 놓여 있는 것은 확실했다. 고토다에게서도 아무 연락이 없었다. 설사 전화가 왔다 해도 어머니가 바꿔줄 리 만무했다. 레이는 침대에 누워 천장을 올려다보며 이번 사건에 대해 멍하니 생각해 보았다. 지난 3일 간 식사와 용변과 수면 이외의 모든 시간을 그렇게 보냈다. 어차피 다른 할 일도 없었다.

소수파, 그것도 하부 조직에 속한 고교생 활동가들을 엽기적인 방법으로 하나 둘씩 살해한 동기 불명의 범인과, 그와는 다른 동기로 피해자들을 감시하고 있는 사야라는 소녀, 그리고 그녀를 지원하는 외국인들. 사실 레이는 그들만이 알고 있는, 아니 고토다도 일부 알고 있을지도 모르는 사실을 근거로 그 두 조직의 동기와 그들 사이에 존재하는 연관성을 이미 추론해 둔 상태였다.

객관적으로 생각해 보면, 실종된 아오키는 언제라도 시체로 발견될 수 있는 상황이다. 만약 아오키가 죽으면 그를 감시하고 있던 사야 또한 레이의 학교에 남을 이유가 없어진다. 사건 자체는 해결되지 않을 테지만, 아오키라는 유일한 접점이 사라지고 나면 모든 사건은 레이나 멤버들로부터 멀어질 것이며, 사야나 고토다와 관계 또한 자연히 소멸되어 갈 것이다. 구속되어 있는 도이가키와 아마노도 무죄 방면될 것이다. 그렇게 되면 남는 건 레이가 그 사실에 대해 침묵을 지키는 것뿐이었고, 모든 사태는 그날 밤 이전 상황으로 돌아갈 수 있었다. 동료인 아오키의 죽음을 제외하고. 물론 아오키가 죽기를 바라는 것은 아니었으나, 레이는 그렇게밖에 사건의 종말이 상상되지 않았다. 이러니저러니해도 레이도 멤버들도 반항심 넘치는 고교생에 불과했다. 일련의 사건을 겪으면서 레이는 그 사실을 진저리나도록 실감했다. 사야 한 명만 두고 봐도 그렇다. 그녀의 겉모습은 비록 고교생이지만 그 실체는 레이로서는 상상할 수조차 없는 세계의 일원일 것이었다. 옆에는 언제나 정체를 알 수 없는 2인조 외국인들이 그림자처럼 붙어 있고 배후에는 거대한 조직의 그림자가 드리워져 있었다. 절대로 불가능하다고까지는 할 수 없지만, 레이가 상대할 수 있는 존재가 아니라는 것은 확실했다. 게다가 이러한 사실들조차도 전부 고토다의 조사로 밝혀진 것들로, 레이와 멤버들이 한 일이라고는 고작해야 약간의 증거와 심증을 모아준 것뿐이었다. 아오키를 구하고 싶다는 마음만은 모두 진심이었으나, 아오키는 스스로 모습을 감추었고, 일행 중 두 사람이 누군가의 모략에 빠져 체포된 이후로는 모두 완전히 의기 소침해져서 아무 행동도 못 하고 있었다. '가정 내 투쟁'으로 지쳐버린 레이의 경우, 오히려 이런 웃기지도 않는 연금 상태를 달게 받아들인 채 침몰하고 있었다.

'사야라는 여자는 지금쯤 뭐하고 있을까?'

레이는 멍하니 생각했다. 다시 한번 생각해 보니, 레이는 그날 밤 이후 단 한번도 사야와 얼굴을 마주치지 않았다. 물론 그 짐승 같은 눈과 하얀 얼굴을 잊은 날은 단 하루도 없었고, 참살될 뻔했던 순간의 공포는 지금도 생생했지만 레이에게는 왠지 그 일이 사실처럼 느껴지지 않았다.

레이의 정학도 이젠 겨우 며칠 정도 남아 있었다. 사건이 끝나기 전에 상황에 결정적인 변화가 생기지 않는 한, 이대로 평생 만나지 못할지도 몰랐다. 생각이 거기까지 미친 레이는 침대 위에서 몸을 일으켰다.

'어쩌면 나는 그 사야라는 여자와 다시 한번 만나고 싶은 게 아닐까?'

그렇게 생각한 레이는 자신의 생각에 당황해했다.

사야는 어두운 숲에서 만난 늑대나 마찬가지였다. 분명히 어두운 숲에서 늑대를 만난 사람은 그 일을 잊지 못할 것이다. 그런데 그가 잊지 못하는 것은 늑대와 만났다는 공포일까, 아니면 늑대 그 자체일까?

침대를 내려온 레이는 싱크대 앞에 서서 작은 알루미늄 합금 주전자에 물을 부운 다음 가스 풍로 위에 얹었다. 낮에 어머니가 가져온 카레라이스를 먹어치운 지 이미 네 시간이 지나 레이는 강렬한 공복감을 느꼈다. 그는 싱크대 아래의 문을 열고 숨겨둔 즉석 라면을 꺼냈다. 그러고는 봉지를 뜯고 면을 둘로 쪼개 주전자 안에 넣었다. 분말 수프와 액상 수프도 함께 넣었다. 남은 일은 주둥이 쪽으로 라면 국물이 흘러넘치지 않도록 적당히 화력을 조절하는 것뿐이었다. 이 '주전자 라면'은 꽤 품위 없는 음식이었으나, 최소한의 노력만으로도 요리가 가능했으며 열이 전도되는 방식이 절묘해서 면발이 쫄깃쫄깃했다. 그런데다가 씻어야 할 식기가 주전자 하나뿐이라는 장점까지 있어 이틀에 한번씩은 꼬박꼬박 해 먹는 음식이었다.

어렸을 때부터 계속해서 써온 탓에 끝이 갈색으로 변해 버린 젓가락을 꺼내 의자에 앉아 면이 익기만을 기다리던 레이는 노크

소리가 들려오자 눈살을 찌푸렸다. 어쩔 수 없다는 듯 불을 끄고 문을 열자 어머니가 언짢은 얼굴로 서 있었다.

"서점에서 온 전화야. 책 사러 가는 것은 정학이 끝난 다음이야. 알았지?"

그러고 나서도 그녀는 몇 마디 더 했지만 레이가 대충 대답하자 메모를 건넨 뒤 평소처럼 의혹에 가득한 눈초리로 아들을 한 번 노려보고 사라졌다. 문을 닫고 메모를 바라본 레이의 표정이 딱딱하게 굳었다.

> 오차노미즈 역 앞 효도 서점.
> 카미우 작 『단독자』 1,700엔 입하.
> 희귀한 책으로 금일 내에 팔릴 가능성 있음.

아오키의 연락이었다. '효도'는 아오키의 조직명이었다. 조직명이란 회의 기록이나 통신, 원고의 서명, 개인 일기 등에서 사용되는 가명으로 활동가들 사이에서는 당국의 수색에 대비하는 의미로 흔히 사용되곤 했다. 그러나 귀찮다는 이유로 '사연' 내에서는 그리 사용하지 않았으며, 최근 들어서는 오직 제창자인 아오키만이 고집스럽게 계속 사용하고 있었다. '카미우'는 레이의 조직명이며, '오차노미즈 역 앞'은 만날 장소, '1,700'은 오후 5시, 『단독자』라는 책 이름은 아마도 혼자 오라는 의미가 틀림없었다. '희귀한 책'이라는 행에는 어머니가 한 짓인 듯 가위표가 그어져 있었으나, 시간적인 여유가 없으며 사태가 긴급을 요하는 분위기를 풍겼다. 전체를 재구성하면 이렇게 된다.

동지 미와 레이

오늘 오후 5시, 오차노미즈 역 앞으로 혼자 올 것.

긴급을 요함.

아오키 세이지

　예상치 못한 사태에 레이는 당황했다. 실종된 아오키 본인으로부터 직접 연락이 올 것이라고는 생각지 못했던 것이다. 하지만 생각해 보면, 그렇게 이상한 일도 아니었다. 레이와 친구들에게 험한 말까지 던지고 나서 오기로 등교를 해오다가 신상의 위험을 느끼고 잠수한 것이라면, 동료에게 연락을 해오는 것은 당연한 일이었다. 그리고 무라노에 비하면 그래도 말이 잘 통하는 레이를 고른 것도 이해가 되었다. 혼자 오라고 하는 것도 사람들 눈에 띌 위험을 피하기 위해서는 당연한 일일지도 몰랐다. 잠수를 해야 할 정도로 위험에 직면해 있다면, 분명히 사태는 긴급을 요하는 일일 것이다. 어쩌면 아오키 본인으로부터 사정을 들을 수 있는 마지막 기회일 수도 있었다.

　그러나 그 순간 혹시나 하는 의구심이 고개를 쳐들었다. 레이는 주전자에 다시 불을 붙이는 것조차 잊고 필사적으로 몇 가지 가능성을 타진해 보았다. 이 연락이 정말로 아오키 본인의 것이라는 근거는 있는가? 경찰을 움직여 도이가키와 아마노를 구속시킨 자들이 이번엔 레이를 붙잡으려 한다는 것도 있을 법한 일이었다. 하지만 가택 연금 상태에 있는 레이에게 그런 귀찮은 일을 하리라고는 생각하기 힘들었다. 거기다 '카미우'라는 레이의 조직명을 아는 사람은 아오키를 포함한 멤버들뿐이었으며, 누군가가 흘리지 않는 한 외부에 흘러나갈 이유도 없었다. 그럼 역시 이 연락은 진짜라고 생각할 수밖에 없었다.

이 연락이 진짜라면 아오키는 내게 무슨 말을 하려는 걸까? 레이는 누군가와 이야기를 나누고 싶었으나, 무라노나 나베다에게 직접 연락을 할 수 있을 것 같지 않았고, 시간 또한 급박했다. 고토다의 태평스런 얼굴이 뇌리에 스쳤으나, 경찰청에 전화를 걸 수는 없다는 이유로 고토다의 연락이 오기만을 기다리겠다고 결정한 것은 레이 자신이었다. 담배라도 있었으면 하는 생각도 들었으나, 마지막 한 개비를 이미 점심 식사 뒤에 소비해 버린 지 오래였다. 책상 위에 놓인 시계를 보니 지금 당장 나간다 해도 5시까지 오차노미즈에 도착하기에는 빠듯한 시간이었다.

아오키의 호출에 응해서 집을 나갔다간 이번에는 레이나 아버지 중 한쪽이 구급차에 타게 될 거라는 생각이 들었지만, 그런 것은 아무래도 상관없었다. 레이는 있는 돈을 모두 모아 주머니 속에 쑤셔넣고 발소리가 나지 않도록 신발을 양손에 들었다. 그러고는 계단을 단숨에 뛰어 내려갔다.

· · ·

오차노미즈 역 앞은 사람들로 붐비고 있었다. 헌책방들이 집중되어 있을 뿐만 아니라, 사상에 관련된 서적이나 신좌익 계열의 출판물을 전문적으로 취급하는 서점이 많아서, 레이가 나베다나 아오키를 데리고 일주일에 한번은 들리는 곳이었다. 역의 매점에서 롱피스를 산 레이는 곧장 매표소 바깥에 있는 커다란 재떨이 앞으로 갔다. 그곳은 멤버들이 이 역에 올 때마다 애용하는 집합 장소였다. 만약 아오키가 나타난다면 이곳으로 오게 될 것이었다. 아오키의 모습은 보이지 않았다. 시계를 보니 지정된 시간까지 앞으로 몇 분 정도 남아 있었다.

레이는 방금 산 롱피스의 비닐을 뜯고 한 개비를 꺼내 물었다. 자기 방이 아닌 장소에서는 이상하게 죄책감이 느껴져 거의 담배를 피지 않는 레이였으나 이곳만은 달랐다. 오차노미즈는 수많은 대학들이 모여 있는 곳으로 지금은 대부분이 투쟁 장소였다. 개중에는 반년 이상 바리케이드 봉쇄가 유지되고 있는 곳도 몇 군데 존재했다. 그런 까닭에 오가는 학생들의 모습에서도 그럴듯한 분위기가 풍겨나왔다. 허공에 무작정 돌을 던져도 활동가나 동조자가 맞는다는 농담까지 나돌 정도로 이곳은 말 그대로 학생 운동의 성지라 할 수 있었다.

아오키가 나타나기를 기다리고 있는 레이의 눈앞에서도 붉은 헬멧을 쓴 스무 명 정도의 학생들이 삐라를 붙이고 서명이나 자금을 모으기 위해 목소리를 높이고 있었다. 교차로 건너편에서는 지난 1년 간 이미 몇 번이나 불탔으며 지난 공동 투쟁 때에도 화염병의 공격을 받았던 파출소가 처참한 모습을 드러내고 있었다. 담배를 피우면서 멍하니 불에 탄 건물을 바라보고 있던 레이는 갑작스레 누군가가 등뒤에서 건드리자 반사적으로 돌아보려 했다. '돌아보지 마'라며 작고 날카로운 목소리가 들렸다. 아오키의 목소리였다.

"앞쪽으로 걸어. 교차로를 건너 오른쪽 길로 내려가……. 부탁이다, 미와."

레이는 주저했으나 아오키의 절박한 말투에 떠밀려 담배를 버리고 걷기 시작했다. 역 앞에서 진보초 방면으로 향하는 완만한 경사로를 따라 내려가자 백 미터도 못 가 학생을 상대로 하는 식당이나 서점 등의 상점이 사라지고 대신에 M대학 법학대 건물을 둘러싼 벽돌 담이 나타났다. 담을 따라서 '학련 문자'라는 딱딱한 서체로 씌어진 현판들이 일렬로 늘어서 있었다. 레이는 그 앞을 지나 천천히 내려갔다. 대체 어디까지 가야 할까? 등뒤에서 따라오고 있는 것은 정말로 아오키가 맞을까? 레이는 불안에 휩싸여 멈추어서려 하였으나, 그 낌새를 알아챘는지 등뒤에서 아오키가 나지막한 목소리로 '다음 골목에서 오른쪽' 하고 말했다. 오른쪽 골목길로 접어들자 이번에는 오르막길이 나타나고 행인들의 수가 갑자기 줄었다. 가파른 경사 탓에 걷는 속도가 느려지더니 기묘한 압박감을 풍기는 아오키의 기척이 등뒤에서 느껴졌다. 별관인 듯한 건물의 정문에 도달할 즈음, 갑자기 뒤에서 걷고 있던 아오키가 레이의 팔을 잡아 안쪽으로 끌어당겼다. 끌려가던 레이는 아오키 손을 뿌리쳤다.

"어디까지 데려갈 생각이야?"

아까부터 계속 죄인 비슷한 취급을 받은 데 대한 불만이 폭발하면서 레이의 말투는 어느새 투정 부리는 듯한 말투로 변해 있었다.

"우리 조직 위원회의 간부가 사정을 듣고 싶다고 하더라……. 만나주었으면 해."

"이봐, 기다려봐."

이번엔 레이가 당황할 차례였다. 그럴 생각은 조금도 없었다. 아오키로부터 사정을 듣고 싶은 것은 오히려 레이 쪽이었으며 당파의 간부, 그것도 평판이 나쁘기로 소문난 에스에르파의 간부 같은 위험한 자들을 만날 생각은 쥐꼬리만큼도 없었던 것이다.

"만나서 이야기를 할 뿐이야. 너희들이 알아낸 사실을 들려주기만 하면 돼. 특별히 심문을 하겠다거나 하는 건 아냐."

'심문'이라는 말을 들은 레이는 며칠 전에 아오키를 심문하겠다는 결의에 참가했던 것도 잊고 두려움에 떨었다.

"어쨌거나 싫어. 그보다 네 쪽의……"

"들어줘, 좀!"

레이보다 더 다급한 목소리로 아오키가 날카롭게 말했다.

"벌써 여섯 명이나 동료가 살해당했어. 나 개인의 문제가 아니라고. 고교생 위원회 자체가 무너지려 하고 있단 말야."

"그건 너희들 당파의 문제잖아."

아오키의 안색이 변했다.

"그게 네 진심이냐? 가두 행진 땐 당파 조직의 엉덩이나 쫄레쫄레 쫓아다니는 주제에. 무당파니 뭐니 씨부렁거리면서 자기들끼리만 몰려다니는 건 너희들이잖아!"

"뭐라고!"

흥분한 레이가 자기도 모르게 큰 소리를 냈다. 그 바람에 지나가던 여학생이 발길을 멈추고 돌아보았다. 잠시 동안 둘은 서로를 노려보았다. 결국 이런 데서 싸워봤자 얻을 것은 아무것도 없다고 생각한 레이가 먼저 고개를 돌렸다.

"사상 투쟁 따윈 하고 싶지 않아. 하지만 우리들이 활동하고

있는 것은 너를 지키기 위해서지, 특정 당파를 보호하기 위해서
가 아니란 말야……. 이 일로 도이가키와 아마노까지……"

"잡혀 들어갔다며."

놀란 레이가 입을 다물었다.

"그래서 그때 관두라고 했던 거야……. 그 병신 새끼들, 신나서
날뛰더니만……."

아오키는 비방하는 듯이 말했지만 그 표정은 괴로움으로 일그
러져 있었다.

"하지만 말야, 내 개인적인 감정으로 움직일 수도 없는 일이라
고."

"그럼 이런 건 어때……."

레이는 머릿속에 떠오른 말을 입 밖에 냈다.

"나도 알고 있는 것을 말할 테니까, 그쪽도 가지고 있는 정보를
제공해 줘. 그러면 서로 대등한 관계에 설 수 있고 각자의 입장도
지킬 수 있으니까."

"또 그 임시 강령이냐?"

레이는 피식 웃었다.

"그건 내가 결정할 수 있는 일이 아니지만……. 이번 사건에 관
련된 정보에 한해서라면 아마 별 문제 없을 거야. 말해 볼게."

레이로서는 '가정 내 최후 투쟁'의 위험을 안고 여기까지 온 이
상 맨손으로 돌아갈 수는 없었다. 달리 생각해 보면, 이것은 당사
자인 에스에르파의 간부로부터 직접 사정을 들을 수 있는 기회였
다. 그것은 설사 고토다라 하더라도 당의 간부를 체포하지 않는
한 불가능한 일이었다. 다소 위험한 냄새가 나긴 했으나 아오키가

자신을 위험에 빠뜨리지는 않을 것이란 생각이 들었다. 레이는 그런 생각을 스스로에게 납득시킨 뒤, 자신이 정보를 가져가면 고토다의 얼굴이 어떻게 변할까를 상상하면서 만족해했다.

"이야기를 나눌 뿐이지?"

레이가 물었다.

"아아, 이야기를 나눌 뿐이야."

아오키가 확실하게 대답했다.

낡아빠진 학교 건물을 앞에 두고, 레이는 자신의 성급한 결정을 후회했다.

합법적인 정치 단체를 상급 조직으로 가지지 않은 소규모 학생 당파가 대학 내에 거점을 두는 것 자체는 그리 드문 일이 아니었다. 당파의 자금원은 동맹원들이 내는 당비나, 상급 단체가 발행하는 기관지의 판매 금액, 거리에서 모금 운동을 통해 모은 금액 등이 주를 이루었다. 그러나 주류파라 불릴 정도로 규모가 큰 당파의 경우는 학생회나 학생 연합 등의 학내 조직을 산하에 두고 학생회비나 대학 축제의 입장료, 학생회 운영 자금 등을 사용하기도 했으며, 당파에 따라서는 식료품점 등을 경영하는 경우도 있었다. 어느 쪽이든 간에 자금의 모집 능력은 조직의 규모에 비례했다. 따라서 소규모 당파의 입장에서는 자주적으로 관리할 수 있는 학내 시설, 그중에서도 봉쇄된 학교 건물은 경제적인 측면이나 방어적인 측면에서 최고의 재산이었다.

에스에르파가 거점을 두고 있는 3층 건물도 봉쇄된 지 오래된 듯했으며, 여기저기 탄 흔적이 있는 벽과 겉으로 드러난 녹슨 배관이 건물의 인상을 전체적으로 음험하게 만들었다. 해 질 무렵이다가왔는데도 창문에는 불빛 하나 보이지 않았다. 주변에 번잡하게 자라난 잡초가 바람에 흔들려 이미 잔뜩 겁을 먹은 레이의 기분을 한층 더 가라앉혔다.

레이의 기분은 아랑곳없이 아오키는 입구에 쌓인 바리케이드 틈을 비집고 나가 안으로 들어갔다. 뒤에 남은 레이는 이대로 등을 돌려 도망칠까 하고 생각했다. 하지만 여기까지 와서 꼬리를 말고 도망치는 것은 어린애나 하는 짓이었으며, 무엇보다 스스로 제안한 회담을 일방적으로 깰 수는 없었다. 만일 그런 일을 했다가는 활동가로서 레이의 신용에 결정적인 흠집이 나고 말 것이다.

단단히 각오를 하고 건물 안으로 들어가면서 레이는 등에 오한이 흐르는 것을 느끼고 몸을 부르르 떨었다. 어둠에 익숙해지자 차차 건물 내부가 보이기 시작했다. 똑바로 뻗은 1층의 통로에는 피켓이나 각목이 난잡하게 놓여 있었고 한쪽 벽에는 표어가 커다랗게 적혀 있었다. 거기까지는 전형적인 바리케이드 내부의 풍경이었다. 그러나 이상할 정도로 차가운 공기가 무겁게 내려앉아 있었으며, 마치 버려진 건물인 양 인기척이 전혀 느껴지지 않았다. '이쪽이야'라는 목소리에 얼굴을 들자 불빛이 비치는 계단 앞에서 아오키가 손짓하고 있었다. 그곳만은 불이 켜져 있었다.

아오키를 따라 들어간 3층의 방에는 아무것도 없었다. 아니, 정면에 창문이 있는 듯했으나 자세히 보니 무거워보이는 검은 커튼이 바닥까지 내려와 있었다. 빛이라곤 전혀 없었기 때문에 실내는 복도보다 더 어두웠다. 그래서 커튼 앞에 긴 의자가 놓여 있으며, 그 긴 의자의 중앙에 한 남자가 앉아 있다는 것을 레이가 알아채기까지는 그로부터 몇 초가 더 걸렸다. 아오키가 한쪽에 놓여 있던 목제 의자를 방 중앙으로 끌고 와 덜커덩 내려놓았다. 거기에 앉으라는 뜻 같았다. 레이가 앉고 아오키가 벽 쪽으로 물러서자 그제야 남자가 입을 열었다.

"효도에게서 사정은 들었다……. 나는 일단 카리야라고 해두지."

나지막하지만 깊은 목소리였다.

레이는 다시 한번 목소리의 주인을 쳐다보았다. 가볍게 벌린 무릎 위에 팔꿈치를 얹고 얼굴 앞으로 양손을 모아 턱을 받친 모습이었다. 머리카락은 활동가로는 보기 드물게 뒤로 빗어넘긴 스타일이었다. 검은 복장 탓에 넓은 이마와 양손이 유난히 희게 보였다. 시선은 레이 바로 앞의 바닥을 향하고 있었으며, 짙은 눈썹에 가려 눈이 잘 보이지 않았다.

"질문하겠다."

카리야라고 이름을 댄 남자는 미동조차 하지 않고 말을 이었다.

"잠깐 기다려."

레이는 눈앞의 남자를 향해 입을 열었다. 그러고는 기합을 넣는 것처럼 한번 숨을 들이쉬어 배에 힘을 주고 말했다.

"이쪽이 정보를 제공하는 대신에 그쪽의 사정도 들려주었으면 한다. 물론 그쪽의 내부 사정에 관여할 생각은 없으니 말할 수 없는 건 말하지 않아도 좋다. 그게 조건이다."

일단 입을 열자 말은 생각보다 쉽게 나왔다. 레이는 스스로 생각하기에도 또박또박 잘 말했다고 생각했다. 그러나 남자는 전혀 들리지 않았다는 듯 같은 말만 되풀이했다.

"질문하겠다……."

그 태도를 당파 특유의 독선적이며 교만한 대응으로 받아들인 레이는 눈살을 찌푸렸다. 하지만 남자는 그런 레이의 반응은 신경 쓰지 않고 담담히 말을 이었다.

"그날 밤 너는 무엇을 보았지?"

그날 밤, 너는, 무엇을 보았지……?

기시감과 함께 머릿속에서 되풀이해서 울리는 그 말을 들으며, 레이는 도망칠 수 없는 자신의 숙명을 저주했다. 처음 그 말을 입에 담은 것은 고토다였으며, 그 다음은 아오키였다. 그때마다 레이는 마음속에 솟구치는 이유 없는 죄책감에 시달려야 했으나 스스로도 그 원인을 알지 못했다. 그런데 지금 이 남자 역시 그 누구에게도 말하지 못했던 그 일을 레이에게 묻고 있는 것이다.

남자가 얼굴을 들었다. 그는 턱을 받치고 있던 팔을 풀고 마치 중력을 무시하는 듯한 동작으로 의자에서 일어났다. 앉아 있던 모습에서는 상상조차 하지 못할 만큼 키가 커보였다. 그것은 이상할 정도로 긴 손발에서 오는 인상이었다. 뭔가가 달랐다. 카리야라고 이름을 댄 이 남자는 인간의 모습을 하고 있었으나 어딘지 모르게, 그러나 확연히 인간과는 달랐다.

"너는 보았을 것이다, 그 여자가 죽인 자의 모습을……"

그 말을 듣는 순간, 전기 충격이라도 받은 듯 레이의 몸이 의자 위에서 경련을 일으켰다. 레이는 반사적으로 무언가 말을 하려고 입을 열었으나 입 밖으로 새어나오는 건 말이 되지 못한 거친 숨결뿐이었다. 의자 위에서 꼴사납게 몸을 떨고 있는 레이를 내려다보면서 남자는 앞으로 걸어나왔다.

"그 고토다인가 하는 형사……, 그는 어떤 자인가? 무엇을 어디까지 알고 있는가? 무엇 때문에 코를 들이밀고 킁킁대며 돌아다니고 있는가?"

레이에게 다가오는 남자의 눈이 야행성 육식 동물의 눈처럼 약한 빛을 반사하며 빛났다. 자신도 모르게 고개를 돌린 레이는 구원을 청하듯 벽에 기대선 아오키를 바라보았다. 아오키는 가볍게 팔짱을 낀 채 바닥을 내려다보고 있었다. 눈앞에 있는 궁지에 빠진 친구 같은 건 원래부터 존재하지 않는다는 듯 그의 얼굴에는 아무 표정도 떠올라 있지 않았다. 그것은 평소에 레이가 알고 있던 친구의 얼굴이 아니었다. 크나큰 절망 속에서 레이는 자신이 함정에 빠졌음을 깨달았다.

"말해라, 네가 알고 있는 모든 것을……."

어느새 무릎이 닿을 정도로 다가온 남자가 레이의 눈을 똑바로 들여다보았다. 고토다가 '사안'이라고 말한 바 있는 그 눈동자였다. 남자의 손이 레이의 어깨를 붙잡자, 온몸에 실금이라도 하는 듯한 감각이 흐르고 저항하기 위해 경직되어 있던 근육이 목욕탕에라도 담근 듯 풀어졌다. 마비에 빠진 상태와는 전혀 달랐다. 감각은 깨어 있으면서 몸에서 혼이 빠져나가 자신을 내려다보는 듯한 기분이었다. 레이의 눈앞에서 남자의 얇은 입술이 좌우로 올라가고, 그 안에서 탁한 소리가 새어나왔다. 남자는 마루에 무릎을 꿇고 레이의 왼손을 살며시 들어올려, 바이올린 주자의 손가락처럼 강인하고 부드러운 손가락을 레이의 손목으로 가져갔다.

손목시계가 바닥에 떨어져 툭 소리를 냈다. 조심스레 얼굴을 기울인 남자는 레이의 손목에 떠오른 푸른 정맥에 입을 가져갔다. 그 광경을 남의 일인 양 바라보던 레이의 뇌리 속에 마지막으로 떠오른 것은 울며불며 난리를 칠 어머니의 얼굴도, 곤란해할 무라노들의 얼굴도 아닌, 거리의 개를 연상시키는 고토다의 비뚤어진 얼굴이었다.

'빌어먹을 아저씨 같으니라고. 남을 말려들게 했으면 끝까지 써먹기라도 할 것이지.'

자신의 어리석음을 한탄하고 고토다를 저주하면서 레이는 예방 접종을 받는 초등학생처럼 단념하고 눈을 감았다. 하나, 둘, 셋……. 몇 초간 기다렸으나, 예상하고 있던 날카로운 아픔은 레이의 손목을 덮치지 않았다. 레이는 두려워하면서 눈을 떴다. 남자는 유리 구슬 같은 눈을 천장으로 향한 채 움직이지 않고 있었다. 그 얼굴은 이상하게 풀려 있었으며, 방금 전까지 가득했던 그 요사스러운 기운이 느껴지지 않았다. 턱도 반쯤 열려 있었다. 놀란 레이가 고개를 돌려보니, 아오키 역시 다른 곳의 기척을 살피는 듯한 표정으로 굳어 있었다. 레이만 남기고 주변의 시간이 정지한 것 같은 기묘한 느낌이었다.

갑자기 남자가 레이의 팔을 떨쳐내며 일어나 빠른 걸음으로 방을 나섰다. 아오키가 그 뒤를 쫓아나갔다. 두 사람의 기척이 멀어졌다. 안심했다기보다는 다른 도리가 없어 일어나려던 레이는 발이 움직이지 않아 그 자리에 쓰러졌다. 레이는 미친 듯이 떨리는 무릎을 끌어안고 신음소리를 냈다. 순간 폐부 깊숙이 들이마신 지저분한 마루의 냄새가 마비되어 있던 의식을 급속도로 일깨웠다. 아래층에서 여러 명의 사람들이 달려나가는 발소리가 들렸고, 어딘가에서 유리창이 깨지는 소리도 들려왔다.

레이가 벌떡 일어나 복도로 뛰쳐나가자, 지금까지 어디에 숨어 있었는지 수많은 남자들이 손에 쇠파이프나 각목 등을 들고 레이의 옆을 지나 아래층으로 사라졌다. 긴급 사태가 발생한 것은 틀림없었으나, 아무도 레이에게 신경 쓰지 않는 게 이상했다. 아니, 그보다도 긴급 사태에 직면하고서도 말소리 하나 내지 않고서 달려나가는 남자들의 모습이 어딘지 모르게 비현실적이었다. 쌓여 있던 사물함이 무너지는 소리가 아래층에서 들려왔다.

울고 싶을 정도로 초조해진 마음을 달래면서 레이는 필사적으로 사태를 이해하기 위해 머리를 굴렸다. 다른 곳도 아닌 대학 교내에서 예고나 경고도 없이 기동대가 바리케이드 내부로 돌입하는 것은 불가능한 일이다. 아무리 공무를 집행한다고 해도 기습이란 있을 수 없다. 유일한 가능성은 다른 당파의 습격뿐이었으나, 그렇다면 조금 전의 남자들이 다른 조직에 소속된 레이에게 신경조차 쓰지 않았다는 게 또 말이 되지 않았다.

레이는 머리를 흔들어 그 의문을 몰아냈다. 이런 상황에서 생각만 하고 있어봤자 되는 일은 아무것도 없어. 상황은 아직 확실치 않지만, 간신히 카리야의 손아귀에서 빠져나온 거라고. 아무 상관도 없는 내분에 휘말려 머리가 깨졌다간 본전도 못 건져. 누가 쳐들어왔건, 도망치는 것이 최고야. 각오를 굳힌 레이는 남자들이 뛰어나간 반대 방향으로 달리기 시작했다. 중앙 계단으로 달려간 레이는 한순간 주저한 뒤에 쌓여 있는 바리케이드를 빠져나가 계단을 뛰어 내려가기 시작했다. 아무 방에나 숨어 들어가 몸의 안전을 도모하는 방법도 있었으나, 습격한 쪽이 우세할 경우에는 발견되어 몰매를 맞게 될 가능성이 있었고, 반대의 경우에는 기껏 생긴 탈출의 기회를 스스로 던져버리는 셈이 되었다. 이쪽으로 가면 습격하는 쪽과 만나게 될 위험이 있었으나, 레이는 한시라도 빨리 카리야 같은 괴물이 둥지를 튼 이 복마전에서 빠져나가고 싶었다. 열 계단을 하늘이라도 나는 듯이 몇 발자국 만에 뛰어내린 레이는 계단을 돌다가 발을 헛디뎌 쓰러졌다.

그때 바로 밑의 2층 통로에서 플레어 스커트를 흩날리며 사야가 나타났다. 레이는 비명을 삼키면서 마루에 엎드린 채로 방금 전에 내려온 계단을 버둥거리면서 단숨에 기어 올라갔다. 한순간이라도 멈추어섰다간 그대로 힘이 빠져 움직이지 못하게 될 것 같았다. 하필이면 이런 곳, 이런 상황에서 사야와 재회를 해야 하는 자신의 불행을 저주하고 싶었다. 가능하다면 큰 소리로 울고 싶기도 했다. 물론 쓰러지거나 울거나 하는 사치가 용납될 리가 없었다. 레이는 말 그대로 필사적으로 3층의 통로를 구르고는 바리케이드 뒤에 숨어 몸을 웅크렸다.

땀으로 범벅이 된 채 숨을 죽이고 숨어 있는 레이 앞에 사야가 나타났다. 그녀는 통로를 지나가면서 조용히 얼굴을 들어 먼 곳의 기척을 살피는 듯 눈을 가늘게 떴다. 그 순간, 사야의 등뒤에서 쇠파이프를 휘두르며 남자가 뛰쳐나왔다. 사야는 왼손에 들고 있던 백색 검집을 오른손으로 바꿔 들면서 마치 기다렸다는 듯이 정확하게 등뒤로 날카롭게 일격을 찔러넣어 남자의 명치를 가격했다. 보이지 않는 벽에 부딪치기라도 한 듯 튕겨나간 남자가 레이의 시야에서 사라져 계단 아래로 굴러 떨어졌다. 사야는 등뒤를 돌아보기는커녕 걸음을 멈추지조차 않았다. 그녀는 목표가 숨어 있는 장소를 이미 알고 있는 듯한 발걸음으로 곧장 옥상 쪽 계단으로 모습을 감추었다. 은신처에서 나온 레이가 계단 아래를 내려다보자 계단 중간의 꺾어지는 부분에 세 명의 남자가 겹치듯이 쓰러져 있었다. 아래에 길게 뻗은 두 사람은 떨어진 남자와 충돌한 것으로 보였다. 레이는 계단 아래 쪽의 움직임에 귀를 기울였다. 그 많은 남자들이 모두 사야 한 명에게 당해 쓰러졌다고는 생각되지 않았으나, 방금 전까지 주위를 휩쓸었던 전쟁과도 같은 소란은 느껴지지 않았다. 탈출하려면 사야가 지나간 지금밖에 없다고 생각하면서도 레이는 그 자리에서 움직일 수 없었다. 침입자가 사야인 이상, 목표는 아까 본 카리야라는 남자가 틀림없었다. 그리고 그 카리야의 옆에는 아오키가 있을 가능성이 지극히 높았다. 사야가 아오키에게 손댈 적극적인 이유는 없을지도 모르지만, 만약 아오키가 몸을 던져서 카리야를 지키려 할 경우엔 어떻게 될지 알 수 없는 일이었다. 레이는 그날 밤 사야가 자신에게 보인 살의를 잊지 않고 있었다.

자신이 겁쟁이라는 것을 알고 있었으나, 레이는 여기서 아오키를 버리고 도망친 뒤, 그 기억을 안고서 남은 인생을 진짜 겁쟁이로 살아갈 자신은 없었다. 레이는 발밑에 구르는 쇠파이프를 집어들었다. 이런 것을 휘두른다 해도 지금 막 목격한 사야의 무시무시한 검기에는 비교조차 할 수 없다는 것은 충분히 알고 있었다. 그렇다고 해서 맨손으로 사지에 뛰어들 수도 없는 노릇이었다. 기관단총이라도 있으면 좋았을 것을 하고 생각하면서 레이는 사야를 쫓아 계단을 뛰어올랐다.

이미 해는 저물어 있었다. 밤의 장막에 둘러싸인 옥상에는 불빛 하나 없었다. 오직 인접한 건물의 창문에서 새어나오는 빛에 의지한 채 레이는 그 자리에 웅크리고 앉아 주변을 둘러보았다.

실내가 어두웠던 탓에 눈은 쉽게 어둠에 익숙해졌다. 레이는 놀랄 만큼 가까이에서 대치하고 있는 두 실루엣을 찾아내고 숨을 죽였다. 밤바람에 플레어 스커트를 날리고 있는 가까운 쪽의 그림자는 사야, 안쪽의 그림자는 그 특이한 실루엣으로 미루어보아 카리야인 듯했다. 카리야에게 맞서 조용히 자세를 잡은 사야는 허리를 낮춘 채 왼손에 잡은 백색 검집을 카리야의 눈에서 숨기려는 듯 뒤로 돌리고 있었다. 검에 대해선 전혀 모르는 레이라 해도 그것이 '거합(居合)'이라는 발검술 특유의 자세라는 것 정도는 알 수 있었다. 한편 카리야는 아무렇게나 선 채로 역시 미동조차 없었다. 게다가 그는 맨손이었다.

그 정도의 검기를 보인 사야가 왜 무방비에 가까운 카리야를 공격하지 않는지 이해가 되지 않았으나, 이 자리를 지배하고 있는 비일상적인 살기는 레이를 떨게 하기에 충분했다. 레이는 등뒤의 옥탑을 돌면서 후퇴하다가 발에 무엇인가가 걸려 중심을 잃고 쓰러졌다. 손에서 떨어진 쇠파이프가 큰 소리를 냈다.

순간, 사야가 어깨 너머로 등뒤를 살펴보았고 그 찰나를 놓치지 않고 카리야가 움직였다. 그는 습격하는 척하다가 뒤로 도약하여 종이 한 장 차이로 사야의 공격을 피했다. 그러고는 그대로 긴 손발을 이용해서 뒤로 공중제비를 한 다음, 그 힘을 이용해 크게 도약해서 옥상을 둘러싼 철제 난간 위에 올라섰다. 카리야의 목에서 갈라진 목소리가 새어나왔다. 하얀 얼굴을 찌푸린 사야는 왠지 전의를 상실한 듯 칼 끝을 내렸다.

넘어진 채 멍하니 지켜보고 있던 레이로는 알 수 없는 일이었으나, 카리야의 목표가 싸움이 아닌 도주가 분명한 이상 사야의

'거리'에서 도망친 시점에서 이미 승부는 끝난 것이었다. 거리를 좁히기 위해 사야가 움직이면 바로 뛰어내려 도망칠 수 있었기 때문이다. 물론 보통 사람이라면 추락사를 면할 수 없겠지만, 방금 전 카리야가 보여준 비인간적인 신체 능력이라면, 창문이나 수도관을 이용하여 지상에 착지하는 것쯤은 얼마든지 가능한 일이었다.

그러나 카리야는 그렇게 하지 않았다. 그는 난간 위에서 무릎을 벌려 앞쪽으로 주저앉으면서 긴 팔을 새처럼 뒤쪽으로 펼쳤다. "빠그닥" 하고 거슬리는 소리를 내면서 어깨가 빠졌고, 일반적으로 불가능한 각도로 등뒤로 꺾인 양팔이 굽었다. 옷을 찢으면서 가슴이 돌출되었고 늘어난 가죽 아래로 갈비뼈가 떠올랐다. 이어서 얼굴 피부가 크게 후퇴하고, 열린 안구와 위턱이 돌출되면서 귀가 길어지고 찢어진 입에서 이빨이 튀어나왔다. 그것은 변신이라는 서정적인 단어로 표현할 수 있는 종류의 것이 아니었다. 끔찍한 변태(變態). 바로 그것이었다. 변화는 형태에만 머무르지 않고 온몸의 피부에서도 일어났다. 당겨진 살가죽은 급속도로 생기를 잃으면서 거무튀튀한 색으로 변했으며, 크게 부푼 복부에는 흉측한 주름이 졌다. 기괴한 변형의 마지막을 장식하는 듯이 손바닥에서 팔꿈치까지가 '두드득' 하고 둘로 갈라지고, 그 사이를 채우려는 듯 얇은 피부가 옆구리까지 늘어나 비막을 형성했다. 앞의 세 손가락은 안쪽으로 굽어져 발톱으로 변화하였다. 굳이 무엇인가에 비유하자면, 비막을 가진 거대한 쥐나 인간의 골격과 인상을 가진 저주스러운 짐승의 모습이었다.

"결코 개나 인간 따위로 잘못 볼 수가 없어."

조금은 복잡하고 꼴사나운 상황에 빠져 쓰러진 레이는 넋이 나간 채 몇 번이나 되풀이해서 중얼거렸다.

그날 밤 레이가 목격한 시체. 구겨지듯이 검은 자루 안으로 밀려 들어가던 발톱이 달린 거대한 날개. 너무나도 비현실적었던 탓에 누구에게도 이야기하지 못하고, 잊어버리는 것 또한 불가능했던 악몽 같은 광경. 그 악몽이 다시 현실이 되어 레이의 눈앞에 모습을 드러내었다. 한줄기 바람이 불어오는가 싶더니 사야가 그 바람을 타고서 갑자기 움직였다. 그녀는 오른편으로 칼을 끌어당기고 물 위라도 걷는 듯한 깨끗한 움직임으로 단숨에 짐승과 거리를 좁혔다. 짐승의 날개가 바람을 누르고 소리를 내며 펼쳐졌다.

사야가 하단에서 크게 베어올린 검 끝이 난간을 스쳐 불꽃을 튀기는 순간, 짐승의 몸은 하늘로 날아올랐다. 그는 한번 떨어져 시야에서 사라졌다가 잠시 뒤에 떠올라 날갯짓 소리를 한번 남기고 그대로 어둠 속으로 사라졌다.

깔끔한 도주였다. 애초부터 혐오스러운 광경이나 격렬한 싸움 따윈 없었다는 듯 바람만 불었다. 그 자리에 선 채로 짐승이 사라진 방향을 바라보고 있던 사야는 눈앞에 놓인 검을 한번 보고 작게 혀를 찬 뒤 몸을 돌렸다. 그러고는 조용히 발걸음을 옮겨 던져버린 칼집을 주워들었다. 그녀가 칼 끝을 칼집 입구에 대고 검신을 세우자, 검은 미끄러지듯 안으로 들어갔다. '찰칵' 하는 선명한 소리가 울리고, 그 소리에 정신을 차린 레이는 당황해서 일어나려고 필사적으로 버둥거렸다. 그제야 레이는 발밑에 구르고 있는 것이 아오키라는 것을 알아챘다. 일으켜세울 것인가, 아니면 혼자 도망칠 것인가? 망설이는 사이에 사야가 눈앞까지 다가왔다.

이번엔 꼼짝없이 죽을 거라는 생각이 들었다. 두 번째인데다가, 이번에는 단순히 목격을 한 정도가 아니었다. 레이의 개입만 없었더라면 사야는 목적을 달성할 수 있었을 테니까. 설사 그렇지 않다 해도, 사야가 그렇게 생각해 줄 리는 만무했다. 절대 용서하지 않겠지. 용서할 이유가 없었다.

오늘만 두 번째로 단념을 하면서 레이는 눈을 감았다. 그리고 하나, 둘, 셋, 머릿속으로 숫자를 헤아렸다. 여섯까지 센 뒤, 레이는 자그마한 희망을 가지고 실눈을 떴다. 자신을 내려다보는 사야가 보였다. 그녀의 눈에는 그날 밤 차갑게 타오르던 살기는 담겨 있지 않았다. 오히려 길가의 개를 내려다보는 듯한 눈빛에 가까웠다.

그렇다. 개다. 나는 죽일 가치조차 없는 길거리의 개다. 아니, 불쌍하게 버려진 개다. 버려진 강아지다. 레이는 필사적인 마음으로 사야를 올려다보았다. 가능하다면 정말 강아지가 되어 꼬리라도 흔들고 싶다고 생각한 순간, 백색의 검집이 한번 번쩍여 레이의 어리석은 상상을 박살냈다.

· · ·

신음을 내뱉으며 레이는 눈을 떴다. 레이는 자신이 달리고 있는 자동차의 뒷좌석에 있다는 걸 알아채고 몸을 일으키려고 했으나, 시트가 어찌나 깊은지 차 바닥에 발이 닿지도 않았다. 그 순간 머리 쪽에서 강렬한 통증이 느껴져 레이는 작게 비명을 질렀다.

그는 사야의 일격을 받은 옆머리에 손을 대보고 다시 신음했다.

"정신이 드나?"

앞좌석에서 목소리가 들려왔다. 레이는 그곳에 앉아 있는 두 사람의 남자를 보고 털썩 고개를 숙였다. 사야를 보좌하는 2인조 외국인이었다. 운전하는 사람은 시체를 회수하던 중년이었고, 조수석에 앉아 레이에게 말을 건 사람은 키가 큰 초로의 남자였다. 다른 누군가를 기대한 것도 아니고 눈을 뜬 곳이 자기 방의 침대이기를 바란 것도 아니었지만 레이의 마음은 편치 않았다. 두 사람의 차에 타고 있는 것은 이 저주받은 밤이 아직 끝나지 않았다는 뜻이었기 때문이다.

"한동안 아플 거다. 사야는 나처럼 상냥하지 않거든."

초로의 남자가 말을 이었다.

"혹이 났어."

옆머리에 난 혹을 손가락으로 누르면서 레이는 할 수 있는 한 최대한의 불만을 표시했다.

"그 혹 덕분에 후유증 걱정을 덜게 된 거란다……. 두개골 함몰이나 뇌출혈 등의 치명적인 이상을 일으키지 않고 정확한 타격으로 의식만 잃게 만드는 것. 극히 고도의 기술이라고."

감사의 인사라도 받아야겠다는 말투였다. 짜증을 내며 시트 깊숙이 몸을 던진 레이는 그제야 옆에 동승자가 있다는 것을 알아챘다.

"어이, 오래간만이로군."

호화로운 가죽 시트에 몸을 파묻은 남자는 멍하니 앞쪽을 바라보며 말했다. 고토다였다.

"왜 당신이 여기 있는 거야?"

놀랐다기보다는 질려버렸다는 말투로 레이가 말했다.

"잡혔지, 뭐. 너랑 마찬가지로 말야."

"거기서……! 그럼 내 뒤를 쫓아왔다는 건가!"

"그 아오키란 녀석에게 이끌려 바리케이드를 넘어가는 것을 봤을 때엔 좀 답답하긴 했지만 말이야. 아마추어가 무리를 하면 쓰나……?"

"그래서?"

"형사가 바리케이드 봉쇄 지역을 방문할 수도 없고 해서 근처에서 있다 보니까, 그 언니가 안으로 돌격해 들어가더라고. 혼잡한 틈을 타서 너를 구출하려고 들어갔다가 이 앞좌석의 두 사람과 만나고 만 거지……. 이상, 설명 끝."

그는 담담한 말투로 상황을 정리하였다.

"당신은 형사잖아."

'역시 쓸모 없는 사람이야.' 하고 생각하며 화가 난다기보다는 한심한 기분이 들어 레이는 고토다를 질책했다.

"저항이라도 했으면……"

"경찰 수첩도 권총 앞에는 통하지 않는다고."

고토다는 당연하다는 말투로 말했다.

"난 총을 든 상대에게는 덤비지 않는 주의라서 말야."

"말하는 도중에 미안하지만."

초로의 남자가 대화 도중에 끼어들었다.

"좌석 뒷주머니에 눈가리개가 있다네……. 미리 말해 두지만, 잔꾀는 부리지 말아주었으면 좋겠군. 될 수 있으면 한번 더 고도의 기술을 쓰는 수고를 덜고 싶으니 말야."

운전석의 중년 남자가 뭐가 재미있는지 킥킥거리며 웃었다. 물론 레이는 전혀 재미있지 않았다. 우위를 점한 인간의 여유는 열세에 몰린 인간의 화를 돋울 뿐이었다. 그러나 더 이상 맞아서 의식을 잃는 것도 싫었다. 고토다와 레이는 순순히 그들 말대로 시트 뒤에서 눈가리개를 꺼내 착용했다. 레이는 눈을 가리기 직전에 검은 유리창 너머로 바깥을 살펴보았지만, 차는 고속도로를 주행하고 있는지 기억해 둘 만한 풍경은 보이지 않았다.

"……아오키 자식이 벌써 여섯이나 당했다고 말했어."

눈을 가린 레이가 가까스로 입을 열어 말했다.

"그게 어쨌는데?"

"시체가 발견된 셋은 그렇다 쳐도 남은 셋이 살해당했다는 것은 어떻게 알고 있었을까?"

"자기들이 죽였으니까."

고토다는 확실하다는 듯 말을 이었다.

"직접 손을 댔는지 어쨌는지는 모르겠지만, 돕기는 했을 거야."

"……그렇겠지, 역시."

살인자는 그 카리야라고 이름을 댄 괴물이었겠지만, 그 카리야에게 레이를 팔아넘긴 수법으로 보아 아오키가 공범인 것만은 틀림없었다. 그렇게 생각하니 마음이 무거웠다. 아오키의 태도가 심상치 않다는 것은 눈치챘지만, 레이는 당파 특유의 배타주의 때문일 거라고만 생각했다. 아오키도 다른 의미로 보자면 역시 피해자일 것이라고. 아니, 어쩌면 그렇게 생각하고 싶었던 것뿐인지도 몰랐다. 그렇지 않았더라면 특정 당파의 구성원을 노린 살인 사건을 보며 범인이 내부에 존재할 가능성이 높다는 것 정도는 쉽게 생각할 수 있었을 테니까. 레이는 아오키가 이제는 단순한 피해자일 수는 없다는 사실에 직면하고 말았다.

"뭐, 그렇게 풀죽지 말라고. 친구를 의심하는 건 너희 나이에선 너무 이른 이야기이니까."

레이의 기분을 알아채고서 고토다가 내뱉었다.

"당신은……, 언제부터 알고 있었지?"

"너희들의 모임에 끼어들었을 때부터지. 경고했잖아?"

"나한테만 말했지……"

"아는 녀석만 알 수 있는 일도 있고, 알면서도 인정하고 싶어하지 않는 일도 있는 거야. 귀찮긴 하지만 어쩔 수 없는 일이지……. 인간이란 그런 거니까."

가슴이 뛰는 것을 느끼며, 레이는 고토다의 진의를 살피듯 낮은 목소리로 물었다.

"당신 무슨 이야기를 하고 있는 거지……?"

고토다가 귀찮다는 듯이 대답했다.

"그러니까 네가 두 번씩이나 대면을 했던 그 괴물 이야기를 하고 있는 거잖아?"

자기도 모르게 몸을 일으킨 레이는 차가 갑자기 속도를 줄이면서 커브를 트는 바람에 관성에 의해 그대로 앞좌석 등받이에 몸을 부딪쳤다. 차가 고속도로에서 빠져나가는 모양이었다.

"이야기 도중에 미안하지만……"

초로의 남자가 다시 말을 건넸다.

"눈가리개에 이어 입도 좀 다물어주었으면 하는데."

남자의 어조는 정중하고 간결하면서도 동시에 거부할 수 없는 권위를 담고 있었다. 권위는 없지만 배짱이라면 지지 않는 고토다가 빈정댔다.

"말도 하지 말라곤 안했잖아."

"지금 말하지."

레이와 고토다는 입을 다물었다.

십여 분쯤 달리던 차는 한번 멈춘 뒤 왼쪽으로 크게 방향을 틀었다. 타이어가 모래 위를 지나는 소리가 들렸다. 차는 몇 분간 더 달린 뒤 멈추었다. 레이들은 둘에게 이끌려 밖으로 나왔다. 도시의 소음이 전혀 들리지 않았다.

레이는 차 안에서 행선지는 아마도 이스라엘 대사관일 것이라고 추측했다. 그러나 무서우리만큼 정적에 둘러싸인 이곳은 아무래도 대사관 같지 않았다. 차가운 바깥 공기에 스며들어 있는 짙은 나무 냄새가 여기가 커다란 저택의 정원임을 어렴풋이 알려주었다.

"됐다고 할 때까지 눈가리개에는 손대지 말아주었으면 하네. 안 그러면……"

"고도의 기술을 쓰겠지."

고토다가 짜증을 내면서 대답했다.

두 남자에게 이끌린 레이와 고토다는 계단에서 몇 번이나 발을 헛디디면서도 용케 넘어지지 않고 건물 안까지 들어갈 수 있었다. 뚜벅뚜벅 울리는 구둣발 소리로 보아 천장이 매우 높은 듯했으며 마루나 벽지에서는 나무 향기나 꽃 향기 같은 '비싼' 향기들이 풍겼다.

설사 눈가리개가 없었다 하더라도 길을 잃을 만큼 한참 걸은 뒤에 레이들에게 멈춰서라는 허락이 떨어졌다.

"눈가리개를 풀어도 될까?"

고토다가 물었다.

"불편을 주어 미안하네. 풀어도 좋네."

처음 듣는 목소리에 망설이면서 눈가리개를 풀자 실내의 밝은 빛이 눈을 부시게 했다. 레이는 건축에는 지식이 거의 없었다. 그렇지만 이 방의 호화로움이 보통은 넘는다는 것 정도는 한눈에 알 수 있었다. 기둥이나 대들보, 서까래 등을 가득 메운 온갖 식물들의 문양과 사방 벽면에 그려진 셀 수 없이 많은 야수 문양들이 레이의 눈길을 끌었다. 호랑이에 사자, 표범, 치타, 늑대 등의 맹수들은 물론이고 가젤영양이나 코끼리, 얼룩말, 양, 들소, 낙타, 사슴, 기린 등의 초식 동물, 고릴라나 오랑우탄, 침팬지, 비비 등의 영장류, 거기다 유대류인 캥거루와 코알라, 설치류인 다람쥐, 날다람쥐, 나그네쥐, 캐피바라, 그리고 기각류인 강치와 바다표범, 마지막으로 분류조차 제대로 되지 않은 특이종인 개미핥기에 아르마딜로, 오리너구리, 천산갑까지 선명한 색채로 정성스럽게 그려져 있었다.

그것뿐만이 아니었다. 완만한 곡선을 그리는 천장에는 장대한 하늘에 춤추는 새들이 크고 작은 무리를 지어 난무하고 있었으며, 발밑의 마루에도 무수한 물고기들을 조각한 부조들로 가득했다.

"엄청난걸……."

레이는 할 말을 잃었다.

벽에 놓인 야수, 천장에 춤추는 새, 마루에 묻힌 물고기…….

이 방은 그 자체로 입체적인 동물들의 파노라마였다. 이렇게 장식을 하기 위해 화가와 조각가들을 동원해 얼마나 오랜 세월을 보냈을까? 거기에 지불된 비용을 생각하는 것만으로도 정신이 아득해졌다. 설계자가 무슨 의도를 가지고 있었는지는 잘 모르겠지만, 그곳에는 마치 예배당 같은 장엄함이 느껴지는 독특한 공간이 연출되어 있었다.

"꽤 멋지군……. 마치 박물 도감 같은 방인걸. 애들이 좋아하겠어."

옆에서 고토다가 첫인상을 말했다.

"유감스럽게도 이 방에 어린이를 초대한 적은 없다네. 괜찮다면 앉지 않겠나?"

간신히 정신을 차린 레이는 목소리가 들려온 쪽을 향해 고개를 돌렸다. 방 중앙에는 역시 어떤 식물을 묘사해 만든 듯한 목제 테이블이 놓여 있었으며, 그 둘레에는 등받이가 있는 의자 셋이 감싸듯이 배치되어 있었다. 그중 하나에 앉아 있는 노인 역시 이 방의 분위기에 그대로 녹아들 듯 자연스럽기 그지없는 모습이었다.

그의 말에 따라 의자에 앉으면서 레이는 다시 한번 눈앞의 외국 노인을 관찰해 보았다. 유창한 일본어로 말하고는 있지만 어느 나라 사람인지 짐작이 가지 않았다. 작은 키에 거의 해골만 남았다고 해도 좋을 정도로 비쩍 마른 노인이었으나, 백발을 깔끔하게 뒤로 빗어넘기고 격식 있는 양복을 정갈하게 입고 있었으며 허리 또한 꼿꼿했다. 무서울 정도로 지혜로워 보이는 눈동자에 맹금류와 같은 뾰족한 코, 완고해 보이는 일자로 굳게 다문 얇은 입술. 대다수의 남자들이 꿈꾸는 노인의 이상형 그 자체였다.

담뱃진에 찌든 중년 남자와 시건방진 태도만이 유일한 무기인 꼬마가 팀을 짜고 덤빈다 해도 절대 이길 수 없을 듯한 위압감에 레이는 말 한마디 못해 보고 기가 죽었다.

잠시 뒤에 '짤그랑' 하고 유리 울리는 소리를 내며 집사로 보이는 남자가 술병이 실린 작은 손수레를 끌고 나타났다. 매일 아침 신문에 다림질을 하고, 덤으로 자기 자신에게도 다림질을 할 것 같아 보이는 남자는 노인의 옆에 서서 품위 있게 고개를 숙여 인사를 했다. 그러고 나서 세련된 동작으로 포도주 병의 마개를 따서 노인 앞에 놓인 잔에 포도주를 약간 따랐다. 노인이 시음은 생략한다는 의미로 손을 흔들자, 남자는 탁자에 놓인 잔들에 천천히 포도주를 채워나갔다.

"재떨이는 없을까?"

고토다가 싸구려 찻집의 웨이트리스에게 부탁하는 듯한 말투로 말했다. 남자는 살짝 눈살을 찌푸렸다가, 노인이 고개를 한번 끄덕이자 말없이 고개를 끄덕이고는 수레를 두고 사라졌다.

"드시게나."

노인은 자신의 잔에는 손도 대지 않고 레이와 고토다에게 권했다.

레이는 포도주라고는 딱 한번 아카다마 포트와인을 마셔봤을 뿐이고, 그때도 그 달착지근한 맛을 매우 싫어했다. 사실 레이는 포도주보다는 맥주가 마시고 싶었고, 더 솔직히 말하자면 뭐라도 음식이 먹고 싶었다. 낮에 먹은 카레는 이미 기억 저편으로 사라졌으며, 오차노미즈까지 원정을 간 데다 바리케이드 안을 뛰어다닌 덕분에 배고픔은 이미 한계에 다다라 있었다. 그러나 이 노인이 체육 교사인 구미처럼 튀김 우동을 사줄 리는 만무했으며, 이 방이 식사를 하기에 어울리지 않는 장소라는 것 또한 확실했다.

레이는 포기하고 포도주를 마셨다. 미묘한 신맛과 있는 듯 없는 듯 쓴맛이 느껴지면서, 삼키는 도중 뭐라 형용할 수 없는 향기가 입 안을 가득 채웠다가 코를 통해 빠져나갔다. 식도에서 위장을 거쳐 신선한 무언가가 스며들었다. 위장에 자극이 가서 공복감이 아까보다 강해진 것을 제외하면, 확실히 나쁘진 않은 물건인 것 같다고 레이는 판단했다.

"보르도의 샤토 라피트인가……."

고토다의 말을 듣고 레이는 자신의 귀를 의심했다. 까딱하면 꽤 많은 양의 포도주를 노인을 향해 뿜어낼 뻔했다.

'고토다 같은 인간이 포도주를 감별할 수 있을 리가! 저건 허풍일 거야.'

그렇게 생각하면서도 레이는 고토다를 바라보는 노인의 표정이 미묘하게 변화하는 것을 놓치지 않았다. 그러나 그 변화는 이내 형용하기 힘든 미소 속으로 사라졌고 노인은 천천히 입을 열었다.

"진정이 되었다면 자네들과 조금 이야기를 나누고 싶네만……"

"잠깐만."

포도주 잔을 내려놓으며 레이가 끼어들었다.

술기운이 도는 탓인지도 모르겠지만 이곳이 폭력과는 거리가 먼 대화의 장인 것 같다고 판단하자마자, 레이의 특기이자 유일한 장기라 할 수 있는 연상의 상대와 대화를 나눌 때의 불손한 태도가 나타났다. 물론 그 '고도의 기술'을 사용하는 2인조가 아직 이

건물 안에 있을 터였고, 이 노인이 생각만 있다면 금방 모습을 드러낼 것 또한 확실했지만 그 일은 그때 가서 생각하기로 했다.

레이는 텅 빈 배에 힘을 주며 전투를 개시했다.

"그전에 묻고 싶은 것이 있어. 그것에 대답해 준다면 아침까지라도 함께하겠다."

'호오' 하고 고토다가 감탄하는 표정을 띠었다.

노인은 레이의 눈을 바라보며 즐거운 듯 미소를 지었다.

"나 정도 나이가 되면 철야는 무리이네만……, 좋겠지. 말해 보게나."

"여기가 어딘지는 어차피 물어봤자 대답해 주지 않겠지. 당신이 누구인지가 궁금하다. 현직 경찰관인 이 아저씨와 미성년자인 나를 납치해 놓고서도 태연한 것으로 보아 선량한 일반 시민이라고는 생각되지 않아."

"그뿐인가?"

"또……, 당신이 그 사야인가 하는 여자의 상냥한 할아버지인지 보스인지 관리자인지는 모르겠지만, 그 여자에 대해서도 알려주었으면 한다. 나는 검법이나 격투기 쪽은 잘 모르지만, 바리케이드 안에서 본 그녀의 움직임은 인간의 몸짓이 아니었어. 그리고 이것은 심증에 불과하지만……, 그녀와 그녀가 죽이려고 한 남자 사이에는 뭔가 공통점이 느껴져."

"과연."

"또 하나, 나의 친구인 아오키는 어찌된 것이지? 그 여자에게 맞아 쓰러지는 바람에 확인은 못했지만, 아직 살아 있는지 알고 싶다."

"······그것으로 끝인가?"

레이는 망설였다. 가장 듣고 싶은 것, 반드시 확인해야 하는 것을 남겨둔 채 레이는 또다시 주저하고 있었다.

"말해 버려. 여기까지 왔는데."

고토다가 태평스런 얼굴로 허공을 바라보며 가볍게 말을 던지자, 레이는 술잔에 남은 포도주를 단숨에 들이켜고 노인을 바라보면서 다시 말했다.

"내가 그날 밤 본 시체는······, 오늘 나를 죽이려다가 위기에 몰리자 하늘을 날아서 도망친 그 괴물은 대체 뭐지?"

막상 그 일을 입 밖에 내고 보니 지금까지 고민했던 것이 거짓말처럼 느껴질 정도로 싱거웠다. 레이를 포함해 이 자리에 있는 모두가 그 일을 사실로 받아들이고 있기 때문이겠지만, 어쨌거나 아무리 이상한 일이라도 일단 입 밖에 내고 나면 단순한 사실로 바뀌어버린다는 것은 레이에게 매우 신선한 경험이었다. 이 자리에서 살아 돌아갈 수 있을지 없을지조차 알 수 없는 상황이었으나, 레이는 이번 사건에 말려든 이후 처음으로 유쾌한 기분이 들었다. 노인이 만족한 듯 웃으며 레이의 잔에 직접 포도주를 따라주었다.

"우선 나에 대해서인데······, 유감스럽게도 이름을 밝힐 수는 없군 그래······. 어떤 종류의 민간 단체 뭐, 재단 같은 거라고 생각하면 되네. 그런 조직에 소속되어 있으며 이 나라 내의 활동을 책임지고 있지. 물론 그 아가씨의 상냥한 할아버지도 아니고, 보스도 아니야. 관리자라는 말이 가장 사실에 가까울지는 모르겠지만, 적어도 그녀에겐 누군가가 자신을 관리하고 있다는 생각은 전혀 없을걸세. 그녀에 관한 자네의 심증은 정곡을 찌르는 것이라고는 말할 수 없네만 핵심에 가까운 것이긴 하네. 그러나 진실은 아마도 자네가 생각하고 있는 것과는 조금 다를 거야."

"아직은 정답을 알려줄 생각이 없단 건가?"

고토다가 노인의 담담한 어조를 비난하면서 끼어들었지만 노인은 끝까지 차분하게 말했다.

"만사를 이해하는 데는 순서가 있기 마련이지. 하물며 그것이 상식에 역행하는 일이라면 더더욱 그러하네. 돌려말하는 것 같아 답답할지도 모르겠네만, 지금 그것을 말해서 자네들을 혼란에 빠뜨리고 싶지 않은 나의 마음도 이해해 주게나."

"아오키는?"

이야기가 길어질 것 같은 느낌을 받은 레이가 노인에게 물었다.

"살아 있지. 처분해야 할 대상은 '대장'뿐이지. 그 외엔 필요 없다네. 그는 '시종' 중 하나에 불과하고 쓸데없이 피를 흘리는 것은 우리들의 주의에도 어긋나니 말이야."

레이는 '대장'과 '시종'이라는 말이 무슨 의미인지 묻고 싶었지만, 어차피 지금은 알려주지 않을 것이라 생각하고 조용히 들었다.

"……뭐, 그녀야 잔혹한 성격인 데다 거친 경향도 좀 있어서 뼈가 부러지거나 하는 정도의 상처는 입었을지도 모르겠네만."

노인은 재미있다는 듯이 쿡쿡거리며 웃었다. 그녀가 거칠다는 건 레이도 몸으로 겪어 잘 알고 있었다.

'골절로 끝나면 다행이지.'

레이는 자신이 처한 입장도 잊은 채 안도의 한숨을 내쉬었다. 그만큼 큰 소동이 있었으니 지금쯤은 누군가의 신고로 구급차가 와 있을 터였다.

"그리고 마지막 질문인데."

방탕한 자세로 의자에 걸터앉아 있던 고토다가 다시 고개를 들었다.

"자네가 목격한 그것은……"

"목격한 게 아냐. 살해당할 뻔한 거지."

레이가 정정했다.

"죽일 생각까진 없었을 것이라고 생각하네만……. 뭐, 좋아. 그것을 괴물이니 귀신이니 부르는 것은 적어도 학술적으론 문제가 있는 발언이네. 왜냐하면……, 그것은 인간이기 때문이야. 호모 사피엔스는 아니지만, 틀림없이 영장류 영장목 인간과에 속한 생물이지."

"인간은 날개를 펼치고 하늘을 날지 못해!"

"팔이 날개로 변형하고 활공(滑空)하는 인간이라고 하는 게 옳지."

이번에는 노인이 정정했다.

"뭐, 굳이 말하자면 고대로부터 내려온 전통을 존중하는 의미로 흡혈귀라고 불러도 무방하겠지만……."

레이와 고토다가 입을 다문 가운데 노인은 입가를 일그러뜨리며 기묘한 웃음을 지었다. 집사가 은으로 된 재떨이와 담배 상자가 놓여 있는 쟁반을 들고 왔다. 재떨이는 주변을 둘러가며 등나무를 조각해 넣은 꽤 훌륭한 세공품으로, 절대로 에코 같은 싸구려 담배의 재를 담기 위한 것이 아니었다. 실내 장식뿐만 아니라 일상 용품에도 동식물의 모티브를 사용하는 것이 노인의 취향인 것 같았다. 고토다는 노인이 권하기도 전에 은으로 된 담배 상자에 손을 뻗어 잠자리가 새겨진 같은 재질의 라이터로 불을 붙였다. 조용히 담배 연기가 피어올랐다. 레이는 자신도 한 개비 피워볼까 하다가 생각을 고쳐 주머니에서 롱피스를 꺼내 물었다. 말없이 지켜보는 노인 앞에서 레이와 고토다는 경쟁이라도 하듯 담배를 피웠다.

"……그리 놀라지 않는군."

포도주도 담배도 별로 즐기지 않는지 노인이 다시 말을 시작했다.

"내가 알고 있는 흡혈귀와 너무 달라."

"그럼 자네가 알고 있은 흡혈귀란 어떠한 것인지 참고로 들려주지 않겠나?"

레이의 머릿속에 각종 흡혈귀 영화의 장면들이 떠올랐다.

"키가 크고, 얼굴은 창백하고, 안감이 붉은 검은 망토를 걸치고 있지. 귀족이고, 성에서 살며, 가끔 호모이기도 하고. 낮에는 관 속에서 자다가, 밤이 되면 아름다운 처녀 또는 그냥 미녀를 덮쳐 목에 이빨을 꽂고 피를 빨아. 피가 빨린 자는 한번 죽었다가 흡혈귀가 되어 되살아나지. 말뚝을 가슴에 박으면 절규하면서 재로 변하고, 마늘과 십자가와 태양을 싫어하고, 박쥐나 늑대로 변신하기도 하며, 살해당하지 않는 한 불로 불사이고……."

생각나는 대로 늘어놓으면서 레이는 그 통속성에 절로 짜증이 났다.

"더 없나?"

"영화에 나오는 흡혈귀의 이야기야. 지어낸 이야기지."

"그렇지. 저속한 영화 제작자가 만들어낸 성적 망상의 산물이라네. 그들이 참고로 삼은 브람 스토커라는 작가의 소설과 마찬가지로, 무의미한 정형화에 불과해…… 그럼, 그 작가가 참고로 한 전승 설화는 어떠한 것이었을까?"

"그냥 해골이든가, 아니면 얼굴이 검거나 붉지. 대부분이 농민이고 매장된 무덤에서 기어나와 희생자의 심장이나 간을 노려. 꽤 많은 종류가 야행성 동물로 변신하기도 하고…… 요약해서 말하면 부패한 시체나 그 근처를 배회하는 청소 동물의 이미지에서 연상되어 나온, 죽음이라는 보편적 현상을 합리화하는 지역적 표현이지."

고토다는 책이라도 읽는 듯한 담담한 말투로 말하면서 품위가 넘치는 재떨이에 담배를 비벼껐다.

"오락 산업이 낳은 성적 망상이든, 역사의 발전 과정에서 정보를 제약당한 주민들이 세계관의 혼란을 피하기 위해 창출해 낸 전승이든 간에, 그것이 허구이며 존재하지 않는다는 점에서는 어차피 마찬가지야."

"하지만 실제로 흡혈귀라고 불리는 자들은 엄연히 실존하고 있다네…… 아니, 정확히는 흡혈 인간이라고 불러야 할까? 허구 속의 흡혈귀와 공통점이라고는 흡혈을 한다는 것, 자외선에 과민 반응을 보인다는 것, 외관을 변형시킬 수 있다는 것, 이 세 가지뿐이지만. 유감스럽게도 불로 불사는 아니야. 수명이 경이적으로 길긴 하지만, 느리긴 해도 노화가 존재하고 죽음으로부터 도망치지는 못하더군."

"영원히 살진 못하나?"

낙담한 듯 레이가 물었다.

"불로 불사라는 건 일종의 절대적인 관념에 불과한 것이니……, 노화나 죽음이라는 개념은 탄생과 마찬가지로 생명이라는 현상의 기본 원리를 구성하는 것이라네. 늙지도 않고 죽지도 않는다면 그것은 곧 살아 있지 않은 것과 마찬가지지. 꽤 특이한 존재이긴 하지만 그들 또한 생물이라네."

"불로 불사는 그렇다고 쳐도, 당신이 말한 세 개의 특징 자체가 이미 특이성이라는 범위를 훨씬 넘고 있다고 생각하는데?"

사회적으로 존중해야 할 노인을 당신이라 부르자니 어딘지 모르게 거부감이 들었지만 이름을 밝히지 않은 쪽이 잘못이라고 스스로를 납득시키면서 레이가 다시 반문했다. 무한히 관대한 정신의 소유자라 그런지, 아니면 레이 같은 무례한 꼬마를 상대로 화를 내는 것은 자신의 체면을 깎는 일이라 생각해서인지는 모르겠지만, 노인은 그런 건 전혀 신경 쓰지 않고 레이의 의문에 답했다.

"흡혈이라는 행위 자체는 수많은 생물의 포식 형태 중에서 보면 그리 특이한 게 아니야. 거머리 같은 원시적인 환형 동물이나 뱀장어 같은 원구류는 물론, 다족류나 곤충류에서도 체액의 섭취는 흔히 발견할 수 있는 일반적인 수단이고. 가장 발달되었다고 하는 포유류를 봐도 박쥐 같은 익수류 중에서는 흡혈 외에는 양분 섭취 수단을 지니지 못한 종이 있거든. 고등 포유류 중에 흡혈을 주된 생명 유지 수단으로 하는 존재가 얼마 없다는 건 맞는 이야기이긴 하지만, 육식 동물이라 불리는 대부분의 야수들은 먹이의 피를 즐겨 마시지. '피에 굶주린 야수'라는 말은 단순한 비유가 아니야. 오히려 그러한 생물들에 대한 공포와 혐오감이 흡혈귀라는 존재를 만들어낸 원인이 되었지. 흡혈귀에 대한 공포와 혐오감은 그 다음에 생겨난 것이라네. 인간이 자외선에 약한 야행성 동물에 대해서 어떠한 감정을 가졌는가를 생각해 본다면, 그들에게도 마찬가지의 논리가 성립된다는 것을 금방 이해할 수 있을걸세."

"하지만 변신하는 동물이란 건 듣도 보도 못했어."

레이가 따졌다.

"변신이라는 의미로 보면 존재하지 않지. 하지만 변형이라는 현상은 종류가 적긴 하지만 없지 않다네. 곤충의 변태나 일부 파충류의 탈피 같은 불가역적인 것들을 제외하더라도, 카멜레온, 목도리 도마뱀, 고슴도치, 천산갑 등은 피부를 포함한 신체의 일부를 가역적으로 변형시키거든."

"고슴도치는 털을 세우고 몸을 둥글게 말 뿐이야. 팔을 날개로 변형시켜 하늘을 날거나 하진 않아."

"활공이라고 말했을 텐데……. 근력을 사용해 날개를 퍼덕여 나는 것은, 새가 그러했듯이 앞발로 균형을 잡으며 뒷발로 지상을 고속으로 달리면서부터 시작되었어. 나무 위에서 활공하는 동물은 아무리 진화한다 해도 영원히 하늘을 날지는 못해."

"흡혈귀의 선조는 나무 위에서 생활해 왔다는 건가?"

"인류가 진화를 해오는 도중에 어떤 형태의 방계 자손이나 파생종을 낳아왔을지 생각해 보는 건 꽤나 흥미 있는 이야기이긴 하네만……"

노인은 한순간 비웃는 듯한 미소를 지었다가, 다시 강의중인 교수 같은 말투로 돌아갔다.

"자네 말대로, 지금 열거한 사례들은 엄밀히 말하면 자세의 변화나 피부의 운동이야. 형태의 변화라고 부를 만한 것은 아니지. 연체류 등의 원시적인 생물이라면 또 몰라도. 외골격으로 몸을 지탱하는 종은 애초부터 변형이라는 기능을 발달시킬 여지가 없었어. 고등 포유류같이 기능이 분화된 신체 조직을 지닌, 아니 적어도 신경계만이라도 그만큼 발달한 생물이라면 골격의 재배치라는 물리적인 변화를 받아들이기 힘들지. 진화의 역사를 살펴봐도 변형을 해서 포식 행동에서 다른 종에 대한 우위를 누린 적은 없었어. 차라리 손발을 특수화시키거나, 도구를 사용할 수 있도록 두뇌를 발달시키거나 하는 게 더 효율적이니까. 실제로 현존하는 종 중에 '변형' 기능을 가진 종은 존재하지 않는다는 사실이 그것을 증명하고 있지."

"그럼 역시……"

앞으로 몸을 내밀어 뭔가를 말하려는 레이를 제지하며 노인은 말을 이었다.

"'현존하는 종에는'이라고 말하지 않았나. 변형이라는 기능을 가진 존재가 진화 역사상 전혀 존재하지 않았다고는 하지 않았어. 진화라는 시스템 자체에 내재되어 있는 다양성을 생각하면, 결과적으로 현존하고 있는 형태나 기능 이외에도 수많은 가능성들이 추구되었을 것이라 생각할 수 있지. 비록 그 대부분은 전멸했겠지만……"

"그들이 전멸하지 않고 살아남은 특별한 예라고 한다면, 그 이유는 뭐지?"

"그들은 인간이니까."

노인은 편안하게 의자의 등받이에 몸을 파묻고 가슴 앞에 손을 깍지 꼈다. 거의 뼈와 가죽만 남은 체형인데도 노인 특유의 연약함은 전혀 보이지 않아서 오히려 더 병적인 인상을 주었다.

"무슨 소리인지 이해가 안 가는데. 설명해 주겠지?"

어쩐지 노인의 화술에 끌려가는 듯한 기분도 들었지만, 웬일로 고토다가 말이 없었기에 레이가 대신 대꾸할 수밖에 없었다.

"'팔이 날개로 변형하고 활공을 하는 인간'이라고 말했지만, 엄밀히 말하면 그것도 진실은 아냐. 날개를 포함한 신체 각 부위를 압축해서 호모 사피엔스의 형태를 띤 인간이라고 말하는 게 옳겠지. 이것은 그들의 신체를 해부하고 나서 밝혀진 일인데……."

흡혈귀의 해부라는 말을 듣고 그때의 끔찍한 광경을 떠올린 레이는 두 사람이 회수해 간 시체가 대체 무엇에 사용될까 하는 상상해 보다가 끔찍함에 몸을 떨었다. 노인은 민간 단체라고 말했지만, 생각해 보면 마피아나 야쿠자 역시 민간 단체임에는 틀림없었다. 그들은 무의미한 피는 흘리지 않아도 의미 있는 피는 얼마든지 흘리는 족속이었다. 아무리 세련된 외모를 가지고 있다 해도 이 노인 역시 피를 흘리는 것은 물론, 흡혈귀의 해부조차 태연 자약하게 실행하는 인간들 중 하나인 것이다.

그렇게 생각한 순간, 노인에게 시건방진 말투로 말하고 있는 자신의 무모함에 레이는 간담이 서늘해졌다. 레이의 그런 마음은 아는지 모르는지 노인은 계속 말했다.

"그들의 피부는 경이적인 신축성을 가지고 있어서 변형을 할 때 신체가 견뎌내야 하는 엄청난 물리적인 부담을 충분히 지탱할 수 있다네. 그리고 피부 밑에는 '골격의 재배치'라는 대담한 메커니즘을 지탱해 주는 독자적인 근육 조직이 있어서, 활공시 날개에 걸리는 엄청난 부담을 견뎌낼 뿐만 아니라, 골격의 배치가 바뀌어도 끄떡없어. 우리 인간과는 크게 다르지. 특히 관절부와 만나는 힘줄 조직의 강인함은 이루 말할 수 없을 정도라네. 신체의 능력만으로 따지면 그들은 틀림없이 '사상 최강의 영장류'일 거야……. 자넨 그 선량해 보이는 침팬지가 마음만 먹으면 인간의 팔을 생으로 뜯어낼 정도의 근력을 지니고 있다는 걸 알고 있나?"

"몰라."

"일반적으로 나무 위에서 생활을 해온 유인원의 앞발 근력은 뒷발 근력을 크게 상회하지. 이것은 흡혈 인간의 비행이 지상에서 기원한 비상이 아니라, 나무 위에서 기원하는 활공이라는 가설의 근거이기도 하고. 그들의 선조는 거꾸로 매달린 박쥐가 아니라 긴 팔로 이 나무에서 저 나무로 이동하던 영장류였지. 그들과 침팬지는 같은 뿌리인 거야. 실로 재미있는 일이라 생각되지 않나?"

노인은 뭐가 그리도 재미있는지 다시 어깨를 조금 떨며 쿡쿡쿡 웃었다.

"실례. 이야기가 다른 곳으로 빠졌군. 원래대로라면 도태되어 사라졌을 변형이라는 기능이 어째서 그들에게만 이어져왔는지를 이야기하던 중이었지."

노인의 얼굴에서 웃음기가 사라졌다.

"결론부터 말하자면, 그것은 그들이 '인간'이라는 지구상 다른 어떤 곳에서도 유래를 찾아볼 수 없는 특별한 존재의 내부에서만 살아왔기 때문이라네. 그들이 살아남기 위해서 맞서 싸워야 했던 존재이자 능력을 개발해야 하는 이유가 된 대상은 자연이 아니라 바로 진화사에서 갈라져 나온 형제인 인간이었던 거야. 그들은 우

214

리의 선조가 도구를 가진 유인원의 무리였을 때부터, 우리 선조의 모습으로 내부에 기생하여 전문적으로 인간을 포식하며 살아온 거라네……. 말하자면, 그들은 인간만을 상대로 진화해 온걸세."

"'수렵 가설'인가?"

그때까지 침묵하고 있던 고토다가 끼어들자 노인이 고개를 크게 끄덕였다.

"수렵 가설이란 게 뭐지?"

레이가 고토다에게 물었다.

"너, 스탠리 큐브릭이라는 감독의 「2001년 스페이스 오디세이」라는 영화 봤냐?"

"봤지. 걸작이었어."

"말하자면, 그거지."

'뭐가 그건데?'

고토다의 극단적인 설명에 레이가 짜증을 내며 외치려는데 노인이 보충 설명을 했다.

"유인원 중 일부가 무기를 가지고 살육을 시작했을 때, 처음으로 인간으로서 자신의 능력에 눈을 떴다는 가설일세."

레이는 한 무리의 유인원이 다른 유인원 무리를 습격하여 영양의 뼈인지 뭔지로 상대방을 두들겨패 죽인 뒤, 하늘로 집어던진 뼈가 천천히 우주선으로 변하는 유명한 장면을 떠올렸다.

"그건가?"

"그거지."

두 사람의 선문답을 무시하고 다시 노인이 말을 이었다.

"인간의 역사는 수렵 없이는 이야기될 수가 없다네. 우리들의 지성이나 호기심, 감정, 사회 생활. 이 모든 것은 수렵 생활에 적응한 산물이자 동시에 사냥꾼으로서 인간의 문명을 만들어내기 위한 필요 조건이 되었다네. 수렵에는 무기가 필요했고, 무기의 사용에는 직립 보행이 필요했지. 네발로 기면서 무기를 사용하는 것은 불가능했으니까. 직립 보행은 또한 무기나 식량, 유아의 운반을 가능케 했어. 그리고 그 결과로 부양자인 수컷과 양육자인 암컷, 그리고 다른 동물과는 비교도 안 될 정도로 안전한 환경 속에서 자라서 무력한 피부양자인 아이라는 삼자로 구성된 기본적 사회 단위, 즉 가족을 만들어냈지. 고등한 수렵 능력의 획득은 효과적인 도구, 기술, 집단 행동을 가능케 했으며 이는 사회성의 개발과 큰 뇌를 가진 존재로 진화를 촉진했지. 그리고 이것은 생물학적으로도 사회학적으로도 이전보다 더욱 무력하고 의존성이 높은 유아를 만들어내는 연쇄 반응을 낳았다네. 말하자면 우리가 인간적이라고 부르는 모든 것은 수렵과 그 결과인 육식에서 비롯되었다는 이론일세."

처음에는 노인의 이야기를 나누고 싶다는 제안을 거꾸로 이용해서 적극적으로 정보를 캐내려고 했던 레이였으나 어느새 노인의 말을 듣고만 있는 입장에 처해 있었다. 물론 그는 이 상황을 유감스럽게 생각했지만 노인이 무엇을 바라고 이런 이야기를 하는 것인지 전혀 짐작이 가지 않았으며, 오히려 그 압도적인 박식함에 눌려 아무런 말도 꺼내지 못하고 있었다.

"레이먼드 아서 다트라는 학자의 이름을 들은 적 있나?"

"몰라."

레이는 반쯤 화를 내면서 답했다.

"요하네스버그 위트워터스란드 대학의 학자였지. 1924년, 그는 남아프리카 타웅에서 하나의 화석을 발견했다네."

"오스트랄로피테쿠스 아프리카누스⋯⋯."

고토다가 주문처럼 말했다.

"신장 약 120센티미터. 직립 보행. 송곳니와 어금니가 발달했고, 고릴라 정도의 뇌를 가지고 있으며, 지질학상으로는 제4기, 그러니까 200만 년 정도 전에 동아프리카에 서식했을 것이라고 추정되는 육식 원숭이. 다트는 이 화석을 수렵 생활을 하고 있던 원숭이가 인간으로 진화해 가는 도중의 존재라고 추론하고 학계에 발표했다가, 순식간에 몰매를 맞게 되었지⋯⋯."

노인이 만족한 듯이 고개를 끄덕였다. 고토다는 계속 말을 이었다.

"당시의 학계에서는 인류의 아시아 기원설이 주류를 이루고 있었으며, 인간은 큰 뇌를 얻음으로써 진화를 시작할 수 있었다는 고정 관념에 사로잡혀 있었어. 그런데 다트의 추론은 이 학설에 정면으로 대립되는 것이었지. 그는 1953년에 발표한 「유인원에서 인간으로 가는 포식적 이행(捕食的移行)」이라는 논문에서 이런 말을 했어. '그들은 상습적으로 살인을 행했으며, 희생자를 폭력으로 굴복시켜 붙잡은 뒤 죽을 때까지 고통을 주었다. 그리고 희생자가 죽으면 그 시체를 잡아뜯어 사지를 조각낸 뒤, 희생된 먹이의 따뜻한 피로 타는 듯한 갈증을 달래고, 조각난 붉은 고기를 마구 뜯어먹었다. 같은 종인 오스트랄로피테쿠스 또한 다른 야수와 마찬가지로 냉혹하게 죽여서 먹어치웠던 것으로 추정된다.'"

"그 다트인가 하는 사람, 정말로 학자인 거 맞아?"

레이가 질린 표정으로 말했다.

"수렵 가설이라는 건 원래부터가 어두운 희열과 윤리적인 비난으로 가득한 것이었으니까 말야. 다트는 이렇게도 말했어……. '그들은 인간과 같을 정도로 수렵 능력이 뛰어났다. 인간보다 자제심이 없었던 만큼 어쩌면 더 뛰어났을지도 모른다.'"

"그의 이론과는 조금 다른 견해를 가진 학자도 존재하지."

이번엔 노인이 말했다.

"인간만이 지니는 오리지널한 살인 본성은 기본적으로 자연의 무기를 가지지 않는 얌전한 잡식성 동물의 본성에서 발현된 것이라는 주장이지. 모든 육식 동물이 지니고 있는, 동족 내에서 살상력의 남용을 방지하는 안전 장치가 유독 인간에게만은 결여되어 있거든. 그런 까닭에 인간이 진화하여 인공적인 무기를 발명하고, 그것이 인간이 지닌 살육 능력과 사회적 제지 사이의 균형을 망치기 전까지만 해도, 인간에게는 우발적으로 일어나는 살인을 제지할 필요가 없었다네. 그러다 무기를 사용하게 되면서 희생자와 거리를 두는 것이 가능하게 되었고, 덕분에 자신의 손이나 이빨로 희생물을 죽이는 꺼림칙한 경험을 하지 않고도 살인을 할 수 있게 되었다네. 만약 자연의 무기인 손이나 이빨로 상대를 죽여야만 했다면, 인간은 살인 행위가 어떠한 것인지 똑똑히 알 수 있었을 거야. 그랬다면 아마 제정신이 박힌 인간은 아무도 사냥을 오락거리로 생각하지 않았을걸세."

"인간은 갑자기 커다란 유리 부리를 가지게 된 비둘기이다……. 아서 로렌츠가 한 말이지."

입가를 일그러뜨리며 고토다가 내뱉었다.

"어느 쪽이든 인간의 본질은 살육이라고 주장한다는 점에서는 같지. 인간은 순수함에서 태어난 것도, 아시아에서 태어난 것도 아니라는 이야기야."

"로버트 아드레이. 『아프리카의 창세기(*African Genesis*)』였던 가……."

두 사람의 음침하고 현학적인 대화를 들으며 짜증을 내고 있던 레이를 위로하듯 고토다가 해설했다.

"다트의 아이디어를 기반으로 삼아 수렵 가설에 관한 계몽서를 쓴 작가들이야. 수렵 가설 자체는 꽤나 오래전부터 있어왔던 생각인데, 거기에 과학적 근거 비슷한 것이 다트에 의해 부여되면서 '수렵과 그에 대한 적응이 유인원에서 인간을 만들어내었으며 그들에게 폭력의 맛을 알려주어 동물계나 자연 법칙으로부터 떨어져 나오게 만들었다.'는 주장이 지식인이나 문화인들 사이에서 어느 정도 유행이 되었던 거지. 아까 네가 걸작이라고 칭했던 큐브릭의 영화도 그 한 예가 될 거고. 그 영화에서는 유인원이 무기를 사용하게 된 계기는 아마 우주인이 선물로 던져주고 간 철판이었지?"

"우주 지성체로부터 온 계시였어."

레이가 정정했다.

당시 중학생이었던 레이는 영화를 보고 큰 감동을 받아, 이웃 마을까지 나가 영화 사운드트랙 음반도 사고 친구들과 함께 철판에 대해 입에 거품을 물면서 논쟁을 벌이기도 했다.

"비현실적인 설정이야. 가설이라 부를 가치조차 없는 영화 제작자의 공상에 불과하지. 실제로 유인원들이 무기를 손에 넣고 살육을 개시한 계기가 그렇게 로맨틱한 만남에 있었을 리 없잖아? 그건 단지 날씨 탓이었다고."

노인은 레이가 반론하려는 것을 막으며 나섰다.

"신생대 제4기 초반인 홍적세는 철저한 건기였다네. 동아프리카의 녹지대는 크게 후퇴하고, 중앙 아프리카의 작은 밀림만 간신히 살아남았지. 그 한정된 지역에서 밀림이라는 최후의 낙원을 둘러싸고 수많은 동물들이 생존을 걸고 투쟁을 반복했는데, 우리들의 선조인 유인원들도 예외는 아니었어. 밀림의 과실을 둘러싼 투쟁에서 승리를 쟁취한 것은 나무 위에서 생활하는 유인원들이었지. 그들은 그대로 밀림에 남아 고릴라의 선조가 되었고, 패배한 자들은 밀림에서 초원으로 쫓겨나 오스트랄로피테쿠스가 된 거야……. 초원으로 나온 그들은 식량을 찾기에 유리한 직립 태세를 취하게 되었고, 두 발로 걷게 되면서 수렵과 육식의 습성도 획득하게 된걸세. 적어도 다트의 지지자들은 그렇게 생각하고 있지."

우주 지성체의 계시 같은 것을 기대했던 것은 아니었지만, 날씨가 인간의 죄악이 시작된 원인이었다는 말에 레이는 조금 낙담했다.

"성경에선 금단의 과일을 먹은 인류의 조상이 낙원에서 쫓겨났다고 하지만, 현실의 역사에서는 제대로 먹지 못한 유인원들이 쫓겨나 황야에서 육식이라는 죄를 범하게 된 거라네. 그리고 여기서부터는 나의 상상이긴 하네만……, 밀림에서 쫓겨난 유인원들의 무리 속에 겉모습은 비슷하지만 실은 그들과는 전혀 다른 존재들이 섞여 들어갔던 것이 아닐까 싶어. 그래, 그들을 쫓아낸 나무 위의 유인원 중에서도 소수에 속하는 자들 말이야. 만약 그들이 그 당시에 이미 나무 위에서 활공을 하며 먹이를 사냥하는 야행성 유인원의 특징을 가지고 있었다면, 흡혈이라는 식습관도 이미 가지고 있었을 가능성이 커. 왜냐하면 하늘을 난다는 행위는 에너지 소비와 영양 섭취 사이의 줄다리기나 마찬가지거든. 날기 위해서는 먹어야 하지만, 대량의 먹이를 한꺼번에 섭취했다간 체중이 증가해서 나는 데 직접적으로 부담을 주기 때문이지. 날개를 퍼덕이며 비상하는 새들이 나는 기능 외에는 거의 다른 기능을 갖추지 못한 형태로 진화했다는 것도, 그들이 하루 종일 먹이를 찾아 날아다녀야만 하는 것, 모두 하늘을 나는 것이 얼마나 비효율적인 생존 형태인지를 알려주고 있지. 새는 날기 위해 먹고, 먹기 위해 난다. 그러니 애초부터 조류도 아닌 그들에게 남겨진 방법이라고는 더욱 효율적인 식사법의 확립뿐이었지."

"……소화하는 과정을 생략하고 피를 빠는 것."

"또한 그 대상을 최소한의 노력으로 획득할 수 있어야 한다는 조건도 포함되네. 영화나 소설에 등장하는 흡혈귀처럼 가리는 게 많아서는 살아남지 못해. 낮에는 에너지의 소비를 최대한 줄인 채로 잠을 자고, 밤이 되면 잠들어 있는 먹이에 살며시 접근해서 피를 빨았지. 흡혈 박쥐처럼 항응혈물질(抗凝血物質, 피가 멈추지 않도록 하는 물질 ─ 옮긴이)이나 수면물질을 분비했는지 어땠는지는 모르겠네만, 어쨌거나 많이 굶주리지 않는 한은 상대방의 피를 빨아 죽이지는 않았다네. 죽여봤자 유인원들의 경계를 사게 될 뿐이고, 먹이가 살아 있는 한 혈액의 공급은 계속되었으니 말야. 그래서 그들은 먹이에게 몰래 접근하기 위해 유인원들의 모습과 닮아갔던 거지. 목표 근처에 잠복해 있다가 밤이 되면 동굴 속에서 자고 있는 유인원들 사이에 숨어들어 동료의 모습으로 피를 빠는 거야. 시대가 변해도 그들의 기본 생존 방식은 크게 변하지 않았다네. 때때로 그 광경을 목격한 자들의 이야기가 전해져 내려와 흡혈귀라는 이미지로 굳어졌다는 가설도 나름대로 신빙성이 있다고 생각지 않나? 밀림에 남은 흡혈종도 있었겠지만, 그들은 숙주인 수상(樹上) 유인원이 진화에서 도태되자 함께 전멸해 버렸지. 한편 밀림을 나온 흡혈종은 오스트랄로피테쿠스가 끊임없이 진화해 감에 따라 착실히 진화를 거듭하면서, 때로는 그들과 교배하여 뇌 용량을 증가시키기도 하면서, 그 특별한 능력과 특징을 지닌 채 지금까지 이르게 된 걸세. '그들이 살아남은 이유는 그들이 인간이었기 때문이다.' 내가 그렇게 말했던 것은 이런 이유라네."

"대단한 상상력이로군. 그 망상에 비하면 차라리 우주인이 보내온 철판 쪽이 더 믿음직스러운데?"

고토다가 빈정대며 말했다.

"대체 그 증거는 어디에 있는데? 다트의 가설에는 오스트랄로피테쿠스의 화석이라도 있지. 당신 말대로라면 왜 인간과 병행하여 진화해 온 흡혈 인간의 화석은 나오지 않는 거지?"

"인류의 기원을 둘러싼 가설은 언제나 새로운 화석의 발견과 숨바꼭질을 해왔다는 것을 모르는 건 아닐 텐데……? 인류가 손에 넣은 화석의 수는 오스트랄로피테쿠스 이후 200만 년의 시간만으로 한정해도, 증거니 과학적 근거니 하고 이름 붙이기에는 너무나 불충분하고 빈약한 수준이야. 그것은 마치 광활한 백색 페이지의 한쪽 구석에 기록되어 번역을 기다리고 있는 몇 줄의 시편과도 같은 것이지……. 인류의 진화에 관련된 탐구는 지금 이 시대까지 계속되어 왔지만, 과학적 연구라기보단 단지 '이러이러했으면 좋겠다.'라는 인간의 이데올로기로 뭉쳐진 논쟁들의 집합에 불과하지. 또, 이미 '이러이러할 것이다.'라는 논리가 정해진 상황에서는 설사 흡혈성 유인원의 복잡한 어깨뼈가 출토되었다 하더라도, 누구도 그것을 '비막이 있어 활공하는 존재'라고는 생각지 않을걸세……. 실제로 오늘 그 존재를 직접 본 자네도 차라리 우주인의 철판 쪽이 더 믿을 만하다고 말하고 있으니, 내가 무슨 말을 더 할 수 있겠나?"

"그게 댁이 말하는 흡혈성 활공 유인원의 자손이라면……, 당신의 목적은 뭔데? 대대로 피를 빨려온 조상님들을 대신하여 복수라도 하고 싶은 거라면 굳이 이런 비밀스러운 방법을 선택할 필요는 없지 않을까 싶은데?"

고토다가 노인에게 건방진 말투로 말을 할 때마다 레이는 뛰쳐나가 말리고 싶었다. 하지만 노인은 여전히 화를 내지 않았다.

"그건 조금 있다가 말하도록 하지. 처음에도 말했지만, 지금까지 한 말은 자네들의 이해를 돕기 위한 것이니까. 그리고 아울러서 이런 이야기를 하는 것 자체가 특별한 케이스라는 것도 이해해 주었으면 좋겠군."

'기껏 이야기를 해주고 있는 거니까 닥치고 듣기나 하라는 투로군.'

레이는 반론을 포기하고 주머니에 손을 넣어 롱피스를 꺼내 물었다. 그러자 고토다가 레이에게 손을 내밀었다. 탁자 위의 담배는 입에 맞지 않는 모양이었다. 노인의 이야기가 아직도 한참 더 계속될 것 같다고 판단한 레이는 담뱃갑에서 한 개비를 뽑아 고토다에게 건넸다.

두 사람이 담배에 불을 붙이는 것을 기다렸다가 노인은 다시 말을 시작했다.

"다트의 이야기를 꺼낸 것은, 내 가설의 과학적 근거가 되는 그의 가설을 변호하기 위해서가 아닐세. 오히려 나는 그 가설의 학문적 정당성에 의문을 안고 있는 사람이야……. 근래 들어 밝혀진 일이네만, 동물의 고기를 좋아하는 경향은 유인원에게 없는 인간만의 독자적인 특징이 아니야. 예를 들어 침팬지도 다른 육식 동물에게서 고기를 훔쳐오거나, 동족을 죽여 그 시체를 먹기도 하지. 그런 까닭에 포식 행동만 봐서는 왜 우리 선조가 침팬지가 아니라 오스트랄로피테쿠스로 진화했는가는 설명할 수 없어. 또, 어느 조사에 의하면 오늘날 칼라하리 사막에 주거하고 있는 수렵 민족도 식량의 3분의 2는 식물이라는 사실이 밝혀졌어. 따라서 우리의 선조가 밀림에서 쫓겨났을 때 아직 사막화가 진행되어 있지 않았던 초원에서 육식을 하는 것 외에는 살아갈 방법이 없었다고 한 다트의 가설은 근거를 잃었다네. 이처럼 새로 발견된 사실과 해석이 수렵 가설에 대한 인류학적 반론으로 떠오르게 된 것은 명백한 일이지……. 하지만 그런데도 계속해서 수렵 가설이 사람들을 매료시키고, 또 수많은 학자들이 그것에 대해 이야기하는 것은 대체 무엇 때문일까? 그것은 수렵 가설 역시 다른 수많은 인간 기원설과 마찬가지로 일종의 사상적 도구에 불과했기 때문일세. 그것은 각종 정치적 입장에 의해서 수렵 가설에 대한 비판이 행해진 것만 봐도 쉽게 추측할 수 있는 일이지. 평화주의적

인류학자들은 '수렵 가설은 인간의 전쟁이나 폭력적인 범죄의 원인을 머나먼 선조에게 돌려 인간의 비인도적 행위에 대한 책임으로부터 우리들 자신을 방어하기 위한 면죄부에 불과하다.'라고 비판했고, 페미니스트들은 '사냥꾼 인간'이라는 인류학적 이미지 속에서 기술과 기본적 생산을 담당하는 남성의 모습을 찾아내어 '공격성을 수렵이나 여자와 아이들을 지키기 위한 필요 조건으로 인정하여 남성의 여성에 대한 우위를 주장하는 것이 아니냐'고 비난을 퍼부었지. 그리고 또 다른 비평가들은 '살육하는 유인원의 이야기는 서양의 신화적 논리로 얽어맨 생물학적 사실과 진화 이론의 혼합물로, 성서에 기록된 실락원 이야기의 아류에 불과하다.'고 전면적으로 부정했어. '수렵 가설이 인간들을 매료시키는 것은 그 과학적 근거와는 아무런 관련이 없다.'는 비판은 정곡을 찌르는 것이었을지도 몰라. 다트가 제시한 과학적 증거가 우리들에게 제공해 준 것은 수렵 이야기와 그에 따른 인간 불신을 인정하기 위한 근거가 아니라 단순한 변명거리였을지도 모르지. 그러나 한번 생각해 보게나……. 호모 사피엔스를 온화한 녹색의 자연 속에서 피묻은 손으로 풀을 잡아뜯으며 걸어가는 미친 유인원이라고 생각하는 것은 틀림없이 굉장히 견디기 힘든 우울한 상념이었을 터인데도, 다트가 논문을 발표하기 훨씬 이전부터 그러한 세계관과 인간에 대한 사상이 일반적으로 퍼져 있었다는 것을. 어쩌면 수렵 가설이 우리들을 끌어당기는 이유는, 그것이 어느 면에서는 우리 문화의 근본적인 가치관을 간접적으로 지지해 주기 때문이 아닐까? '살육하는 유인원'의 신화가 항상 지지되는 이유는 그것이 냉전의 반영이나 실락원 이야기에 대한 향수이기 때문이 아니라 적어도 상징적인 의미에서는 기본적으로 진실이기 때문이야. 그렇게 생각지 않나?"

"그 시작부터 저주받은 동물, 그것을 향하여 고난 끝에 진화한……"

고토다가 우울한 얼굴로 그렇게 중얼대면서 레이에게 두 번째 담배를 졸랐다.

"그건 누구의 말이야?"

"잊었어."

 • • •

"물론 수렵 가설 옹호자들이 죄다 호모 사피엔스를 피에 굶주린 야수로 본 것은 아니었지. 그보다 그들은 인간이라는 종은 무기를 사용하는 수렵을 행하기 때문에 다른 동물이나 자연의 법칙과 동떨어진 존재라고 생각했다네. 자네는 사냥을 즐기나?"

"하지도 않고 할 생각도 없어. 그런 건 부르주아나 부르주아 기분을 내고 싶어하는 바보 녀석들의 놀이에 불과해."

짧게 대답하려 했지만 지금까지 한마디도 못하고 듣고만 있어야 했던 울분이 레이의 말을 길게 만들었다.

"새나 짐승을 죽이면서 뭐가 재미있다고 하는 건지도 이해가 안 되고, 오히려 그런 짓을 하는 녀석들의 품성에 의심이 가. 폭발 사건을 일으켜 자기 혼자 죽거나 잘못해서 동료를 쏴 죽이거나 하는 건 좋다 쳐도, 산에 나물 캐러 온 아줌마를 멧돼지로 착각해서 쏴 죽인다거나, 죄 없는 동물을 죽인다거나 하는 건 더더욱 용서가 안 돼……. 최악의 취미야."

격하게 말을 퍼붓던 레이는 노인이 묻지 않은 이야기까지 해버리고 말았다는 생각에 주춤했다. 하지만 노인은 오히려 레이의 반응에 만족했는지 고개를 끄덕이고 있었다.

"자네는 또 어떤가?"

"가능한 한 총은 들지 않는 주의라서."

고토다는 간결히 대답했다. 일본의 경찰로서 지극히 당연한 대답이었으나, 고토다가 말하니 조금 다른 의미로 설득력 있게 느껴졌다.

"현대의 수렵은 옛날의 수렵처럼 양질의 단백질을 쉽게 손에 넣을 수 있는, 편리하며 동시에 거의 유일한 수단과는 거리가 멀지. 차라리 유희나 종교적 의식 같은 상징적 행위로 이해되고 있어. 수렵이라는 행위가 일으키는 독특한 흥분 역시 상징적인 의미로만 이해되지. 어째서일까?"

"사냥감을 몰아넣어 죽이는 행위에 담긴 상징적 의미란, 인간의 야만성을 증명하는 것 외엔 아무것도 없을 거라 생각하는데."

방금 말한 것처럼 수렵을 증오하고 있기도 했지만, 그것보다는 이 지성의 화신과도 같은 노인을 도발해 보고 싶은 생각에 레이는 반론을 행했다. 그것이 위험한 행위라는 것은 알고 있었으나 노인의 현학적인 말을 일방적으로 듣고 있는 입장이 슬슬 짜증났기 때문이다.

"인간과 동물의 관계 속에서 인간은 어떻게 자신의 존재를 구축해 왔는가. 그것을 생각한다면 수렵이란 행위는 충분히 고찰해 볼 가치가 있는 행위라네. 자네가 왜 그것을 혐오하는지, 그 의미가 무엇인지를 알기 위해서라도 참고 들어주었으면 하네만?"

레이의 마음속을 들여다보기라도 한 것처럼 노인은 레이에게 한마디 던지고 계속 이야기를 했다.

"사냥꾼이라 불리는 인간들의 세계관은 꽤나 특이해. 게다가 오랜 역사 동안 그것은 단 한번도 변한 적이 없다는 특징을 보이고 있다네. 그들은 자신들이 개개의 동물에게는 적이지만 동물 전체로 볼 때에는 친구라고 생각하며, 자연 친화를 강조하지."

레이는 TV나 잡지에 자주 등장해 야생 생활을 지향한다고 표방하는 중년 남자들을 떠올려보았다. 그들은 공통적으로 자연에 안겨 살아가는 생활을 찬미하고 도시 생활을 노골적으로 경멸했다. 그런 주제에 첨단 공업 제품의 산물인 4륜 자동차에 각종 문명 제품들을 가득 싣고 산이나 바다를 돌아다니는 것을 당연하게 생각했다. 수렵이나 낚시 도구에 큰돈을 들이며, 집에서는 집안일도 돕지 않는 주제에 각종 자연 식품들을 구해 와서 이건 뭐니 몸에 어떠니 하는 지식을 잔뜩 늘어놓으면서 먹어대고, 다른 사람들에게까지 강요하는 교만한 자들. 동시에 그들은 그러한 행동을 하는 자신에게 도취되어 사명감을 불태우는 고지식한 궤변론자들이었다. 레이는 그러한 야생 생활 지향자인 아버지를 굉장히 싫어했다.

"사냥꾼은 항상 경계에 위치하는 애매한 존재였지……. 그리스 문학에서 사냥꾼은 항상 이성의 빛인 아폴론과 성스러운 광기인 디오뉘소스의 상반된 두 신에게 보호받는 존재였어. 각각 인간의 규율과 동물의 야성을 의미하는 대조적인 성격의 이 두 신에게는 수렵이 지닌 상징적인 의미가 반영되어 있었다네. 수렵이라는 행위 자체가 인간과 야생이 만나는 경계선에서 일어나는 만큼 두 신은 그 경계선을 사이에 두고 마주 보고 있지. 사냥꾼이 위치한 경계선이란 인간 세계의 가장 끝부분으로, 인간과 동물 사이의 애매한 경계를 뜻하는 곳이기도 했다네. 그리고 그것을 극단적으로 상징하는 것이 바로 수렵의 여신 아르테미스인데, 그녀는 사냥꾼이 지니는 수많은 모호성이 구현된 모습이지. 고뇌의 화살로 야생 동물을 죽이며, 동시에 그들의 친구이자 보호자이기도 한 신······."

'어쩌면 이 노인도 옛날에 사냥꾼이었던 게 아닐까?'

레이는 멍하니 그런 생각을 떠올렸다. 자신의 손으로 수많은 야생 동물을 살육해 온 남자가 동물의 예배당과도 같은 방에서 야생의 우상들에게 둘러싸여 말년을 보내고 있다고 생각하니, 노인의 마음속 풍경이 너무나도 고독해 보였다.

"수렵에 상징적인 의미를 부여했던 그리스 로마 시대에서 좀 내려와 보면······, 인구 증가로 인해 야생의 자연은 점차 후퇴하기 시작해. 그래서 유럽에서 수렵은 그것을 직업으로 삼는 사냥꾼들을 제외하면 특권 계층인 왕후 귀족만이 즐길 수 있는 고귀한 오락으로 변해 갔지. 수렵 행위에서 식량을 취한다는 목적이 사라지고 상징성만 지니기 시작한 것은 13세기 프랑스부터인데, 그때부터 바뀌기 시작한 수렵에 대한 인식은 영국을 거쳐 세계 각지로 퍼져나갔네. 그 결과, 지배 계급에게만 허용된 수렵의 특권은 '위험한 일은 우리가 해야 한다.'는 귀족 특유의 말도 안 되는 자비심에 의해 강화되었어. 그리하여 농민들은 수렵은 물론 화살을 소지하는 것조차 금지당했고, 그들의 개는 사냥감을 쫓지 못하도록 불구로 만들 것을 강요당했다네. 한편 농민들은 사냥감을 쫓거나 사냥한 동물들을 운반하기 위한 노예로 무보수로 착취되었고, 밀렵에는 잔인한 방법으로 제재가 가해졌지. 수렵의 권리는 불평등을 기반으로 해서 이루어졌으며, 이는 곧 사회 계급에 따라 수렵에 대해 다른 견해를 갖게 되는 결과를 가져왔다네. 그래서 14세기 영국 문학인 『로빈 후드』에서는 수렵 보호 구역에서 왕의 사슴을 사냥하는 이야기가 나오지만, 그후로는 수렵이 비난의 대상이 되고 말지. 사제의 사생아였던 에라스무스는 『우신 예찬』에서 수렵을 단순한 살해 행위이며 어리석은 시간 낭비라고 정의하였으며, 『유토피아』를 쓴 토머스 모어는 수렵을 인간이 타락한 증거이자 저속하고 비열한 행위라고 보았지…… 셰익스피어가 작품 속에서 수렵을 살인이나 강간의 은유로 즐겨 사용했다는 것은 알고 있나?"

"몰라."

노인의 풍부한 지식에 비해 자신의 어리석음과 교양 없음이 대비되자 짜증이 난 레이가 답했다.

"자, 그럼 사냥을 시작해 볼까……. 숲은 넓고 사람이 없는 곳은 얼마든지 있지. 이 우아한 암사슴 한 마리를 말이 아니라 힘으로 잡아보자구나……. 『티투스 안드로니쿠스(Titus Andronicus)』에 나오는 말이지."

고토다가 노인을 흉내내어 책 읽는 말투로 한 구절을 입에 올렸다.

"너, 마르크스나 레닌도 좋지만 고전도 가끔 읽어두는 게 어때?"

"쓸데없는 참견이야."

대답은 그렇게 했지만 사실 마르크스나 레닌도 그리 열심히 읽지 않은 레이는 노인의 입에서 그에 관한 질문이 나오면 어쩌나하며 몰래 가슴을 졸였다.

"하지만 누가 뭐래도 가장 격렬하게 비난을 했던 것은 그와 같은 시대를 살았던 몽테뉴였지. 그는 토머스 모어와 마찬가지로 수렵에서 기쁨을 느끼는 것은 인간의 정신에 본질적으로 이상이 있기 때문이라고 생각하면서 『잔혹성에 대하여』라는 글에서 이런 말을 했다네……. '숨이 막히고 힘이 다한 것을 느낀 궁지에 빠진 암사슴이 몸을 내던지며 추격자에게 항복하고 눈물 어린 눈으로 자비를 구하는 풍경은 나에게 가장 견디기 힘든 일이다.'"

"그런 광경을 본다면 나라도 견딜 수 없을 거야."

"나도 마찬가지일세. 그러나 당시 사회는 아직 동물을 잔혹한 무관심과 사디즘이 섞인 감정으로 대하고 있었다네. 모어와 같은 견해를 가지고 있는 사람은 극히 일부에 불과했으며, 그의 주장이 대다수의 지지를 얻기까지 5세기 가까운 시간이 걸렸다는 것을 잊지 말게나."

레이는 자신이 몸을 던져 눈물을 흘리며 자비를 구하는 광경을 상상해 보았다. 그러면 이 노인은 그를 불쌍하게 생각해 줄 것인가? 레이는 그 공상을 한숨과 함께 머릿속에서 몰아냈다. 아무리 생각해도 불쌍한 암사슴에게 이길 수 있을 것 같지 않았기 때문이다.

"그런데 그의 문장에서 드러난 수렵에 관한 강렬한 비난과 집착은 대체 무엇에서 유래된 것이었을까?"

"지배 계층에 대한 반발이겠지."

레이가 즉시 대답했다.

"과연……, 자네는 어린 나이에 반체제 운동에 참가하고 있는 투사였지."

노인이 교만한 웃음을 띠며 말했다.

"자네에게는 미안한 말이지만, 셰익스피어도 모어도 귀족들에 대한 혐오감을 드러내는 문장은 남긴 바 없으며, 몽테뉴는 귀족이었다네. 그러니 그들이 수렵을 좋지 않게 생각했던 데에는 지배 계층에 대한 반발 외에 뭔가 다른 원인이 있었을 거라고 생각하는 것이 더 맞지 않겠나? 그 원인들 중 한 가지로 고전 문학의 재발견을 꼽을 수 있을걸세. 그들 16세기의 작가는 르네상스의 인문주의와 그에 따른 고전 연구에 몰두하였지. 어쩌면 그중에는 그리스나 로마의 문학도 있었을지도 몰라. 사실 모어의 『유토피아』는 고대 로마의 역사가 살루스티우스를 생각나게 하는 면이 있으며, 몽테뉴에게서는 오비디우스나 플루타르코스의 영향이 느껴지."

"그럼 그게 정답이겠네."

귀찮다는 듯 레이가 말했다.

"그러나 이러한 사실은 특정 시대의 사상이 왜 그들의 주의를 끌었는가를 설명해 주지는 않아. 오히려 그들의 그러한 생각이 이런 고전들을 고르게 만들었다고 말하는 게 옳지."

돌려말하는 노인의 말투에 화가 난 레이에게 다시 구원을 내리듯 고토다가 입을 열었다.

"계급 투쟁이나 고전이 16세기에 표명되기 시작한 반(反)수렵 운동과 연관을 가질 수 있을지는 모르겠지만, 그것이 그 운동의 모든 것을 설명해 주지는 않아. 수렵에 대한 비판에는 그것과는 다른……, 뭐랄까? 인간의 입장, 기존의 인간과 동물의 관계에 대한 회의? 뭐 그런 게 있어야 하거든."

"몽테뉴가 가지고 있던 수렵에 대한 의혹은 인간만이 지닌 특별한 지위에 대한 의심에서 나온 것이라 할 수 있지. 그는 인간과 다른 동물들 사이에 결정적인 차이가 있다고 인정하기를 거부했다네. 그는 인간만의 자질로 인식되고 있는 정신적인 판단력은 야수의 행동에서도 나타난다고 단언하고, 언어를 제외한 다른 모든 정신적인 활동이 동물에서도 발견된다고 생각했지. 한술 더 떠서, 인간이 동물과 소통하지 못하는 것은 그들 탓이 아니라 인간이 어딘가 모자라기 때문이 아닐까 하는 의문까지 던졌다네. '우리들은 그들이 하는 말을 잘 이해할 수 없지만, 그것은 그들 또한 마찬가지이다. 그들은 우리들에게 친한 척하거나 위협하거나 갈망하거나 하며, 우리들 또한 그들에게 같은 행동을 한다.' 몽테뉴의 이 말은 당시 고양되고 있었던 지식인들의 불안을 반영한 것이라고 생각하네. 그것을 타락한 인간의 운명에만 관심을 쏟는 중세적 세계관에 대항하는 르네상스적 다극화라고 불러도 좋겠지. 세계라는 기계는 그 자체로만 보아야 한다고 말했던 독일의 철학자 니콜라우스 쿠사누스, 지동설을 주장하면서 지구는 태양을 도는 혹성에 불과하다고 한 코페르니쿠스, 태양 또한 우주 안에 단순한 별이라고 상상한 이탈리아의 철학자 조르다노 브루노, 탐험과 정복의 항해가 가져다준 비유럽 세계의 발견, 북유럽에서 벌어진 프로테스탄트 종파의 부흥……, 그리하여 이 모든 것들이 전통적 세계관과 가치관을 위협해 무수한 혼란의 씨앗을 낳았지. 몽테뉴는 야수에 대한 인간의 우월성에 대해 깊은 의혹을 제기했지만, 이런 종류의 의혹은 인간에게 결코 기분 좋은 것이 아니었고, 오랫동안 똑바로 바라보고 있을 수 있는 것도 아니었다네. 때문에 그러한 의혹을 과학적인 방법을 통해 완전히 일소해 버리려고 나선 위대한 사상가들이 등장하게 되는데…….”

고토다가 갑자기 자리에서 일어나더니 수레 쪽으로 걸어가 술을 물색하기 시작했다. 아까 보여준 포도주 감정 실력이 허풍인지 아닌지를 떠나서 그와 포도주가 어울리지 않는다는 것은 엄연한 사실이었다. 고토다는 취향에 맞는 술을 찾아내기 위해 각양 각색의 문장이 찍힌 코르크 마개의 병 뚜껑을 하나하나 열어보고 개처럼 킁킁대며 냄새를 맡았다.

“자네가 다니는 학교에서 철학 강좌를 선택할 수 있는지 모르겠군.”

노인이 일본의 교육 제도나 교육 현실에 대한 무지를 드러내며 레이에게 물었다.

“철학은 없지만 그 비슷한 건……, 윤리라는 이름으로.”

레이는 윤리 교사를 떠올렸다. 그는 확고한 신념을 가진 반동으로, 레이네 서클을 눈엣가시로 생각하는 일파 중 하나였다.

“세키네라는 교사가 담당하고 있지. 그는 변증법을 설명할 때 매년 같은 예를 드는 것으로 유명해. ‘양초와 램프를 지양하면 전구가 나오게 된다.’던가? 뭐 그런.”

노인은 동정 어린 눈으로 레이를 바라보았다. 레이의 철학적 소양을 확인하려 시도했던 것 같지만, 더 이상 아무것도 묻지 않겠다고 판단했는지 그대로 입을 다물고 고토다가 어서 술을 찾아 제자리에 앉기를 참을성 있게 기다리기 시작했다. 고교생을 얕보던 세키네의 수업이 아니더라도 레이의 철학적 소양이 빈약하다는 것은 사실이었으며, 레이 스스로도 그 점은 잘 알고 있었다. 나베다는 그래도 하이데거니 비트겐슈타인이니 하고 매일같이 떠들어댔지만, 레이가 그나마 나름대로 진지하게 읽은 책이라고는 너무 현실주의적이 될 위험성이 있다며 당파 학생들이 경계하는『경제 철학 초고』와 얇아서 고른『독일의 이데올로기』를 제외하고는 키에르케고르와 사르트르를 조금 훑어본 정도에 불과했다.

고토다가 스카치 위스키를 골라 자리로 돌아오자, 노인은 중단되었던 시간이 존재하지 않았던 것처럼 다시 이야기를 시작했다.

"17세기 유럽 지식인층에 유행이었던 기계론적 철학은 자연계를 거대한 기계라고 생각하는 것이었지."

'역시 시작되는군.'

레이는 반사적으로 아랫배에 힘을 주고 자세를 고쳐잡았다.

"그것은 인간만이 의식을 가지고 있는 존재이고, 동물은 고기로 된 로봇에 불과하다는 생각이었다네. 그런 사상 자체는 그리 새로운 것도 아니었어. 우주는 신에 의해 창조된 기계이고 홀로 움직이며 다시 감을 필요조차 없는 신성한 태엽 장치라는 견해에 대해 유럽의 종교 학자들은 오랜 세월 동안 논쟁을 되풀이해 왔어. 그리스 철학자들도 인간 이외의 동물에게 자유 의지가 존재하지 않는다고 말해 왔으니까 말이야. 기계론적 철학이 가지는 새로운 점이라고는 고작해야 '모든 일은 예측이 가능하며, 운명이란 존재하지 않는다.'라고 생각했다는 것 정도네. 그들은 자연을 인간의 탐구를 통해 발견 가능한 일정한 방정식에 의해 운행되는 시스템으로 생각하려고 시도했지. 그 시대에 들어 급속도로 발달한 대리수와 로그, 해석 기하학, 미적분학 등 수학의 신기술을 이용해 기본적인 물리 현상들을 수학적으로 풀이할 수 있게 되었다는 사실 또한 이러한 사상을 뒷받침해 주었다네. 갈릴레오의 실험을 기반으로 시작된 기계 혁명은 50년 후 뉴턴이 중력의 법칙을 발견하자 절정을 맞이했고, 이로써 물리 과학의 세계에 혁명이 일어나게 되었지. 세계의 움직임에 관련된 중세적 철학 이론은 모두 쓰레기통에 버려졌고, 우주의 모든 것을 설명하고 예측하는 것을 목적으로 하는 근대적 이론이 그 자리를 대신했다네. 역학, 전자기학, 광학, 천문학……. 이러한 이론들은 무생물들에 한해서는 꽤 잘 들어맞았거든. 그런 까닭에 새로운 세계관에서는 상대적으로 무생물이 강조되었으며 자연 현상을 설명하는 모든 이론 역시 기계적인 것에 기반을 두게 되었지. 새로운 시대의 과학자들은 동물의 몸도 기계로 되어 있을 거라 생각했고, 열정적인 생체 해부 학자들은 그 원리를 찾아서 몸을 떠는 개나 고양이의 몸에 칼을 들이대었다네……. 이 신경을 자르면 어떻게 될까, 또는 이 혈관을 묶으면 어떠한 결과가 나타날까 등을 알아내기 위해서 말이야. 심장은 혈액을 공급하는 펌프고 동맥이나 정맥은 피를 운반하는 호스라는 말이지. 전 유럽의 과학자들이 이러한 종류의 실험에 푹 빠졌지. 그리하여 그들은 근육이니 림프액이니 하는 분류를 거쳐 신경 작용을 기계적 또는 역학적으로 해석하는 데 성공했다네. 이 시대를 대표하는 사상가 중 한 명이었던 홉스는 생명을 손발의 움직임이라고 생각한다면 자동 인형, 즉 로봇에게는 인공 생명이 존재하며 인간의 정신은 몸이라는 기계의 동력 가스에 불과하다고까지 생각해 버리지."

"『리바이어던』인가……."

고토다가 스카치를 핥으면서 말했다.

"무뚝뚝하고 감정도 없던 홉스에 비해, 조금은 섬세하고 겸허한 데카르트의 경우엔 불멸하는 인간의 영혼은 기계의 작용과는 다른 방향에서 세계에 관여하고 있다고 생각했지. 그가 영혼을 특별 취급한 이유는 간단했다네. 그것은 그가 다른 모든 것에 대해 근본적인, 철저한 의문을 품었기 때문이지. 그는 이렇게 생각했지. '나의 생각만이 유일하게 믿을 수 있는, 직접 체험 가능한 지식이다. 내가 느끼는 모든 것이 환각일지는 몰라도, 나 자신이 지금 생각을 하고 있다는 의식만은 틀림없는 사실이며, 이 우주에 있어 단 하나뿐인 진실은 내가 나 자신의 지각 작용을 인식한다는 것이다.' 이 한 가지 사실에서 출발한 데카르트는 신과 우주의 존재를 논했다네."

"코기토 에르고 섬(나는 생각한다, 고로 존재한다). 제1원리."

아무리 레이라 해도 그 정도는 알고 있었다.

"나는 사색하는 실재이며 분할할 수 없으며 또한 파멸되지 않는다. 즉 불사이어야만 한다. 그러나 동시에 나는 나 자신이 완벽하지 않다는 것을 알고 있다. 따라서 나는 완벽한 다른 무엇인가로부터 완벽이라는 개념을 주입받은 것이 틀림없다. 그러므로 완벽한 것은 존재해야만 하며, 그것은 우리들이 신이라 부르는 것이리라. 신은 나를 환각으로 괴롭힐 리가 없으니 물질 세계는 틀림없이 존재한다."

"뭐야, 결국 종교잖아."

레이가 소리 내어 말하자, 노인은 쓴웃음을 지었다.

"데카르트에게 마음을 구성하는 것과 몸을 구성하는 것은 둘 다 현실 속에 존재하는 동시에 완전히 다른 실체였다네. 그는 우주에 존재하는 것은 순수한 물질이나 순수한 정신 둘 중 하나이며, 인간만이 정신과 물질로 구성된 신비로운 복합체라고 생각했지. 동물은 당연히 순수한 물질이었으며, 감정도 감각도 없어. 그들의 마음에 대해서 그는 '그들은 말을 하지 못하기 때문에 생각도 하지 못한다.'라고 주장했다네. 이러한 이론을 방패로 데카르트의 지지자들은 한치의 동정심도, 양심의 가책도 없이 태연하게 동물의 생리학적 실험을 행했지. 그들은 무자비하게 자신의 개를 발로 차고 고양이를 해부하며 동물에 대한 동정을 일소해 버렸고, 동물들의 비명을 기계가 부서지는 소리로 치부해 버렸지. 동물은 시계와 마찬가지이고, 동물들이 얻어맞을 때 지르는 비명은 작은 용수철이 내는 기계적 반응이므로 거기에는 어떠한 감각도 감정도 존재하지 않는다고."

"끔찍한걸."

레이는 가슴이 아파왔다.

'이 자식, 무슨 생각을 하는 거야?'

이런 생각과 함께 레이의 머릿속에서 데카르트라는 인간에 대해 안고 있던 이미지가 우르르 소리를 내며 부서졌다.

"끔찍하다고 생각하나? 그러나 비슷한 이야기는 그들이 부정해 온 중세 철학 이론의 세계에도 있었다네. 어느 고명한 수도사가 겸허하고 상냥한 수녀 앞에서 임신한 암캐의 배를 발로 찼다.

안색이 창백해진 그녀에게 수도사는 이렇게 말하며 질책했다. '이것은 혼이 없는 고기에 불과하다. 너는 신이 인간에게만 영혼을 주었다는 교리를 의심하는가?'."

노인의 입에서 마른침을 삼키는 소리가 났다.

"그들이 냉혈한이었던 것도 잔인했던 것도 아니야. 단지 인간이 인간이라는 것을 증명하고, 그 존엄성을 선언함으로써 신성한 의무와 높은 자긍심을 품으려 했던 것뿐이지. 과학이든 종교든, 인간이 인간의 독자성을 이야기하려 할 때면 반드시 똑같은 함정이 입을 벌리고 기다리고 있어. 하지만 결과적으로는 말도 안 되는 궤변에 빠져 어리석은 행동만 되풀이하게 될 뿐이야!"

"유감이긴 하지만 나도 그 의견에는 전적으로 찬성이야."

고토다가 괴로운 표정을 짓고 스카치 위스키를 들이켰다. 그것을 본 레이는 수레에서 잔을 가지고 자리로 돌아왔다. 고토다가 두 사람의 잔에 호박색 액체를 가득 채웠다. 스카치 위스키는 엄청나게 고급품으로 보였지만, 레이는 끔찍한 숙취를 겪을 것 같다는 예감과 함께 단숨에 들이켰다.

"어느 쪽이든 간에 그것은 잔혹한 교리였으며 '죽음을 향해 달려가는 몸이라는 기계 내부에 존재하는 기계적인 풍경 속을 불멸의 정신이 뛰어다니는 것이다.'라고 생각한 데카르트 학파의 세계관은 미래에 대한 우울한 전망만 가져왔지. 왜 이렇게 우울한 세계관이 그 위대한 정신의 상상력을 지배하게 되었을까? 그것은 새로운 철학의 목적이 중세의 스콜라 철학처럼 열매를 맺지 못하는 논리의 유희가 아니라, 인간의 영역을 넓히고 세계에 대해 영향력을 행사할 수 있게 하는 것을 지향했기 때문이라네. 데카르트와 동시대에 살았던 베이컨은 인간의 관점에서 자연을 바라보게 할 뿐인 실험적 탐구를 경계하라고 예언했지. 하지만 그의 예언은 그 뒤에 나타난 자연 철학, 즉 과학에 의해 그대로 현실이 되고 만다네. 그런데 얄궂게도 과학이라는 것은 베이컨이나 데카르트가 자연에서 독립시켜 인간에게 부여해 준 정신을 물질과 동등하게 취급해 버리고 말았어. 생각해 보면 당연한 일이었지. 과학은 언제나 일반 법칙을 구하는 것을 목표로 삼으며, 모든 현상을 설명할 수 있는 단일한 시스템을 그 이상으로 삼으니까 말야. 거기다 과학은 실험을 통해 이론을 기술로 끌어올리는 힘을 인간에게 가져다줌으로써 자신의 정당성을 증명했다네. 그 결과, 과학은 필연적으로 우주를 인간이 사용 가치에 따라서 평가할 수 있는 물질만으로 이루어진 세계로 만들어버렸지. 과학이 우리들과 맺는 계약은 언제나 파우스트적인 것이어서, 이러한 균일 물질로 구성된 세계를 지배하기 위해서는 우리들 또한 같은 균일 물질로 구성되어 있다는 것에 동의해야만 했어. 이러한 계약에서 벗어나기 위해, 세계의 운행과 인간에게 다시 정신을 되찾아주기 위해, 서구의 모든 학파는 일치 단결하여 실험을 개시했다네……. 우선은 동물의 몸을 사용해서 말이야."

고토다가 세 개비째의 담배를 물었다. 레이는 그 대신 두 잔째의 스카치를 고토다에게 요구했다.

"싸구려 술이 아냐."

"그리고 당신의 술도 아니지."

레이가 교환의 질적 차이를 지적했다.

"그러나 그건 내 담배야."

"계속해도 될까?"

노인이 정중하게 물었다.

"계속해 주시길."

고토다가 레이의 잔에 스카치를 따르며 대답했다.

"데카르트 학파가 다다른 막다른 길목에서 벗어나기 위해 이용한 수단 중 한 가지는, 마음을 구성하는 것의 실재를 부정하고, 사고는 몸의 움직임이라는 것을 인정해 버리는 것이었다네. 어떤 사람은 이 가능성을 신을 부정하는 것이라며 거부했고, 또 어떤 사람은 전능한 신은 바란다면 한 조각의 고깃덩이도 사고를 하게 할 수 있다며 반박했지. 이 사태는 논쟁에 새로운 평형 상태를 가져오는 듯했네. 하지만 결과적으로 과학에 의해 방출되기 시작한 정신을 구제하는 동시에 또다시 막다른 골목에 빠지는 것을 피하기 위해서는, 다소 강제적이라 하더라도 후자를 택할 수밖에 없었다네. 그리하여 신은 원한다면 어떠한 물질에도 감각과 사고의 능력을 부여할 수가 있다는 사상이 서서히 퍼져나갔지. 18세기에 이르면, 수많은 사상가들이 동물은 혼이 없는 기계라고 말하는 데카르트 학파의 견해를 부정하고, 인간의 사고는 동물과 공유하는 어떤 능력이 훨씬 더 발달한 것에 불과하다는 견해에 동의하기 시작했네. 마음과 물질 사이의 벽이 낮아지자 인간과 동물 사이의 벽도 함께 부서진 거야. 그 결과, 이번에는 엉뚱한 곳에서 문제가 일어났지. 동물의 고통이 바로 그것일세."

"……동물의 고통."

볼멘 소리로 레이가 따라 말했다.

"동물은 혼이 없는 기계라는 데카르트 학파의 의견을 부정했다고 당신이 지금 막 말했잖아. 그런데 왜 이제 와서 동물의 고통이 문제가 되는 거지?"

"동양인인 자네는 이해하기 힘든 일일지도 모르겠지만, 서구의 사상은 항상 신이라는 중심점에서 출발해서 나선을 그리며 전개되어 온 것이라네. 그것을 이해하지 못한다면, 이제부터 내가 하는 말도 이해하지 못할 거야. 잘 듣게나. 고통이란 그냥 존재하는 것이 아니라 누군가가 주는 것. 기독교적으로 말하자면 수난, 시련이라고도 할 수 있는 것이어야만 하는걸세."

노인은 조용히 입가를 일그러뜨리며 눈을 내리깔았다. 가끔 노인이 보여주는 그 표정은 왠지 레이의 가슴을 매우 아프게 했다.

"인간의 고통은 더욱 위대한 선을 위한 것이며, 누군가의 사악한 행동 때문이든, 양심 때문이든, 단순한 불운이든, 모든 고통은 다 우리들을 좁은 천국의 문으로 인도해 주는 것이다. 혹은 적어도 그 가능성이다. 신학자들은 지당한 논리를 전개해 왔지. 고통은 신의 정의의 구현이며, 가책이나 불행은 신의 은혜를 나타내는 것이라고."

"뭐가 지당한 논리야?"

레이는 불만을 토했다.

"저 세상의 구원이라는 공수표를 발행해서 권력자의 폭력이나 경제적 수탈 아래에 있는 민중의 입을 막는 것은 권력과 손잡은 종교적 권위의 상투적인 수단에 불과하잖아."

"'종교는 아편'이란 건가? 뭐, 마르크스주의자인 자네라면 그렇게 생각하는 것도 무리는 아니겠군."

"난 마르크스주의자가 아냐."

"과격파지."

고토다가 귀찮다는 듯이 한마디 던졌다.

"그런 건 됐으니 하던 이야기나 계속해 보쇼……. 넌 좀 조용히 하고."

고토다의 말투는 레이에게 분노를 일으켰으나, 일본의 반체제 운동을 알 턱이 없는 이 노인을 상대로 싸워봐야 입만 아플 뿐이라고 생각을 고쳐먹고 레이는 입을 다물었다.

"인간의 고통이야 그렇다 치고, 동물의 고통까지 신의 선의지에 포함시켜 생각하는 건 매우 힘든 일이었다네. 왜냐하면 기독교의 가르침에서, 짐승은 죄를 범할 수 없는 존재이며 동시에 불사의 영혼이 없는 존재였기 때문이야. 그들의 고통은 그 보답으로 구원을 받을 수 없다는 뜻이지. 거기다 동물이 겪는 고통의 대부분은 기아와 질병을 제외하면 수렵에 의한 포획과 학살이기 때문에 더더욱 그랬다네. 동물의 고통이 아무런 보답도 받지 못하는 상황에서, 인간의 악(惡)을 정의롭다고 볼 수는 없는 것이지. 그리고 이렇게 세상의 대부분이 정의롭지 못하다면, 신의 전능이나 선의지는 큰 의심을 받게 돼. 실제로 18세기의 신학자들에게 이것은 심각한 문제였다네."

'동물의 고통 대부분이 인간에 의한 것이라면 그것은 인간이 사악하기 때문이다.'

대체 그 개념 하나를 놓고 왜 그렇게 호들갑을 떠는지 레이로서는 이해가 되지 않았지만 더 말을 해봤자 이야기가 복잡해지기만 할 것 같아서 그냥 조용히 있었다.

"데카르트는 단순히 동물이 고통을 느끼는 것을 부정함으로써

이 문제를 피해 갔으나 18세기의 데카르트주의자인 루이 라신은 이 문제와 정면으로 맞부딪쳤지. 그는 신의 선의지에 관련된 우리들의 지식으로부터 동물에게는 의식이 없다는 것을 추론할 수 있다고 말했네. '만일 불쌍한 동물들이 고통을 느끼는 것이 가능하다면, 신은 올바르지 못하게 된다. 그러나 우리들은 신이 공정하다는 것을 알고 있기 때문에, 동물이 아무것도 느끼지 않는다고 확신할 수 있다. 그러므로 우리들은 망설임 없이 동물을 포획하고, 살해하여 먹을 수 있다.'"

"말도 안 돼……."

레이는 놀라움과 분노보다는 황당함을 느끼며 항의했다.

"논리가 뒤바뀌었잖아. 말이 거꾸로라고."

"동물의 의식을 사실로 봄으로써 신의 선의지에 의문을 안고 있던 이 시대의 계몽 사상가들도 자네처럼 이런 단편적인 발상을 거부했다네. 아니, 이것은 철학가들만의 문제가 아니었네. 프랑스의 고위 성직자였던 장 메소니에처럼 이 사실에 직면해 신앙을 잃고 무신론자가 된 자가 나타났을 정도로 사태는 심각했지. 어느 신학자는 공정한 신은 이 세상에서 동물이 겪은 고통을 내세에서 보답할 것이라고 결론 짓고 수십억의 가축과 닭들이 트럼펫 소리와 함께 부활하여 지구에서 들려 올라갈 것이라고 말하기도 했네만……. 그러나 동물의 고통에 대해 고민했던 사상가의 대부분은 신의 혐의를 깨끗이하기 위해 동물의 고통이 인간 때문이라는 것을 인정하는 쪽을 선택했다네."

당연하다는 얼굴을 하고 있던 레이의 눈을 들여다보면서 노인이 물었다.

"자네는 고기를 좋아하나?"

레이는 왠지 모르게 그 말에 가슴이 뛰었다. 그리고 전에 고토다가 사준 갈비와 고기를 포식한 뒤 남은 음식을 싸가지고 돌아가 친구들과 시끌벅적하게 놀면서 마저 먹었던 일과 결국 만취해서 전부 다 토해 버렸던 일도 떠올랐다.

"뭐……, 싫어하진 않지만."

레이는 애매하게 대답을 했다.

"동물의 고통이 인간의 사악함에서 유래했음을 인정한 계몽사상가들도 고기를 싫어하지는 않았다네……. 계몽주의자들이 말한 논리적 채식주의에 찬동하던 젊은 날의 벤자민 프랭클린은 1년 동안 채식주의를 실행한 적이 있었는데, 어느 날 선원들이 대구를 낚아서 토막내어 기름에 튀기는 것을 보며 이렇게 생각했네. '논리적 채식주의는 고기를 먹는 것은 정당화할 수 없는 살생이라고 말하고 있다. 물고기가 우리들에게 해를 끼치려 한다면 그것을 죽이는 것은 정당화될 수 있으나, 대구가 우리들에게 해를 끼치는 것은 있을 수 없는 일이다.' 그러나 그는 사실 물고기를 매우 좋아했고, 게다가 기름에 튀긴 대구라면 환장할 정도였다네. 선원들이 대구를 자르고 그 창자에서 작은 물고기들을 무더기로 꺼내는 것을 보고 그는 이렇게 생각했지……. '만일 물고기가 서로를 잡아먹는다면, 인간이 물고기를 잡아먹어선 안 된다는 것도 이상하지 않은가?'"

"그리고 프랭클린은 대구를 먹었다는 이야기인가?"

"먹었지. 그것도 배가 터지도록."

'제멋대로인 사람이로군.'

레이는 생각했다.

"그는 이후 그때의 일을 회상하며 이런 말을 했네……. '이성이 있는 생물은 참으로 편리한 존재이다. 하고 싶은 모든 일에 그 이유를 붙여 정당화할 수 있기에.'"

짧은 침묵이 흘렀다.

"프랭클린뿐만 아니라 다른 사상가들도 자기 정당화에는 극히 능숙했다네. 볼테르와 루소 역시 육식을 비판했지만 스스로 그만둔 적은 없었으며, 알렉산더 포프와 벤담의 경우, 육식용 동물의 살해는 그 과정이 고통 없이 행해진다면 정당화된다고 결론 지었네."

"프랭클린이나 벤담이 제멋대로인 사람들이었다는 건 확실한 사실이지만 말야. 그래도 그 이유를 찾아내어 정당화하지 않고는 괴로워서 견디지 못할 정도로 성실했어. 그 사람들보다는 동물에게 고통을 주는 인간의 사악함을 당연한 것으로 받아들이면서, 싸구려 갈비를 집에 싸가지고 갈 정도로 무식하게 주문하는 쪽이 훨씬 더 악질이라고 생각하지 않아?"

신랄한 말투로 고토다가 빈정댔다. 레이는 뭔가 반론할 말을 찾아보았지만, 아무것도 생각나지 않았다. 레이는 자신을 논리적인 인간이라고 생각해 왔으나, 지금 와서 보니 입으로는 논리를 외치면서도 실제로는 전혀 논리적으로 행동하고 있지 않았다. 거기다 그에 대한 자각조차 없이 단지 잘난 체하는 걸 좋아할 뿐이었다. 지금까지 인텔리겐치아라고 불러왔던 자들과 자신이 다를 바가 없는 게 아닐까 하는 생각도 들었다. 문득 '논리에 빠져 죽는다.'라는 말이 뇌리에 떠올랐으나, 그 말의 뜻을 음미하기 전에

246

다시 노인이 말을 시작했다.

"논리학자들뿐만 아니라 같은 시대를 살아가던 수많은 사람들도 육식을 어떻게든 정당화시켜야만 하는 인간의 이상한 습성이라고 생각했다네. 결국 이러한 육식에 대한 의문과 의혹은 인간성 그 자체에 대한 의문으로 이어졌지. 만일 수렵이나 육식이 애초부터 인간에게 피할 수 없는 원죄라는 논리로 돌아가게 되면, 수렵 가설 또한 진실이 되어버리니까. 이런 배경 속에서 18세기에 처음으로 '살인하는 유인원'이 서구 문학에서 등장한 거라네."

"스위프트의 『걸리버 여행기』는 알고 있겠지?"

고토다가 레이에게 물었다.

"알지, 물론."

"읽었냐?"

"어렸을 때 그림책으로 봤어."

"마지막 권에 나오는 마인국에 사는 야만인의 이야기야. 그림책에 나올 만한 이야기는 아니지."

"조금 피곤하군……. 나도 한잔 주지 않겠나?"

레이는 잠시 망설였다가 자리에서 일어나 손수레에서 잔을 가져왔다. 고토다가 거기에 위스키를 따랐다.

노인은 조용히 술을 입에 머금은 채 그대로 눈을 감고 움직이지 않았다. 인간에 대해서 말하는 것은 인간을 지치게 만든다. 하물며 인간을 동물의 위치에 놓고 객관적으로 말하는 것은, 아무리 이 강철 같은 노인이라 해도 가끔 휴식이 필요한 작업인지도 몰랐다. 멍하니 그런 생각을 하던 레이는 담배를 피우며 노인이 눈을 뜨기를 기다렸다. 고토다가 무엇을 생각하고 있는지는 알 도리가 없었다.

담배가 모두 재로 변한 뒤에도 노인은 움직이지 않았다. 불안해진 레이가 살짝 일어나 살펴보려는 순간, 노인이 눈을 감은 채로 이야기를 시작했다.

"18세기 후반까지 인간은 동물에 불과했다네, 그것도 별로 선량하지 않은……. 그 때문에 수많은 지식인들은 절망에 빠졌지. '루소, 볼테르, 뷔퐁, 그들은 모두가 다 인간을 비하하려고만 한다.'라고 18세기 독일의 철학자 요한 고트프리트 폰 헤르더는 분노를 담아 말했다네. 프랑스나 독일의 젊은 지식인들은 계몽 사상이 가진 유물론과 경험주의에 반감을 품었고, 그것이 곧 낭만주의 운동의 시작이 되었지."

노인이 눈을 떴다.

"계몽 사상의 지도자는 정신을 육체 활동 중의 하나로 생각하는 유물론자였으나, 낭만주의는 칸트에서 힌트를 얻어 물질 그 자체를 커다란 정신 현상이라고 해석했지. 그럼 그들은 인간과 동물을 어떻게 이해하려 했을까? 동물에 대한 그들의 태도는 애증이 교차된 이해하기 힘든 것이었다네. 그들에게 야생 동물이란 자신들보다 하등한 존재이며 동시에 신을 향하는 지표이기도 했지. 인간은 야수보다 우월한 존재이며 세계의 배후에 존재하는 정신에 대해 알고 있으나 그 자의식 탓에 세계의 극히 일부분밖에 관여할 수 없어. 그래서 영국의 낭만파 시인 셸리의 종달새는 인간은 결코 느낄 수 없는 깊은 무의식의 기쁨 속에 빠져 있는 거지……. 그들은 수렵이나 육식을 증오하며 인간이 동물을 착취하는 것을 비난했으나, 다른 한편으로는 동물들의 세계, 그러니까 신의 선의지를 인식해야 하는 세계의 창조물이 어째서 그렇게 악의가 넘치는 육식 동물과 기생충으로 가득 차 있으며, 먹이 사슬이 반복되어야 하는지 이해하기 위해서 몸부림치며 괴로워했다네. 윌리엄 블레이크는 이 문제에 직면해서 자연 속에 신의 살의가 있다고 했고 시인 알프레드 테니슨은 자연은 강탈자라며 한탄했지. 철학자건 신학자건 누구 한 사람 이 문제에 만족스럽게 답하지 못했다네. 그러나 당장 눈앞에서 벌어지는 수많은 동물들의 고통과 죽음은 아직 최악의 것은 아니었지. 지질학의 발달로 수많은 화석이 발견되면서 종에도 수명이 있으며, 과거에 존재했던 대부분의 동물이 지금은 전멸했다는 사실을 밝혀지자 인간을 포함한 창조물에 대한 신의 무자비함은 완전히 명확한 것이 되었다네."

"깎인 벼랑과 잘린 돌로부터 자연은 외친다……. 천의 종족이 사라져갔다. 나는 신경 쓰지 않는다. 모두 사라져버려라."

고토다가 그렇게 내뱉으며 잔을 비웠다.

"그것도 누구의 말인지 잊어버렸겠지?"

레이가 묻자 고토다가 대답했다.

"생각하고 싶지도 않아."

"모든 고뇌나 고통, 죽음이나 전멸을 더욱 고귀한 목적과 연관시키기 위해서는 더욱 확실하게 자연의 잔혹성을 정당화할 필요가 있었는데……. 그것에 성공한 것이 바로 다윈이었다네. 진보에 대한 신념은 비교적 새로운 것이었지……. 17세기까지 유럽의 대부분을 점하고 있던 역사관은 머나먼 고대의 황금 시대부터 전해져 온 것이었으니 말일세. 세계는 인간과 함께 계속해서 타락해 가고 있다고만 생각했으니까. 성서에 의해 개념화된 에덴과 그

타락의 이야기는 유태교의 신성한 역사이며 기독교의 교리이기도 했다네. 그러나 자연인의 타락이라는 옛 사상은 과학 혁명의 진보와 함께 만사는 시간이 흐름에 따라 좋은 방향으로 향하고 있다는 낙관주의로 교체되네. 진보에 대한 믿음은 자연과 그 안에서 우리들의 위치에 대한, 더 커다란 사상에도 영향을 주게 되지…….어느 기독교 사상가는 창조물의 단계를 죽은 것에서부터 식물, 동물계를 거쳐 그 정점에 순수한 정신체인 천사의 영역이 존재하는 거대한 자연의 계단으로 그려냈는데, 이 질서는 사회 질서와 마찬가지로 정적인 계층 체계가 아니라 끊임없이 좀더 좋은 것으로 향하는 역사 과정, 즉 일종의 에스컬레이터와 같다고 인식했다네. 하등 생물은 고등 생물로, 동물은 인간으로, 그리고 언젠간 인간도 천사의 영역으로 올라갈 것이며, 모든 생물은 신을 향하는 계단을 오르는 것이라 생각했다네. 프랑스에 살던 공상가 생물학자 샤를 보네는 인간은 머나먼 미래에 고차원의 생물이 되며, 지구는 진화한 짐승들에 의해 지배된다는 예언을 했는데, 이러한 종류의 신비한 예언과 몽상은 생물학적 진화론의 발판이 되었지. 에라스무스, 다윈, 라마르크 등의 사색적 생물학자들은 '하등한 조상으로부터 근대 동식물로 발전하면서 내재적인 원칙의 활용에 의해 우수성이 증가해 왔다.'는 과학적인 진화 이론의 원형이 되는 개념을 일종의 유사 과학 이야기로 발표했고, 이러한 사상은 수많은 지질학자들의 지지를 얻었다네…….."

노인은 진화론이 나오기까지의 배경을 간결히 요약해서 말한 뒤, 레이를 향해 물어봤다.

"찰스 다윈과 알프레드 러셀 월리스가 제창한 '자연 선택에 의한 진화의 구조적 가설'에 대해서는 설명을 생략했네만……"

"『종의 기원』 정도는 읽었어."

'이 노인은 나를 중학생 정도로밖에 생각하지 않는 게 아닐까?'

자존심에 상처 입은 레이는 완고하게 노인의 배려를 거부했다.

『종의 기원』은 활동가라면 누구나 반드시 읽어야 하는 사상 교양서 중 한 권이었으며, 레이 역시 헌책방에서 그 책을 입수하여 번역체의 악문을 저주하면서 읽었다.

"다윈의 기본적인 아이디어는 자연을 신성한 존재의 계획으로 만들어진 존재에서 단순한 맹목적인 기계로 바꿔버리기도 했지만, 낭만주의자들이 꿈꿔왔던 자연계의 정신적 향상과 그들이 고민해 왔던 잔혹하고 무자비한 자연이라는 두 개의 상반된 주제를 '생존 경쟁'을 통해 해석함으로써 하나의 거대한 시스템으로 설명하는 데 성공했지. 또한 다위니즘의 무간섭주의와 빅토리아 시대의 정치 경제 이론의 유사성 또한 명백했지. 맬서스와 스펜서의 사회 이론이 다윈에게 준 영향은 다윈이 그들에게 준 영향을 훨씬 뛰어넘는 것이었지. 사회를 파멸에서 구하기 위해서는 가난한 집의 아이가 굶어 죽는 것을 내버려두어야만 한다는 『인구론』이나 절대 자본주의 아래에서 빈민이 짊어지게 되는 비참한 운명을 엄격한 자연의 법칙에 의한 도태에 비유하여 긍정해 버린 스펜서의 '적자 생존' 사상의 영향을 받고 다윈과 월리스가 자연 선택의 아이디어를 생각해 냈다는 것은 거의 틀림없는 사실일세."

맬서스나 스펜서 역시 활동가의 필독서 중 하나였으나 경제학에 전혀 흥미가 없었던 레이는 아직 읽지 않았다.

"사실, 다윈은 이렇게 주장한 적이 있다네. '인간이 그 수를 급격히 늘려온 결과, 생존 경쟁을 거쳐 현재의 높은 지위로 진화해 왔다는 데에는 의심할 여지가 없다. 그리고 만일 인간이 우월한 존재로 진화하려면 더욱 격렬한 경쟁을 맞닥뜨리게 될 것은 피할 수 없는 일이다. 인간 개체 수의 증가는 더 많은 비극을 낳을 것임이 틀림없으나, 어떠한 일이 있다 하더라도 감소되어서는 안 되며 가장 뛰어나고 가장 성공적인 최대 수의 자손을 남기는 행위는 법률이나 관습에 의해 제약되어서는 안 된다.' 비인간적인 산업 경쟁이나 사회의 계급 구조를 긍정함으로써 훗날 격렬한 비판의 대상이 된 사회적 다위니즘은 다윈의 논리 속에 이미 잠재되어 있던 것이지."

노인이 또다시 스카치를 입에 물었다.

"그러나 우리들의 이야기에서 다위니즘이 가진 매력은, 그것이 동물의 고통이라는 철학적 문제를 해소해 버렸다는 데에 있다네. 그것은 자연의 가혹함을 아무 의미도 없는 것이라 일소해 버릴 뿐 아니라, 오히려 진화 과정의 추진력이라며 찬양하지……. 『종의 기원』의 당당한 서문에는 자연의 방해와 동물의 비애에 대한 다윈의 정당화가 요약되어 있다네."

"이는 자연의 전쟁, 기아와 죽음 등으로부터 우리들이 생각할 수 있는 가장 고귀한 목적, 그러니까 더욱 고등한 동물의 생산을 직접 이끌어내는 것으로……, 이 생명관은 장엄하기조차 하다."

고토다가 말했다.

분명 읽었는데도 서문에 그런 구절이 있다는 것을 레이는 까맣게 잊고 있었다. 별다른 목적 의식 없이 읽은 교양 독서의 한계였다.

'무조건 외우는 게 능사가 아니야.'

레이는 마음속으로 반론했으나 잊고 있는 것보다는 기억하는 쪽이 훨씬 더 뛰어난 것임은 확실한 사실이었다. 레이는 이 두 사람의 머리 구조를 의심하기 시작했다.

"자연의 잔혹성에 관한 괴로운 비관론은 다윈의 이론에서 세계관의 일부로 수용되었어. 이후에 나타날 수렵 가설과 다윈 이론이 얼마나 잘 맞아떨어졌는지 짐작이 가겠지. 그리고 사실 인간의 기원에 대한 설명으로 제창된 이론들 중, 수렵 가설은 다윈다운 이론으로서는 최초의 것이었다네……. 그러나 이상하게도 다윈 자신은 인간의 진화에 대해서는 그리 많이 이야기하지 않았지. 1871년에 발표한 논문에서 그에 대해 말하고 있긴 하지만, 거기에선 인간의 특성이 무엇을 위한 적응이었는지는 전혀 설명하고 있지 않아. 그건 오히려 다윈답지 않은 글이었지. 그는 '인간의 자연에 대한 지배가 인간의 기원을 자명케 할 것이다.'라고 적었는데, 그것은 자신의 이론으로 보면 아무 말도 안한 것이나 마찬가지였네. 그의 학설에 의하면 인간의 특성은 유인원 같은 영장류에서 자연히 진화되어 발달한 것으로 되어 있는데, 모든 유인원이 인간으로 진화하는 도중이라면, 어째서 인간 이외의 다른 영장류는 아직까지 유인원인 채로 있는가? 이 의문에 관해서는 인류학자인 클라크 경이 『영장류 진화론(History of the Primates)』에서 이렇게 보충했다네……. '다른 현존하는 영장류가 인간이 되지 못한 것은, 그들의 선조가 팔로 걷는 등 특수한 관습을 받아들여 진화의 벼랑 끝에 도달해 버렸기 때문이다. 그들의 파생적 특징화가 인간이라는 종에 도달하는 진화의 주요 노선에서 벗어나버렸기 때문이다.' 말하자면 쓸데없는 짓을 하는 바람에 인간이 되지 못하고 말았다는 것이지. 놀랍게도 다윈의 시대 이후 20세기 전반에 걸쳐 대부분의 인류학자는 전혀 다윈답지 않은 그러한 견해에 동의했지. 사고를 할 수 있다는 인간의 특성이 생존을 위한 투쟁에서 파생된 것일지도 모른다는 정상적인 견해는 제대로 의논조차 되지 않았다네. 그러나 실험 유전자의 성과에 기반한 돌연변이설이나 반동적인 낭만주의 진화론 등 반(反)다위니즘이 싸움에서 승리를 거두자, 인류학자들은 더 이상 인간을 일반적인 진화 과정의 산물로 볼 수 없게 되었네. 오늘날에 와서는 인간 특성의 기원을 찾기 위해서는 다른 동물이 진화해 온 형식을 따라간 것과 마찬가지로 인간의 진화 궤적을 되짚어나가야 하게 되었네만……. 그러나 인류학자가 진화론을 기뻐하며 받아들인 데에는 다른 이유가 있었지."

"홀로코스트다."

고토다가 찌르듯이 말했다.

"다윈의 시대로부터 제2차 대전 초기까지만 해도 인간의 진화를 연구하는 대부분의 과학자들은 오늘날의 기준으로 보면 놀랄 정도로 인종 차별주의자였다네. 그들은 어느 인종은 다른 인종보다 유인원에 가깝다고 믿고 있었으며, 열등 민족이라는 단어에는 생물학적인 의미마저 포함되어 있었지……. 유감스럽게도 그것은 다위니즘이 안고 있는 중요한 전통에 기반을 두는 것이기도 했고 말이야. 다위니즘은 항상 인간과 동물 사이의 간격을 메우기 위해 노력해 왔고, 줄리언 헉슬리 등 수많은 전문가들은 하등 인종과 무지한 야만인을 신사와 고릴라 사이를 잇는 연결 고리로 보았지. 그리고 같은 논리를 기반으로 뉘른베르크 법이 정해지고,

다하우와 아우슈비츠 수용소가 건설되었다네……. 독일을 대표하는 다위니즘 사상가 에룬스트 헤켈과 그 헤켈의 전통 아래 나치즘의 인종 정화 계획에 열심히 협력한 인류학자들, 그리고 마찬가지로 인종 차별주의자였던 영어권의 자연 인류학자들……. 그들 역시 데카르트적 사고로 양심을 잠재우고 동물 생체 해부에 몰두했던 과거의 학자들처럼 열의와 자부심과 확신을 가지고 있었다네."

"두개골 측정학, 우생학, 범죄 인류학……"

고토다가 중얼중얼 내뱉었다.

"인간이 인간의 능력을 생물학적 결정론에 넣는 순간부터 차별 감정이나 편견을 포함한 문화의 침투로부터 학문의 객관성이나 엄밀성을 지켜내는 것은 거의 불가능해지지……. 그들의 확신은 제2차 세계 대전 이후로 갑자기 사라지거나 하지는 않았네만, 아우슈비츠의 어두운 그림자 속에서 더 이상 지식인에게 환영을 받지 못했네. 인종 차별 사상은 더 이상 인류학적 목표로 인정받지 못하게 되었으며, 오히려 혐오의 대상이 되었지. 그런데 여기서 또 곤란한 문제가 일어나 버렸다네……. 만일 인류학자가 인간의 단일성과 평등성을 인정한다면, 인간과 동물 사이에 적어도 한 단계 이상 확실한 차이가 있다는 것 역시 인정해야만 한다는 것이 바로 그것이지. 그리고 실제로 인간의 문화, 언어, 역사는 동물과는 아무런 유사성이 없는, 독립적으로 존재하는 현상이라고 보는 견해가 오늘날 다수의 인류학자나 언어학자에 의해 강하게 지지받고 있다네……. 인간의 상징적 행동에 독자성을 주장하고, 인간과 동물 사이의 중간 계층을 부정한 인류학자 레슬리 화이트. 언어는 불완전한 유전적 돌연변이에 의해 갑자기 나타난 것이라고 생각한 미국의 언어학자 노엄 촘스키……. 그런 한편으로 분류학 상의 인간의 범위는 매우 자세해졌다네. 우리들의 원시적인 화석 의 친척들……. 자바 원인이나 베이징 원인은 사람과(科)에 편입되 었고, 네안데르탈인은 호모 사피엔스에 편입되었다네."

"모두가 친척, 모두가 친구, 유인원은 한가족, 세계는 형제라는 거지. 고릴라나 오랑우탄을 가족으로 삼는 것보다는 화석을 친척 으로 삼는 쪽이 더 낫지 않아?"

자포 자기한 말투로 고토다가 말했다. 레이는 취한 건가 하고 고토다의 얼굴을 들여다보았으나, 그의 눈빛은 생생히 살아 있 었다.

"그리고 1947년 남아프리카 트란스발에 있는 동굴에서 발견된 오스트랄로피테쿠스의 화석은 인간의 본질에 대해서 회의적이었 던 인류학자들의 인식을 새로이 바꾸게 되지……. 그리하여 수렵 가설은 정치적, 과학적 이유로 환영받게 되었다네. 수렵 가설은 인류와 유인원 사이에 커다란 차이를 만들어냈는데, 이것은 네오 다위니즘 이론과 인종평등주의의 요구를 모두 만족시켰거든."

노인은 잔에 남은 액체를 천천히 입 안에 흘려넣고 등받이에 몸을 깊숙이 파묻었다.

인간과 동물의 경계를 둘러싼 이야기는 드디어 한바퀴를 돌아 출발점으로 돌아오려 하고 있었다. 짜증이 날 정도로 긴 이야기 였으나, 레이는 아직 그 결론을 예상조차 할 수 없었다. 솔직히 말 해서, 노인의 길고 장대한 이야기로부터 레이가 받은 인상은 인간 이 인간이라는 것에 집착함으로써 소비된 막대한 지적 열정에 대한 의문뿐이었다. 왜 그렇게까지 집착해야 했을까?

"수렵 가설은 그 이전에 존재했던 인간의 기원에 대한 진화론적 설명보다 비교적 명확하게 인간과 동물 사이에 경계선을 그었지. 다트의 가설에 내재된 상냥한 자비심은 인간을 싫어하거나 그에 증오를 느낀 인류학자들의 비판을 받았으나, 그 비판론자들 역시 유인원이 인간으로 변해 가기 시작한 계기가 무엇인지 그 답을 찾아헤메고 있다네……. 우리들은 자연의 구속으로부터 인간성을 분리해 내고, 인간의 독자성이라는 개념을 지지하기 위해서 자연과 역사 사이에 경계선을 그으려 하고 있다네. 커다란 뇌, 직립 보행, 언어나 기술……, 그러한 인간적 특성을 인간에게만 나타나는 독특하고 보편적인 것이라고 생각하고 싶어하는 것은, 그것이 인간의 지위에 대한 증거물로서 중요성을 가지기 때문이야. 그것들을 인간만의 독자적인 특성이라고 부름으로써 동물에 대한 인간의 지배를 정당화하고, 그것을 보편적인 것이라 생각함으로써 인간의 인간에 대한 지배를 정당화할 수 없게 한 거지. 이 전제는 인간적인 감정이나 사고 또는 재능이 동물에게도 존재한다고 말할 때마다 생물학자나 사회학자가 왜 기분 나빠하는지 이해하는 데 도움이 될 걸세. 커다란 뇌를 가진 돌고래, 도구를 사용하는 침팬지, 손으로 신호를 보내는 고릴라, 주인의 말을 이해하는 개……. 이러한 인간적 특성의 일부를 가진 동물들이 우리를 불안하게 만들 때마다 과학자들은 위대한 천재성을 발휘해 그 능력을 새로 정의해 왔다네. 인간과 동물의 뇌의 크기를 상대화시키기 위한 비례식의 도입, 사고나 의식에 필요하다고 생각되는 언어의 특징을 의미가 아니라 문법적 규제로 보는 사상……. 인간을 단순한 어리석은 동물로밖에 보지 않는 과학자들조차 동물을 어리석은 인간으로 보는 것은 받아들이려 하지 않았고, 인간을 동물의 언어로 기술하는 것은 과학적이라고 하면서도 동물을 인간의 언어로 기술하는 것은 비과학적인 의인화라고 비난하며 욕을 했지."

레이는 문득 주변의 벽에 그려진 동물들이 노인이 말하는 인간과 동물 이야기의 청중인 듯한 느낌이 들었다. 아니, 청중이라고 부르는 것은 정확하지 않았다. 그보다는 방청자나 배심원이라 부르는 것이 옳을지도 몰랐다. 만일 그렇다면 여기는 처음에 느꼈던 예배당이 아니라 법정이었다. 그리고 이 자리가 법정이라면 재판받는 것은 인간일 것이고……. 이 노인이 변호사일 리는 없었다. 노인은 검사가 최종 선고를 내릴 때처럼 냉혹한 말투로 말했다.

"우리들의 문화는 본질적으로 어느 자가 다른 자보다 우월한지 아닌지를 구별하는 데서 성립해 왔네. 이 구별을……, 차별이라 불러도 좋네. 이것을 정당화하기 위해 인류는 수많은 지적 노력을 기울였지. 남자와 여자, 주인과 노예, 백인과 유색 인종……, 그리고 인간과 동물, 역사와 자연 사이에 구별을 확실히 긋지 않고서는 더 이상 인간의 존엄성을 유지할 수 없는 데까지 몰리고 만걸세. 그것은 동시에 더 이상은 인간의 도구로 인간 이외의 세상을 취급할 수 없다는 것을 의미했지……. 그런 상황에서, 만약 다윈의 말대로 인간과 고등 포유류는 그 정신적 능력에서 기본적인 차이가 없다고 가정하고, 말을 하지 못하는 그들의 권리와 존엄을 주장한다면, 인간이 동물임을 인정하기 이전에 동물 또한 어떤 의미에서는 인간이라는 결론이 나오고 마네."

"지금까지 기울인 노력이 모두 헛수고가 된다는 뜻이지……."

고토다가 중얼댔다

"인간과 동물 사이에 존재하는 연속성에 대해 간신히 획득한 이해와 역시 고생 끝에 획득한 인간의 보편적 권리와 존엄에 대한 주장을 일치시키기 위해서, 우리들은 동물의 권리와 존엄을 존중해야만 했다네. 그러나 그것은 동물 실험이나 모피, 육식 등과 같은 착취적 관습을 포기하기 이전에, 인간이 스스로의 존재를 명확하게 밝힐 수 없다는 한계 때문에 불가능한 일이지."

벽에 새겨진 동물들이 단 한마디라도 놓치지 않겠다는 듯 노인에게 온 신경을 쏟고 있는 것 같다는 기묘한 착각에 혼란스러워하면서 레이는 노인의 다음 말을 기다렸다.

"인간은 인간에 대해서 너무나도 많은 것을 이야기한걸세. 그 결과 인간에 대해서 이야기를 하는 것이 더욱 곤란해졌을 뿐만 아니라, 이제 와서 동물과 이야기를 하기에는 그 손이 너무 더러워졌지."

노인은 어디까지나 냉정하게 말했다.

"인간이 자신의 기원을 이야기하려 할 때에는, 그 배후에는 반드시 사악한 그림자가 달라붙는다네……. 수렵 가설이 과학적인 가설이기 이전에, 인간의 영역과 동물의 무의식 왕국 사이에 놓인 애매한 경계를 정당화하기 위해 만들어진 기원 신화였다면……, 모든 신화가 그렇듯이 그 배후에는 진실이 존재할 터."

"그것이 흡혈성 유인원의 존재였다……"

고토다가 결론을 내리듯 말했다.

"진화의 과정에서 인과 관계를 설명하는 것은 항상 어려운 일이지. 만약 인간의 독자성을 끌어내리려고 한다면 더더욱 설명이 불가능해지지. 왜냐하면 무엇인가를 설명한다는 행위는 다른 수많은 예를 통해서 일반적인 법칙을 밝혀내는 것이기 때문이지. 영국의 철학자 흄이 오래전에 지적한 바와 같이, 과학은 가장 일반적인 법칙일 뿐 독자적인 현상에 대해서는 아무 말도 해주지 않는다네. 그것을 설명해 줄 수 있는 것은 병행 현상, 즉 구조적 또는 적응적인 이유 탓에 다른 계열의 종에게서도 동일하게 나타나는 현상뿐이지."

노인은 레이에게 얼굴을 향하고 물었다.

"자네는 그것의 본모습을 두 번씩이나 본 희귀한 인간이지. 그런 자네에게 묻겠는데……, 그것이 무엇과 닮았다고 생각하나?"

레이는 가만히 몇 시간 전에 본 그 끔찍한 괴물의 모습을 머릿속에 그려보았다. 거대한 박쥐, 흉악한 쥐……, 둘 다 어느 정도는 비슷했으나 어딘지 모르게 달랐다.

"인간과 닮았다고 생각지 않나?"

'헉' 하고 숨을 들이키며 레이는 얼굴을 들었다. 듣고 보니 그 괴물은 분명 인간과 닮아 있었다. 물론 형태는 인간과 달랐으나, 그것을 앞에 두었을 때 받는 인상은 사악한 인간, 아니 인간의 사악함 그 자체였다. 레이는 충격을 받아 아무 말도 하지 못했다.

자기 말의 효과를 충분히 확인한 노인은 얼굴을 돌리고 말을 이었다.

"우리들의 선조가 동물을 잡아먹음으로써 적응해 온 유인원이라면, 우리를 잡아먹으면서 나란히 진화를 해온 그들이 우리와 닮아 있다는 것은, 과학적으로 가장 정당한 이야기이지……. 그들은 우리의 사악한 모습을 정확히 비추어내는 거울과 같은 존재라네. 내가 아까 그들은 인간이라고 말한 것은 그러한 의미도 담겨있었다네……"

노인의 말투는 변함 없이 조용했지만, 레이의 귀에는 왠지 모르게 슬프게 들려왔다. 어쩌면 레이가 그렇게 생각하고 싶었던 것에 불과할지도 모르지만…….

"그것이 녀석들을 죽이고 다니는 이유인가?"

고토다 역시 담담한 말투로 말했으나, 그 얼굴에는 레이가 지금까지 본 적이 없는 침통한 표정이 떠올라 있었다. 노인은 대답하지 않았으나 그 침묵은 무엇보다도 강한 웅변이 되어 고토다의 말을 긍정했다. 이 두 사람은 적어도 인간에게 절망하고 있다는 점에 있어서는 닮아 있었다. 지저분한 중년 남자로밖에 보이지 않는 고토다는 그렇다 쳐도 레이는 발끝에도 미치지 못할 만큼 박식한 지성을 갖추고 있는 이 노인이 고민 끝에 도달한 결론이 거울에 비친 인간의 모습을 부수고 돌아다니는 것이었다는 사실은, 레이에게 매우 비참하고 무서운 일처럼 생각되었다.

"그렇다면 어째서 그 사실을 공표하지 않는 거지? 당신들은 녀석들의 시체를 회수해 가지고 있을 텐데?"

"우리들의 목적은 단순한 말살이 아니라, 그들이 존재한다는 사실 자체를 은폐하는 것일세. 시체를 회수하는 것은 죽이는 것 이상으로 중요한 임무지……. 생각해 보게나. 다트의 주장은 얼마 없는 증거에 기반한 가설인데도 엄청난 비판을 불러일으켰다네. 거울에 비친 인간의 본질이 사실은 끔찍한 괴물이라는 증거를 보고서 기뻐할 인간이 있을 것이라고 생각하나? 수많은 허점을 안고 있기는 하지만 인간의 본질은 선하다는 환상 위에서 현재의 사회는 번성해 온걸세. 그런데 이제 와서 인간은 유인원 때부터 사악한 존재였으며, 카인의 낙인은 아직까지도 우리 이마에 박혀 있다는 사실을……. 오해할까 봐 말해 두는데, 내가 두려워하고 있는 것은 사람들에게 비난을 받는 것도, 패닉 상태가 퍼지는 것도 아닐세. 내가 두려워하는 것은 인간의 타락에 윤리적인 근거를 주는 것이야."

"그러나……, 그들의 존재는 실제로 우리들에게 위협이 되고 있잖아? 벌써 몇 명이나 죽었다고."

자신도 그 안에 속할 뻔했던 레이는 결과적으로 궁지에서 자신을 구해 준 것이 이 노인이라는 사실조차 잊고 항변했다.

"그들이 인간을 죽이는 일은 극히 적지. 기생자가 숙주를 죽이는 것은 자살 행위라는 것을 생각하면 쉽게 납득이 갈 거야. 하물며 고등한 지성의 소유자인 그들이 무작위로 사람을 죽일 리도 없고……. 적어도 근대 이후에 그들은 인구가 밀집된 지역에 숨어들어, 폐쇄적인 작은 집단에 기생하면서 그 구성원들을 먹이로 삼아 살아왔다네. 우리들은 그것을 할렘이라 칭하고 있지. 아예 대놓고 사냥터니 식당이니 하고 부르는 자들도 있네. 그들의 흡혈 행위 구조는 아직 불명확한 부분이 많지만, 아마도 먹이가 되는 인간은 그들에게 정신적으로 매우 의존하게 되는 듯하더군. 스스로 나서서 피를 공급할 뿐만 아니라, 그들의 명령에 따라 새로운 대상을 집단 내로 끌어들이기도 할 정도로……. 그것이 가족이든 친구이든 상관없이 말일세."

"과연……, '대장'과 '시종'인가."

고토다가 감탄스럽다는 듯이 중얼댔고, 레이는 아오키의 변모와 카리야라 이름을 댔던 남자의 강렬한 카리스마를 떠올렸다.

"수명이 긴 종족들 대부분이 그러하듯이 그들은 번식력이 극히 약하며 개체수는 인간에 비할 바도 못 되기 때문에……, 희귀종이라 해도 좋을 수준이라네. 따라서 실질적인 피해를 생각한다면, 인류에 대한 위협은 생물학적인 면에서 감기 바이러스에도 훨씬 못 미치는 수준이지. 잘해야 백상어를 조금 상회하는 정도에 불과하네. 그들이 가져올 수 있는 위협은, 전설상의 흡혈귀가 그러하듯이 그들의 존재가 인간에게 가져다줄 윤리적인 위기나 경이뿐일세. 아까도 말했듯이, 이번처럼 그들이 할렘을 다 먹어치우는 예는 극히 드물다네……. 아마도 섣불리 접근한 우리들에 대한 경고였겠지. 이 나라에서는 이제 막 활동을 시작한 참이니까."

"녀석은……, 그 도망친 녀석은 내게 알고 있는 것을 모두 말하라고 했어."

"이것은 그들과 우리 사이의 전쟁이며, 그들에게는 살아남기 위한 투쟁이라네. 여행 비둘기나 도도새를 멸망시킬 때처럼 간단히 해결될 문제는 아닌 거지. 그들은 우리들과 대등하거나 그 이상의 두뇌를 가지고 있으며, 그 신체 능력은……"

"사상 최강의 영장류겠지. 덤으로 수세에 몰리면 날개를 펼쳐 날기도 하는."

고토다가 농담처럼 던진 말을 끝으로, 노인이 기나긴 설명의 막을 내렸다.

"나의 이야기는 여기서 끝이네……. 자, 그럼 이번엔 자네들의 이야기를 들어볼까."

온화한 말투 속에 담겨 있는 날카로운 칼날을 느끼면서 레이는 등을 똑바로 폈다.

"자네들……, 아니, 그쪽 젊은이와 친구들이 이번 우리의 임무에 개입하게 된 경위는 잘 알고 있네. 포획 현장의 유일한 목격자가 그들 '시종'의 친구였다는 불행한 우연 때문이었지. 우리들은 어떻게든 자네들을 제외시키려고 힘을 썼네만……"

"도이가키와 아마노를 집어넣고 우리들을 위협한 게 당신이었나!"

예상하고 있었지만 막상 그것이 사실이라고 밝혀지자 레이의 마음속에 분노가 치밀었다.

"'보호'라고 말해 주었으면 좋겠군……. 확실히 경고의 의미를 담고 있었다는 것은 부정하지 않겠네만, 자네들의 안전을 위한 배려였다네."

노인은 레이의 분노는 아랑곳없이 고토다를 향해 돌아앉으며 말을 이었다.

"문제는 젊은 자네들을 선동하여 우리 주변을 캐고 다니는 자가 있다는 거지……. 말해 주겠나? 자네는 대체 어떤 자인지, 우리에 대해서 무엇을 어디까지 알고 있는지."

"그냥 보통 공무원이야."

"내가 받은 보고에 의하면, 경찰청 형사부 조사 1과에는 고토다라는 인물은 존재하지 않았네만……?"

"뭐야, 역시 알고 있었어?"

· · ·

깜짝 놀라 돌아보는 레이 앞에서 고토다는 입가를 일그러뜨리며 예의 그 하이에나 같은 웃음을 지었다.

레이도 고토다가 형사치고 너무나도 파격적인 인물이라는 생각은 가지고 있었다. 그러나 태연히 가짜라는 것을 인정한 고토다를 앞에 두고 레이의 가슴은 크게 요동치고 있었다. 경찰과 협력한다는 것 자체가 레이에게는 매우 이례적인 일이었는데, 그가 진짜 경찰이 아니었다면, 자신들은 대체 어디의 누구와 공동 전선을 펼쳤던 것인가? 그것을 확인하기 전에는 무라노나 나베다는 물론 옥중의 도이가키와 아마노도 만날 염치가 없었다.

저널리스트나 학자부터 시작해서 CIA나 KGB에 이르기까지, 레이는 수많은 가능성을 생각해 보았다. 그러나 눈앞의 중년 남자는 그중 어느 것으로도 보이지 않았다.

"당신 누구야?"

레이는 처음 고토다와 만났을 때 했던 대사를 되풀이했다.

"뭘 위해 우리들을 이용한 거지……? 대답해!"

당장이라도 잡아먹을 듯한 기세로 질문하였으나, 노인과 마찬가지로 고토다 역시 레이의 고함에는 눈썹 하나 까딱하지 않았다.

"길게 이야기를 해주기도 했으니……. 글쎄? 이 자식을 무사히 되돌려보낸다는 조건이라면 말할 수도 있지."

변함 없이 오리발을 내미는 말투로 고토다는 노인의 질문에 대답했다.

"반체제의 뭐라고 해봤자, 조금 콧대가 세고 논리적인 척하면서 말이 좀 많은 게 특기일 뿐인 고교생이잖아? 연장자에 대한 예의라고는 눈곱만큼도 없는 건방진 꼬마이긴 하지만, 지금까지 당신이 이야기한 것을 삐라로 제작해서 역 앞에서 뿌리면서 평생을 바칠 만큼 바보도 아니니까, 여기서 놓아준다고 해도 큰 해는 없을 것 같은데?"

"뭐라고!"

레이는 자리를 박차고 일어났으나 고토다도, 노인도 돌아보지 않았다. 대치하고 있는 두 사람 사이에서 분통을 터뜨리던 레이는 어쩔 수 없이 다시 의자에 앉았다. 완전히 무시하는 데야 그도 어쩔 도리가 없었다.

"그건 자네의 이야기가 서로 납득할 수 있는 결과로 끝날지 아닐지에 따라 결정되지 않을까 싶네……. 처음에 말했듯이, 쓸데없는 피를 흘리는 것은 우리들의 주의에 어긋나니까 말이야."

"하지만 쓸데없지 않다면 얼마든지 흘리잖아?"

"어떻게 생각하든 자네의 자유이네만."

노인은 끝까지 물러설 생각이 없어보였다.

"좋아. 여유를 부릴 입장도 아닌 것 같으니까."

"마음이 변했다고 해석해도 좋을까?"

"변했다."

고토다는 노인을 노려보며 대답했다.

"지금 변했어."

레이는 자신의 잔에 위스키를 따랐다. 이 중년 남자가 자신의 생사 여탈권을 쥐고 있다고 생각하니, 술이라도 마시지 않고는 견딜 수 없는 기분이 들었다. 그리고 술을 마시면서 고토다의 이야기를 듣는 것 외에 할 일도 없었다. 마지막 술이 될지도 모르는 위스키에서는 아무 맛도 나지 않았다.

"18세기 유럽, 프랑크푸르트에 영세 골동품상 겸 화폐 교환상 이던 유태인이 있었지. 그와 다섯 아들은 고생 끝에 금융 면에서 국제 정치를 조종할 수 있는 세계 재벌의 자리에까지 올라가게 되 었어."

인류학 다음에는 경제학인 듯했다. 레이는 하룻밤 만에 이만큼 이나 집중 강의를 받게 된 자신의 불운을 저주했다. 두 강사는 모 두 박식했으며, 거기다 지칠 줄도 몰랐다.

"그들의 일족은 대대로 가문의 붉은 방패를 의미하는 말을 가 문의 호칭으로 삼아왔지. 그러다 그것이 나중에는 성으로 굳어졌 어. 그것은 프랑스어로는 로쉴드, 독일어로는 로트실트……, 영어 로는 로스차일드라고 읽혔다."

말없이 듣고 있던 노인의 입가가 미묘하게 일그러지고, 고토다 를 바라보는 눈이 더욱 날카로워졌다. 그 시선을 정면으로 받으면 서 고토다는 말을 이었다.

"신성 로마 제국 전역에 걸쳐 구축되어 있던 우편 조직에 기반 을 둔 타시스 운송 조직이란 것이 있었어. 로스차일드 가문의 시 작은 나폴레옹 전쟁이 일어나기 전, 타시스 가문이 대대로 가지 고 있던 금융 조직과 제국 내 자유 왕래권을 획득한 데서 비롯되 었지. 어쨌거나 그들은 이것을 철저하게 정비했어. 쾌속선과 빠른 말, 전서구, 나중에는 중부 및 동부 유럽 출신 유태인이 사용하는 언어인 이디시 어를 사용한 암호까지 써가면서 말이야. 바닥이 이 중으로 된 전용 마차가 로스차일드 색이라고 불리는 황색과 청색의 깃발을 나부끼면서 전 유럽을 달렸지. 그들은 국제 우편부터 시작해서 대외 차관의 취급, 면제품의 수출입까지 사업을 확장시키는 한편, 남는 이익은 정보망을 사용해서 주식이나 채권에 투자했지……. 빠른 광역 정보망의 확립과 정보망을 다루는 전문가의 육성……. 그들은 19세기 초에 이미 현대의 다국적 기업에 버금가는 국제 금융 시스템을 창출해 냈으며, 이것을 매우 잘 사용했지."

고토다는 한번 쉰 다음 레이에게 짧게 말했다.

"담배 좀 줘."

그는 레이가 준 롱피스를 맛있게 피웠다. 노인이나 레이와 마찬가지로, 듣기보다는 말을 하는 쪽에 속하는 인간인 고토다의 얼굴은 이 방에 와서 처음으로 활기를 띠었다.

"그 일족의 이야기는 그 자체가 유럽 현대사의 일부이기도 해. 그들은 나폴레옹 독재 아래에서 대륙 봉쇄령을 기회 삼아 폭락한 영국 상품을 대량으로 밀수해서 큰 이윤을 얻었으며, 일족의 정보망은 그대로 반나폴레옹 전선의 통신망이자 생명줄이 되어주었지. 반나폴레옹 세력인 동맹국에게 군자금을 유통해 주고, 웰링턴 장군이 나오는 모험 영화에도 지지 않을 정도로 뛰어난 군자금 우송 실력을 보이는 등, 이 시기의 일족은 반나폴레옹 전선의 배후 세력으로 사방 팔방에서 대활약을 했지. 그러면서 동시에 돈벌이도 잊지 않았어. 나폴레옹의 운명을 건 워털루 전투 때엔 런던에서 국채를 의도적으로 폭락시켰다가 매점 매석을 해서 거대한 부를 쌓는 데 성공했고, 전쟁 후에 구세력을 중심으로 전쟁 배상금의 분배를 정하는 아헨 회의에서는 신흥 세력의 말살을 도모하는 구세력에 맞서 프랑스의 공채를 폭락시키면서 대항해 승리를 거두었지. 유태인이면서 신성 동맹의 은행, 합스브루크 가문의 금고지기로 부동의 지위를 탈취하기까지 했어. 메테르니히의 고리대금업자니 반동의 금고지기니 하고 불리게 된 게 이때부터의 일이지. 일족의 활약은 그후로도 계속되는데, 빈 체제와 유착하고 국가 사업을 지지하는 채권을 발행하는 것을 주업으로 삼던 일족은 1830년 프랑스 7월 혁명에 이은 빈 체제에 대한 도전이나 메테르니히의 간섭 전쟁을 각국 국채에 혼란을 가져올 위기로 보고 군비 공채의 발행을 거부하는 한편 특유의 정보망을 동원한 대대적인 설득 공작을 펼쳐 훌륭히 막아냈어. 일족의 금융력은 결국 전쟁이나 혁명에 개입하여 유럽의 역사를 움직이기에 이른 거야. 그러나 계속 따라주던 운도 여기까지가 한계였는지, 빈 체제의 몰락 이후 국민 국가를 추구하는 기운이 높아져가는 가운데 일족의 신통력은 슬슬 끝을 보이기 시작해. 다국적이고 초국가적인 사업과 불가침 주권을 가진 국민 국가 사이의 알력에 의해, 각국으로 뻗어나간 분가는 점차 국가 단위로 사업을 진행시키게 돼. 그들은 국채 발행이라는 형태로 식민지에 진출하는 것 외의 다른 방법을 찾기 시작했어. 그래서 런던의 분가는 영국의 제국주의적 행동에 직접 관여하고, 파리의 분가는 식민지 획득에 눈이 뻘게진 프랑스를 지지하다가 결국 일족 전체가 고리대금 제국주의의 오명을 뒤집어쓰게 되고 말아. 계속해서 일어나는 국민 국가의 수립과 통신망의 발달, 전시의 국채 발행이 짊어지는 큰 위험성, 세금 제도의 확립, 왕실이 물린 거액의 상속세로 인한 자금 유지의 어려움 등등 이런저런 이유로 일족의 위기 관리 능력은 상대적으로 크게 약해지지. 그러다가 마침내 나치 독일에게 결정타를 먹으면서 그들의 영광은 막을 내리게 돼. 한때 유럽을 다섯으로 나누던 각 분가들은 나폴리 분가, 프랑크푸르트 본가, 빈의 본가가 몰락하면서 런던과 파리의 분가만 남게 되었고. 물론 아무리 약해졌다고는 해도 일족의 힘은 아직까지 건재해. 국제 금융은 물론 금, 다이아몬드, 레저 산업 등 그 경영 능력은 끝이 없어. 그중에는 포도주의 제조도 포함되어 있지……. 보르도의 적포도주, 그중에서도 1급으로 알려진 라피트는 파리 분가에서 나오는 것이고, 무통은 런던 분가에서 내는 포도주 상표이지. 모두 다 유명한 것들이야."

처음에 레이는 노인이 고토다가 말하는 일족의 흥망사를 얌전히 듣고 있는 이유가 이해할 수 없었으나, 라피트라는 듣고 그제야 납득했다. 그럼 역시 방금 전 술을 감별해 내던 것도 전부 허풍일 거라는 생각도 들었다.

"어쨌거나 이야기를 하자면 끝도 없는 일족이어서 말이지. 그중에는 하워드 카터가 했던 투탕카멘 왕의 무덤 발굴도, 스폰서인 카나본 경의 부인을 통해 지원한 것 같다는 의혹까지 있어."

"대단한 가문이었나 보군……. 슬슬 본론에 들어가주지 않겠나?"

노인이 온화하게 고토다에게 압력을 넣었다.

"이 일족에게는 기묘한 전통이 있어서 말야, 유태계 특유의 가부장제나 일족의 결속을 유언으로 남긴 초대 가장이니 하는. 거기에는 아마도 자본이 흩어지는 것을 막으려는 목적도 있을 거라 생각해. 뭐 어쨌든……, 일단 근친 결혼이 이상하게 많았고, 그래서인지 좀 별난 성격의 사람들도 많았지. 근친 결혼이 낳은 문제점이라 생각되긴 하지만, 지금에 와선 그런 건 아무래도 상관없는 이야기이고. 그중 재미있는 점은, 일족의 사람들이 대부분 수집벽을 가지고 있었으며 그 엄청난 재력과 어우러져 모두가 다 일급의 수집가가 되었어……. 런던 분가의 월터라는 남자는 원예에 취미를 가진 사람으로 난초, 석남초, 진달래에 열중했고, 그가 만든 '엑스베리 가든'이라는 이름의 대농원에 가면, 미국, 중국, 일본, 인도, 네팔 등 세계 각지에서 수집해 온 꽃이 30개의 온실 속에서 200명의 원예사에 의해 관리되고 있어. 그곳에서 현재까지 1,200종의 신품종이 태어났지. 그 손자인 월터는 또 동물을 좋아해서 세계 최대 규모의 자연사 박물관을 건설했는데, 그 안에는 포유류 2,000종, 조류 2,400종, 파충류 680종의 박제가 전시되어 있지. 그의 연구실에 가보면, 포유류의 외골격 1,400종, 조류의 가죽 30만 종, 조류의 알 20만 종, 파충류 표본이 225만 종, 갑충류 30만 종, 그 외 미 박물관에 매각한 295만 4,000마리의 조류 박제가 있다고 하더군. 그의 동생 찰스는 은행가였던 형과 마찬가지로 박물학자였으며 영국에 자연 보호 추진 협회를 창립한 자연보호의 선구자이기도 해. 덤으로 그 장녀인 밀리엄도 박물학자지."

"……그래서?"

"그들의 수집벽은 취미의 범위를 훨씬 넘어서고 있지. 아무리 부자의 도락이라 해도 도가 지나치다고 생각되지 않아?"

"자네가 이상하게 생각하는 것도 무리는 아니네만, 유럽의 왕후 귀족이나 부르주아들이 취미로 소비한 정열과 자산이 당시의 학계를 지지해 왔다고 해도 과언이 아니네. 때로는 미친 왕 프리

드리히 2세 같은 이상한 결과를 가져오기도 했지만."

"그래도 그렇지……. 뭐, 여기서부터는 나 개인의 상상인데……"

고토다는 잠시 사이를 둔 뒤에 말했다.

"그들이 전 세계에 뿌린 수집가가 가져온 것은 아마도 진기한 꽃과 동물만은 아니었을 거야……. 물론 꼭 정치나 경제, 즉 그들의 상업에 관련된 정보만을 가리키는 건 아냐."

"좀더 확실히 말해 보겠나?"

노인이 다시 재촉하자 고토다는 목소리를 낮추고 말했다.

"꽃이나 풀의 씨, 종자, 새의 알, 동물이나 곤충의 박제, 화석이나 석기 등의 고고학상 귀중한 출토품……. 그들은 수많은 것들을 가지고 돌아왔겠지. 그리고 그중에는 인간도 포함되어 있지 않았을까 하고 나는 생각해."

"……재미있군."

노인이 정면에서 고토다를 노려보며 말했다.

"실로 재미있는 의견이네만……. 구체적인 증거라도 있는가?"

"그러니까 상상이라 말하고 있잖아?"

고토다가 씨익 하고 기분 나쁜 미소를 지으며 대답했다.

"증거라고 할 수 있을지 어떨지는 모르겠지만, 한 가지 흥미 있는 사실은 있어……. 당신, 모리스라는 남자에 대해 알고 있겠지?"

"그 모리스 말인가."

"그 모리스지……. 파리 분가의 분열을 일으킨 '일족의 검은 양'이라 불리는 모리스."

고토다가 레이에게 손을 내밀어 검지와 중지를 가위처럼 움직여 보였다. 레이가 얼마 남지 않은 담배를 내주자, 고토다는 그것을 바로 입으로 가져가지 않고 손가락으로 이리저리 돌리며 장난을 치기 시작했다.

"이스라엘 이민자를 지원해 온 근엄하고 현실적이었던 자선가 에드몽 남작의 차남으로, 손쓸 도리 없는 망나니였던 그는 일족의 수치였지. 제1차 세계 대전이 끝나고 군에서 복귀하여 정치가를 지향했던 그는 독단으로 가문의 이름을 사용해 자금을 모아 부동산 회사에 투자했다가 발각되어 가문에서 방출……, 뭐 쉬운 말로 쫓겨나서 그 이후 스위스의 제네바를 거점으로 독자적으로 행동을 하게 돼. 그런데 세상은 요지경이라고, 투자한 사업이 계속해서 성공하고, 후계자가 없는 친척에게서 막대한 유산이 굴러 들어오기도 해서 그는 순식간에 일족 최대의 자산가가 되었지. 제2차 세계 대전 중에는 나치를 피해 미국으로 망명, 그곳에서도 대담한 장사 수완을 펼쳐 큰 재산을 모았어. 1957년에 그가 죽자 그 자산은 외아들과 몇 개의 재단이 나누어 가지게 되는데……. 문제는 그 유산 속에 있었어."

고토다가 담배를 가지고 놀던 손을 멈추었다.

"'말하지 말라.'는 것이 그들 일족의 가훈일 정도로 기밀 유지가 엄중했고, 실제로 1918년까지는 문서 공개조차 금지되어 있었는데 무슨 이유에서인지 이 모리스의 재산 목록만은 어느 연구자에 의해 유출되었지……. 그 막대한 재산 목록 끝에는 이렇게 적혀 있었다더군."

고토다는 담배를 입에 물고 빈 손가락을 잔에 한번 담갔다가 젖은 손가락으로 테이블 위에 글자를 쓰기 시작했다. 레이는 몸을 내밀어 손가락을 눈으로 쫓았다. 그것은 'SAYA'라는 글자였다.

그것이 의미하는 것을 알아채고 얼굴을 든 레이는 고토다를 쳐다봤다가 다시 노인에게 눈길을 돌렸다. 고토다가 담배에 불을 붙여 보랏빛 연기를 내뿜었다. 노인은 모든 감정이 사라진 가면 같은 표정으로 고토다를 노려보았다.

"자넨 누구지?"

웅얼거리는 듯한 목소리로 노인이 물었다.

"그 연구자는 'SAYA'가 무엇을 의미하는지 여기저기 알아보면서 돌아다니다가……, 갑자기 죽어버렸지. 교통 사고였다더군."

"자넨 뭐하는 인간인가?"

노인이 다시 한번 고토다에게 말했다.

"말했잖아, 공무원이라고……. 단, 지방 공무원은 아니야. 세계에서 가장 작은 나라의 공무원이지."

잠시 이해가 안 간다는 듯이 눈살을 찌푸리던 노인의 얼굴이 천천히 변화해 경악으로 크게 일그러졌다. 지금까지 지성 그 자체인 듯 행동하던 노인으로서는 놀랄 만한 변모였다.

"바보 같은……, 바티칸이 왜 이 건에 개입한 거냐!"

노인의 입에서 나온 바티칸이라는 단어에 레이는 엄청난 위화감을 느꼈다. 근대 유럽 역사의 배후에서 암약해 온 일족의 이야기는 눈앞에 있는 노인의 인상과 무리 없이 연결되었다. 그리고 이 기묘한 방도 박물학자나 1류 수집가를 배출해 온 일족에 어울렸다. 그러나 싸구려 고깃집에서 손으로 김치를 집어먹고, 맥주를 마시며 싸구려 담배를 피우고, 지금도 레이에게서 받은 담배를 피우고 있는 이 중년 남자와 바티칸은 아무리 생각해도 연결이 되지 않았다. 다른 무언가, 예를 들어 부두교의 일본 지부 주술사라면 몰라도, 절대 겸허한 가톨릭 신도로는 보이지 않았다.

그러나 고토다는 노인의 말은 아랑곳없이 오리발을 내미는 태도로 태연히 담배를 피우고 있었다.

"잊어선 곤란하지. 1231년 그레고리우스 9세가 이단 심문을 확립한 이후, 이 건에 대해서는 로마에게 모든 권리가 있다고. 그는 이렇게 말했지……. '이러한 괴물들은 연령과 성별에 관계 없이 지상에서 일소해야만 한다. 그들은 암흑의 왕 루시퍼와 계약을 맺은 것이 분명하며, 대지를 더럽히고 있는 종족이다. 이단의 종자를 박해하는 것은 모든 기독교도의 의무이다.'"

"자네야말로 잊은 게 아닌가? 로마가 그 전권을 확립한 이후, 그들은 기회 있을 때마다 '종교적 불관용'이라는 교리를 선언해왔지……. 자유와 진리는 함께할 수 없다. 진리는 가능한 한 교회의 지시에 따라서 국가에 의해 주장되어야만 한다……. 불관용이야말로 그들에게 최대의 미덕이었기 때문에……."

잠시 정신이 나갔던 노인은 두 눈에 다시 강인한 의지력을 담고서 말했다.

"그들은 그 '불관용' 정신에 기반을 두고 가톨릭이건, 가톨릭이 아니건 가리지 않고 인간의 기본적인 권리를 박탈했으며, 망설임 없이 폭력의 길을 걸었지! 그 수단으로 로마가 만들어낸 것은 교황의 이름 아래 인간의 존엄성에 대해 인류사상 가장 잔학한 공격을 행한 무자비한 소수 집단, 교회에 의한 테러의 첨병들……. 이단심문관이야!"

노인은 토해 내듯 그 이름을 내뱉으면서 고토다의 얼굴을 노려보았다.

"그들의 원칙은 '이단의 종자를 한 사람 방면하는 것은 죄 없는 사람 백 명을 죽이는 것과 마찬가지다.'라는 지극히 간단한 것으로, 그 심문관은 교황과 마찬가지로 어떤 일을 해도 죄를 범하거나 악을 행하지 않는 불가침의 절대 권위로 군림해 왔어. 인노켄티우스 4세가 교황령으로 고문의 사용을 허용한 이후 그 정의의 사도들이 얼마나 맹위를 떨쳤는지는 상상하기 어렵지 않아⋯⋯. 질투, 시기, 증오 등 인간성에 숨은 수많은 추악한 감정과 그것에 기반한 밀고와 위증을 무기로, 그들은 자신의 신성한 의무에 열정적으로 봉사했지. 신성 모독, 신에 대한 불손, 마술, 수간, 십일조의 미납, 성서를 읽는 것, 공동체의 일탈⋯⋯. 모든 것이 죽음에 이르는 이단으로 칭해졌으며, 악마의 종자들은 어디서든 나타나 어디로든 사라져갔지. 어디로 사라지는지는 아무도 보지 못했지만, 아무도 보지 못한 만큼 공포는 더더욱 커져갔어. 게다가 그들의 공포는 살아 있는 자에게 한정되어 있는 것도 아니었지. 심문관들은 교회는 죽은 자도 파문할 수 있다는 견해를 내세워 무덤을 파헤치고 시체를 불태웠어. 유골이 없을 경우에는 인형을 심문장으로 끌고 갔지⋯⋯. 이것은 무지 몽매한 중세 시대의 이야기가 아니야. 로마의 이단 심문소는 19세기까지 그 야만스러운 활동을 공공연하게 행해 왔어. 스페인에서는 1813년에 이단 심문이 금지되었지만, 실제로는 그후로도 20여 년 가까이 고문이 행해졌지. 화형은 분명 법으로 금지되어 있었지만, 피우스 9세는 1856년에 공포한 교황령으로 파문, 추방, 종신 투옥, 그리고 비밀 사형 집행을 인정했어⋯⋯. 이단심문관이 패배한 적은 단 한 번도 없었지만, 그들이 적에게 최종적인 승리를 점하는 것 또한 불가능했어. 왜였을까? 그것은 그들이 없애야 할 적이, 그들을 없애기 위해서 만들어낸 고문이나 공포에 의해 계속해서 늘어만 갔기 때문이야."

노인의 말은 인간이 동물에 대해 보여준 잔혹성과 마찬가지로 인간이 인간에 대해 어디까지 잔혹해질 수 있는가에 대한 증명이며, 인간에 대한 새로운 고발이자 논고였다.

"심문관들의 활동은 인간의 세계에 한정되지 않았고, 언어의 세계에까지 영향력을 끼쳤지. 1571년 로마에 건립된 금서 성의회는 그후 수세기에 걸쳐서 정기적으로 금서 목록의 개정판을 출판해 왔어. 놀랍게도 이게 폐지된 것은 만들어진 후 4세기가 지난 1966년, 바울 6세의 재위 때였어. 그러니까 겨우 3년 전 일에 불과해. 로마는 항상 의문에 답하기보다는 그 의문 자체를 끊어버리는 것을 특기로 삼아온 거야."

노인의 고발 강도는 약해질 줄을 몰랐다. 아니, 오히려 점점 더 열기를 더해가고 있었다. 레이는 이 노인의 온화한 표정이나 지성적인 눈길의 배후에 숨어 있는 인간에 대한 절망과 분노가 얼마만큼이나 될지 잠시 생각해 보다 정신이 아찔해졌다.

"로마는 6세기 이상에 걸쳐 인간의 기본적 정의에 대해 천적으로 존재했지. 그들이 금세기에 범한 최대의 죄는……, 유태인에 대한 박해였어."

노인의 눈에 지금까지 단 한번도 나타나지 않았던 증오의 감정이 처음으로 떠올랐다.

"1555년, 바울 4세가 남긴 대칙서는 반유태주의 역사상 획기적인 문서였지. 그후 교황들은 계속해서 유태인에 대한 편견을 강화해 왔어……. 피우스 7세, 레오 12세, 피우스 8세, 그레고리우스 16세, 피우스 9세……. 이 교황들은 모두 다 바울 4세의 우등 생들이었지. 유태인을 모아 특별 지구에 가두는 것 역시 교황령이 가장 먼저 행했던 것으로, 후에 나치가 유태인 거주 구역을 게토 라고 이름 지으면서 노렸던 것은 역대 교황의 정책과 연속성이었어. 누가 봐도 이미 전통이 된 관습을 그대로 따른 것이라는 걸 알 수 있었지. 인노켄티우스 3세와 바울 4세의 포고, 그리고 나치의 뉘른베르크 법, 이 셋은 닮은 꼴이지. 유태인을 최하층 민족, 대지 의 오염자, 신을 살해한 범죄 종족으로 몰아붙여 가옥, 토지, 공 동 묘지를 몰수하고 강제 이주, 강제 구금, 대량 학살까지……. 파 시즘에 의한 민족 탄압을 묵인하는 로마의 습성은 1932년에 피우 스 12세가 취임했을 때부터 이미 나타났어. 1942년 켄터베리 대 주교가 교황청과 영국 성공회 및 비국교회파를 대표해서 나치의 유태인 대량 학살을 고발하였을 때에도, 성 베드로의 후계자들은 침묵하고 있었지……”

고토다의 손에 들려진 담배가 재가 되어 떨어져 나무 세공이 된 고가의 마루를 더럽혔다.

“히틀러가 전 세계에 단 한 명, 무서워하는 사람이 있었지. 왜 냐하면 그의 군대에는 수많은 가톨릭 신자가 있었기 때문이야. 그 러나 그가 그토록 두려워했던 유일한 그 남자는 영원히 입을 열 지 않았어……. 제2차 세계 대전 중 바르샤바에서 폴란드 인의 절망적인 반란을 지휘하던 지휘자 중 한 사람은 전 세계 지도자 들의 침묵을 한탄하며 이렇게 외쳤다고 하더군……. ‘세계는 침묵 하고 있다. 세계는 알고 있다. 세계가 모른다는 것은 불가능하다. 그런데도 세계는 침묵하고 있다……. 바티칸에 있는 신의 대리인은 침묵하고 있다.'"

한마디의 반론조차 하지 않고 단지 조용히 듣고 있던 고토다를 비난하듯이 말하고 노인은 잠시 입을 다물었다.

"왜 아무 말도 않지……? 이단심문관은 희생자의 반론을 결코 용서하지 않는 게 아니었나?"

"당신이 말하는 이단심문관이라는 건 이제 존재하지 않아……. 1908년에 로마의 가장 오래된 종교 재판소는 그 이름을 검사성성(檢邪聖省)으로 바꾸었고, 감옥은 기록 보관소로 모습을 바꾸었지. 그곳도 2년 전 교리성성(敎理聖省)으로 이름을 바꾸었고."

"아무리 이름을 바꾼다 해도, 소비에트 연방의 비밀 경찰과 마찬가지로 하는 일은 바뀌지 않아……. 잔인함은 그림자 속으로 숨어 들어갔는지 모르겠네만, 업무는 옛날부터 계속되어 왔고, 대심문관은 재위중인 교황이라는 것도 바뀌지 않았을 테지."

"확실히……, 수많은 교황들은 놀랄 만큼 많은 죄를 범해 왔고, 바티칸이 그것을 인정한 적은 단 한번도 없지. 그것은 진실이야……. 그러나 당신이 섬기는 일족의 손 또한 더럽혀져 있지 않나? 나는 그 욕심 많은 장사에 대해서 말하고 있는 게 아냐. 그 여자……, 사야라는 애에 대해서 말하고 있는 거지."

노인이 조용히 눈을 가늘게 뜨고 고토다를 올려다보았다.

"당신은 그 괴물의 기원이나 그것이 가져다주는 윤리적 위기에 대해서는 길게 이야기했지만, 정작 중요한 것은 단 한마디도 하지 않았어."

고토다는 필터만 남은 담배를 재떨이에 던져넣으며 말을 이었다.

"예로부터, 흡혈귀를 탐색하기 위해서 수많은 방법이 존재해 왔지……. 무덤 주위에 재를 뿌려 발자국을 찾기도 하고, 십자가가 비틀어진 무덤을 파헤쳐 보기도 하고, 동물이 흡혈귀를 감지한다는 속설에 따라 말에게 무덤을 밟게 해보기도 하고……. 그러나 나는 이렇게 생각해. 흡혈귀가 사는 곳은 흡혈귀 자신에게 묻는 게 가장 빠르지 않을까."

"……설마."

그것은 레이도 몰래 품고 있던 의문이기도 했다. 사야의 짐승과도 같은 눈동자. 아베가 '사안'이라는 말로 표현했던 그 눈동자는, 틀림없이 인간을 사냥하는 자의 눈동자였다. 그러나 레이가 그 의문을 입에 담지 못했던 것은, 그 소녀가 끔찍한 변형을 거쳐 괴물로 변신할지도 모른다는 가능성을 스스로 부정하고 싶었기 때문이었다.

"나의 상상이 틀리지 않았다면, 그 애 또한 녀석들의 피를 잇는 자……, 흡혈귀의 일족이야."

"일족……?"

"간단히 말하자면 흡혈귀와 인간의 혼혈이지. 그것도 인공적으로 만들어진 아류가 틀림없을 거야……. 별로 근거 없는 이야긴 아냐. 동식물 수집가라는 녀석은 거의 예외 없이 신품종을 만들어내는 데 눈이 뻘게진 번식가이기도 하니까. 아까도 말했듯이, 로스차일드 일족 중에는 천 종이 넘는 품종을 만들어낸 원예가도 있고 런던과 파리 분가는 유럽 굴지의 목장주로 수많은 순종 명마를 세상에 내보내기도 했지."

"그들 또한 인간이며, 같은 종에 속한다는 것을 증명하기 위해 당시로는 다른 방법이 없었다."

이야기가 사야에 이르자 줄곧 침묵으로 일관하던 노인이 입을 열었다.

"교배했지. 안 그래?"

고토다가 입에 올린 '교배'라는 단어에 매우 끔찍한 느낌이 들어 레이는 얼굴을 찌푸렸다.

"그것은 그 몇 안 되는 성공 사례 중 하나이지. 그들은 번식력이 약해서 자식이 적다는 것은 이미 말했을 거야. 대부분이 조산이나 사산으로 끝나는 와중에 그녀만은 인간의 몸을 가지고, 경이적인 능력과 수명을 지닌 존재로 기적처럼 성장했지. 그 계획에 관련된 자들은 모두 그녀를 저주받은 보석이라 불렀다더군⋯⋯."

노인의 말투에서는 깊은 참회 같은 것이 느껴졌으나, 그 또한 레이의 바람에 불과한 것일지도 몰랐다. 사야의 눈빛 속에 레이를 끌어당기는 무언가가 있었다고 한다면, 그것은 사악함 뒤에 숨겨진 그녀의 격렬한 분노, 자신의 피에 대한 증오일 거라는 생각이 들었다.

"저주받은 보석이라? 나는 그녀가 왜 당신들을 살려두는지 이해할 수 없어."

"물론 우리를 증오하고 있지. 적어도 그녀가 자신이 어떤 존재인지를 알았을 때부터 말일세. 그녀가 우리와 함께 있는 것은 순전히 그들을 멸망시키기 위해서 우리의 힘이 필요하기 때문이네⋯⋯. 그녀는 결코 용서치 않을걸세. 그 피를 잇는 자들과 저주받은 인간들을⋯⋯."

고토다가 조용하지만 단언하는 듯한 말투로 대꾸했다.

"바티칸 또한 결코 용서하지 않을 거야. 다른 무엇보다도 그녀에게 삶을 부여한 당신들을 말이지. 왜냐하면 사탄의 목적은 성을 더럽힘으로써 인간을 더럽히는 것이기 때문이야. 인간의 원죄를 다음 세대에 전하는 것은 오직 섹스를 통해서만 이루어지지……. 이 죄는 영원히 구원받지 못해."

노인과 고토다는 말없이 서로 바라보았다.

그들 뒤에는 레이로선 상상조차 할 수 없는 피투성이 투쟁의 역사가 놓여 있을 것이다. 그것은 결코 용서받지 못할 죄를 범한 범죄자들끼리 서로를 더욱 용서받지 못할 자라고 고발하는 영원히 끝나지 않을 싸움이었다. 두 사람의 대치는 영원히 계속될 것처럼 생각되었다.

먼저 입을 연 것은 노인 쪽이었다.

"아무래도 우리들의 대화는 결실을 맺지 못하겠군……."

사형 선고나 다름없는 말을 듣고 레이의 전신에 오한이 흘렀다. 자신이 할 수 있었던 건 이야기의 진행에 따라가는 것이 고작이었다. 게다가 자신이 태어나기 훨씬 이전부터 있어온 싸움 탓에 왜 자신이 여기에서 살해당해야 하는가? 레이가 그 이유를 필사적으로 생각하고 있는데 노인이 의외의 말을 입에 올렸다.

"이야기를 조금 많이 한 듯하군……. 돌아가 주게나. 아까의 두 사람이 바래다줄 걸세."

고토다가 말없이 자리에서 일어났다. 의외의 사태에 당황해하면서 레이도 그 뒤를 따랐다. 식은땀을 닦아내면서 등을 돌리고 문을 향하는 레이에게 노인이 말을 걸었다.

"미와 군이라 했지. 사야가 전해 달라고 했네……. 다음번에 만나면 벤다고 하더군."

순간 레이는 등뒤에서 몸이 잘리는 듯한 느낌을 받고 다리가 굳었으나, 어떻게 어떻게 해서 고토다의 뒤를 따라 출구를 나설 수 있었다. 돌아보자 노인은 아까와 같은 모습으로 의자에 기대 앉아 조용히 고개를 숙인 채 미동조차 하지 않고 있었다. 레이에 게는 그 모습이 동물들에게 둘러싸인 인간의 표본처럼 보였다.

무장 투쟁

레이는 복학했다.

교통법 위반과 공무 집행 방해로 잡혀 들어갔던 도이가키와 아마노 두 사람은 결국 불기소 처분으로 방면되었으나 레이와 마찬가지로 3주 간의 정학 처분을 받고 집에 연금되었다.

무라노와 나베다가 펼쳤던 정학 철회 투쟁은 1인승 오토바이에 불법으로 둘이 탔다는 체포 이유가 전혀 정치적이지 않은 탓에 전혀 호응을 얻지 못하고 막을 내렸다.

아오키는 누군가가 신고해서 달려온 구급차로 근처 병원으로 이송되었다. 팔뼈를 비롯해 갈비뼈 몇 대가 나간 전치 2개월의 중상이었으나, 지금은 병실에서 참고인 조사가 가능할 정도로 회복되었다. 문병 갔던 무라노의 말에 의하면 뭔가에 홀려 있다가 깨어난 듯 사람이 변했으며, 지난 2개월 간의 기억이 뒤죽박죽이라는 점을 제외하고는 순조로운 회복을 보이고 있다고 했다.

M대 바리케이드 내의 난투극은 중경상자 20여 명을 낸 대형 교내 사건으로 보도되었으나, 가해자는 여전히 불명인 채 에스에르파의 실질적 붕괴로 막을 내렸다.

복학 날짜가 다가옴에 따라 레이는 사야와 얼굴을 마주할 일이 막막했다. 그러나 그녀는 예상했던 대로 그날을 마지막으로 모습을 감추었다. 학생들의 이야기에 따르면, 담임이 전학했다고 한 마디 했을 뿐 그 이유나 어디로 전학을 가는지에 대한 설명은 일절 없었다고 한다.

고토다와는 노인과 만난 이후 예의 두 사람의 차를 타고 새벽녘에 신주쿠에 내려 헤어지고 나서는 한번도 만나지 못했다.

무라노는 고토다로부터 일방적으로 연락이 끊기자 그와 공동 투쟁 관계를 해제했다. 덤으로 사야의 전학과 에스에르파 붕괴로 아오키의 위기 상황도 종식되었다고 판단하고 수사 활동의 중지를 선언했다. 현실적으로 조사 대상조차 사라지고 없는 지금 레이들이 할 수 있는 일도 없었으며, 무언가를 하고자 하는 의지 역시 남아 있지 않았다.

공동 투쟁의 날 이후 성급히 전략적 승리를 선언했던 당파와 시민 단체는 다음번 공동 투쟁을 위해서 다시 활동을 시작했다. 그러나 여섯 명의 주요 멤버 중 체포 구금 및 정학 셋, 중상자 하나를 낸 멤버들로서는 한동안 활동을 정지할 수밖에 없었다. 레이의 부당 구금은 그렇다 쳐도, 옥신각신한 끝에 현직 형사와 협력 관계까지 맺어가며 시작했던 조사 활동이 적의 정체는커녕 목적조차 알아내지 못한 채, 도이가키와 아마노의 체포 구금, 아오키의 입원이라는 결과만을 남기고 막을 내린 것은 무라노에게 엄청난 정신적 타격을 주었던 것이다. 모든 진상을 아는 레이도 초반에 용기를 내어 사실을 고백하지 못한 것이 지금은 더 큰 비밀을 안게 되는 결과를 가져오자 매우 지쳐버렸다. 하지만 레이는 계속 침묵을 지켰다.

그 고토다가, 형사로도 보이지 않던 고토다가 하필이면 다른 데도 아닌 바티칸의 앞잡이이며 이단심문관이라는 사실 하나도 받아들이기 힘든데, 사야를 조종하는 남자들의 배후에는 유럽 역사의 그늘 밑에서 암약해 온 유태계 재벌이 존재하며, 거기다 그 둘이 쫓는 것이 흡혈 유인원의 자손, 즉 흡혈귀이며, 그것이 하필 레이 앞에서 변신해서 하늘을 날아 도망쳤다는 꿈 같은 이야기를 대체 누가 믿어줄 것인가? 입장을 바꾸어 생각해 보면 설사 레이라고 하더라도 그런 이야기를 간단히 믿어줄 리 만무했다.

그러나 레이가 풀이 죽은 원인은 그것 말고도 또 있었다.

무라노는 일방적으로 연락을 끊은 고토다를 배신자, 기회주의자, 자신들을 이용한 마키아벨리주의자, 권력의 주구라고 비난하고 또 저주하면서 철저한 피의 보복을 맹세했다. 그것은 어느 정도 맞는 말이었다.

고토다는 아오키가 카리야의 '시종'이라는 사실을 알고 있었을 것이며, 따라서 사야 일행의 목표가 아오키 본인이 아니라 그 배후에 숨어 있는 카리야라는 것 또한 알고 있었을 터였다. 그것을 알면서도 고토다는 레이네 멤버들을 둘 사이에 개입시켜 사태의 동향을 지켜본 것이었다. 그래서 이 기묘한 제3세력의 등장에 초조해진 카리야는, 아오키를 이용해 레이를 함정에 빠뜨린 것이다.

고토다가 레이를 지켜보면서 몰래 M대의 바리케이드까지 미행해 왔다는 것이 바로 그 증거였다.

그러나 레이들을 이용한 것은 고토다만이 아니었다. 레이가 카리야의 함정에 빠진 직후에 사야는 바리케이드를 습격했다. 그것이 우연일 리는 절대 없었다. 사야 일행 역시 탐정 영화 흉내를 내면서 오토바이 한 대로 미행을 하던 도이가키와 아마노를 체포해 레이 일행에게 위기감을 조성시킨 후, 레이가 위험을 각오하고 카리야의 함정에 뛰어들기를 기다렸다가 미행했던 것이다. 에스에르파의 거점이 흡혈귀의 둥지라는 사실은 알고 있었을지도 모르지만, 카리야를 확실히 붙잡을 기회를 잡기 위해서는 그 방법밖에 없었으리라.

말하자면 고토다와 사야 모두 그들을 철저히 이용한 것에 불과했으며, 레이 일행은 그들의 손바닥 위에서 허둥지둥 이리저리 뛰어다니면서 놀아난 셈이었다. 고토다나 사야의 입장에서 보면 고교생 활동가가 자신의 주체성과 가정 붕괴의 위험성을 안고 행하는 탐사 활동 따위는 소꿉장난에 불과했으며, 임무를 수행하기 위해서 이용해야 할 대상 외에는 아무것도 아니었던 것이다.

그날 밤 대치한 노인과 고토다 사이에서 완전히 무시당하고 있던 레이의 입장이 그것을 상징하고 있었다. 아무리 삐라의 산을 쌓는다 해도, 결국 바보 같은 고교생이 더 큰 바보짓을 한 것에 불과했으며, 정신을 차려 보니 이미 이용해 먹은 녀석들은 모두 다 철수하고 체포자에 부상자까지 낸 바보들만 남아 있었던 것이다. 레이는 커다란 좌절감에 빠져 완전히 무기력해졌다.

도립 K고교 무당파는 완전히 침몰했다는 평가가 내려진 와중에 오직 교사들만이 기뻐하였다. 이대로 끝낼 수는 없다고, 아니 이대로 끝날 리가 없다고 레이는 조용히 분노와 두려움을 품고서 학교를 나섰다.

확실히 이대로 끝날 리가 없었다. 그날 귀가해서 방문 앞에 붙은 어머니의 메모를 보았을 때에, 레이는 그것을 확신하였다. 메모에는 이렇게 적혀 있었다.

K서점으로부터.
카리야 레이이치 『팔각탑의 아래서』 2,200엔
절판에 따른 최후 입하.
오지 않을 시에는 다른 예약자에게.

· · ·

팔각탑은 도립 K고교의 부립 중학 시절부터 상징과도 같은 것이었다. 실제로는 탑이 아니라 옛 교회의 3층 로비를 뒤덮는 반구형의 천장에 불과했지만, 옥상 위로 돌출되어 나온 모습이 멀리에서 보면 고전적인 양식의 첨탑으로 보이기도 했다. 설계자의 이상한 취미로 인해 철근 콘크리트로 만들어진 그 건물은 너무 오래된 탓에 붕괴 위험이 있어 학생이 다가가는 것을 학교 측에선 금지하고 있었다. 그러나 레이네 멤버들에게 그것은 자주 발로 차거나 오르거나 하면서 놀던 학교 권위의 상징물이기도 하였다. 팔각탑 옆에 기대 서서 레이는 어두운 옥상을 둘러보았다.

팔각탑을 기점으로 직각으로 꺾여 있는 옛 교회의 옥상에는 레이 쪽에서 보아 오른쪽으로 계단의 출구인 옥탑이 삼각형 그림자를 드리우고 있는 것을 제외하고는 아무것도 없었다. 엷은 구름에 가려진 달이 창백한 빛을 뿌렸다. 레이는 무기라고는 아무것도 가지고 있지 않았다. 쇠파이프나 각목 같은 걸 들고 와야겠다는 생각을 했지만 괴물에게 그런 게 통할 리가 없었으며, 더군다나 사야의 일본도 앞에서는 전혀 쓸모가 없을 것이 뻔했기 때문이다.

어차피 그는 미끼에 불과했다. 그것은 레이도 충분히 알고 있는 사실이었다. 카리야는 레이를 불러냄으로써 사야를 끌어내고, 사야는 그것을 알고 대결에 임한다. 서로의 소재가 밝혀지지 않은 지금, 양쪽 모두 레이를 카드로 사용하는 것 외엔 만날 방법이 없는 것이다.

레이가 할 수 있는 일은 오직 기다리는 것뿐이었다. 물론 도망칠 생각도 안해 본 것은 아니지만 '오지 않을 시에는'이라는 문장이 그를 망설이게 했다. 진상을 아는 자신이라면 또 몰라도, 아무것도 모르는 무라노나 나베다를 위험에 빠뜨리는 것은 너무 부조리한 일이라고 생각되었다. 사실 레이 스스로도 이 사건에서 도망치는 것은 불가능할 것 같다는 생각이 들기도 했다. 그렇다면 아예 오늘 밤 이곳에서 모든 결말을 짓고 싶었다.

암투를 계속해 왔은 두 세력이 싸움의 결말을 지으려 한다면, 자신도 그곳에 같이 있는 것만이 그 세력으로부터 도망칠 수 있는 유일한 방법이었다. 무섭지 않다는 것은 거짓말이 될 테지만, 지금 여기에 이렇게 있는 것이 마음껏 이용되어 온 바보 같은 고교생의 의지를 보여줄 수 있는 유일한 방법인 것 같다는 생각도 들었다. 그리고 또 하나……, 사야와 만날 기회는 오늘 밤을 제외하면 이제 두 번 다시 없을 것이었다. 레이는 거기까지 생각한 뒤, 형언할 수 없는 이상한 감정에 휩싸였다. 바리케이드 안에서 보았던 사야의 검기는 말 그대로 신기, 아니 악마의 기술이라고 부르기에 어울리는 것이었다. 카리야 또한 그 칼을 종이 한 장 차이로 피했다.

설사 사야가 카리야를 물리친다 하더라도 자신을 살려둘지는 의문이었다. 그런데 왜 나는 다시 사야와 만나고 싶어하는 것일까? 어쩌면 엄청나게 어리석은 일을 하고 있는 게 아닐까? 그렇게 자문하고 있을 때 옥탑 쪽에서 나타난 그림자가 레이에게 말을 건넸다.

"여어……."

그 사람은 레이가 어쩌면 나타날지도 모르지만 그리 큰 기대는 하지 않고 있었던 남자였다.

"잘도 왔구먼. 훌륭한 마음가짐이야."

둥글게 만 코트를 옆구리에 끌어안고 레이에게 걸어오면서 고토다는 가벼운 말투로 말했다.

"잘 오고 자시고, 어차피 날 감시하고 있지 않았어?"

"또 방에 처박혀 죽은 척이라도 하는 게 아닐까 하고 마음 졸였다고."

"그건 뭐야?"

고토다는 레이가 턱끝으로 둥글게 만 코트를 가리키자 고토다는 앞자락을 풀어헤쳐 무시무시한 흉기를 가슴 앞에 내밀어보였다.

산탄총. 그것도 사냥용이 아니라 미국 영화에서 가끔 등장하는 펌프식 군용 총기였다.

"당신 그런 걸 어디서……."

놀란 레이는 숨을 삼키며 그 무시무시한 물건을 바라보았다. 아수라장에 발을 들여놓은 이상, 권총 정도는 들고 올지도 모르겠다고 생각했으나 설마 이런 흉기를 들고 오리라고는 상상도 못 했다.

"가능한 한 총은 지니지 않는 주의가 아니었나?"

"가능한 한……, 그렇지. 나도 목숨은 아깝다고. 맨몸으로 뛰어들 정도로 담력도 크지 않고 말야. 산탄총만으론 좀 불안하긴 하지만 기관포를 안고 올 수도 없는 일이잖아?"

그는 슬라이드를 쥔 손을 가볍게 위아래로 흔들어 힘찬 소리를 내며 장탄을 한 뒤 주머니에서 꺼낸 실탄을 튜브 형태의 탄창에 보충해 넣었다. 제법 익숙한 손놀림이었다.

"하나 물어봐도 괜찮을까?"

"뭔데?"

"당신……, 정말로 가톨릭 신자야?"

쓴웃음을 띠며 고토다가 대답했다.

"내가 가톨릭 신자인지 아닌지는 제쳐두고서 말야……. 너, 바티칸의 위병들 본 적 있냐?"

"사진으로는. 그 서커스 같은 복장을 한 녀석들 말이지."

"겉은 서커스라도 속은 직업 군인이야. 녀석들 알고 보면 그 웃기는 의복 밑에 군용 권총을 휴대하고 있다고……. 잘 들어. 바울 6세는 모든 군사적 계급장을 부정하고 모든 무기의 휴대를 금지했지만, 바티칸이 무기 자체를 폐지한 적은 단 한 번도 없었어. 산탄총 정도는 귀여운 거라고. 지금도 산 피에트로의 모 지점에는 만일의 사태에 대비해 약실에 장전이 끝난 경기관총이 놓여 있어."

고토다는 빈 오른손을 엉덩이 뒤로 돌려서 자동 권총을 꺼내 레이에게 건넸다.

"말해 두지만 자기 몸은 알아서 지켜……. 쏴본 적 있냐?"

"있을 리 없잖아."

레이는 육중한 무게의 대형 자동 권총을 천천히 손에 쥐면서 대답했다. 권총에 어느 정도 지식이 있는 레이는 그것이 콜트 사의 군용 모델인 M1911A1이라는 것을 알 수 있었다.

"하지만 이런 게 그 괴물한테 통할까?"

"탄창 뽑아봐."

그의 말을 따라 총에서 탄창을 뽑자 탄창 가득 채워진 45구경 탄환들이 나타났다. 구릿빛의 몽톡한 탄두가 도장처럼 늘어서 있었다.

"은탄환은 아니네."

"아쉽겠구먼……. 홀로 포인트 탄이야. 관통하지 않고 몸 안에서 박살나도록 설계된 탄환이지. 맞기만 하면 돌격해 오는 마운틴 고릴라를 한순간 멈추게 할 수도 있어."

"하지만 상대는 사상 최강의 영장류잖아."

"우선은 맞출 생각이나 먼저 하라고……. 탄창을 다시 넣고 장전해."

레이는 권총에 탄창을 밀어넣고 영화에서 본 기억을 동원해서 슬라이드를 한번 당겼다 놓았다. '찰캉' 하는 멋진 소리를 내면서 약실이 닫혔다. 일어선 격발 장치가 섬뜩했다. 전투를 앞두고 기분이 고양되기보다는 공포감이 앞섰다.

"손잡이를 양손으로 감싸듯 가볍게 쥐고 손목의 힘을 빼."

레이는 말대로 권총을 잡아보았다.

"팔을 내밀어. 팔꿈치는 가볍게 굽히고……. 목을 숙이지 마. 두 눈을 뜨고. 허리를 뒤로 빼지 마. 가늠자가 아니라 가늠쇠만 봐! 어깨 힘을 빼고 오른손 검지만으로 방아쇠를 당겨. 어깨 힘을 빼라니까……. 네놈은 고릴라냐!"

"처음 잡아보는 거라고! 자꾸 짜증 내지 마!"

방금 전까지의 냉정함은 어디로 갔는지 레이가 화를 내며 외쳤다.

"뭐, 아무래도 상관없겠지. 어차피 겨냥한다 해도 맞지는 않을 테니까……. 코앞에 나타나면 냅다 뽑아서 당겨."

안 되겠다고 생각했는지 고토다는 번갯불에 콩 구워먹는 듯한 사격 교육을 포기하면서 말했다. 레이는 오른손으로 안전 장치를 잡은 채, 왼손으로 격발 장치를 붙잡고 조심스럽게 방아쇠를 당겨 격발 장치를 되돌렸다. 그러고는 총구를 아래로 향하고 이마에 맺힌 땀을 닦았다. 레이는 총을 싫어하지 않았다. 오히려 좋아한다 해도 좋을 정도였다. 그러나 설마 이런 때에 이런 곳에서 진짜 권총을 쏘게 되리라고는 꿈에도 생각지 못했다.

"이제 와서 생각난 건데……."

레이는 무언가를 생각해 내고 고토다에게 질문을 던졌다.

"뭔데?"

"이런 데서 이런 걸 쾅쾅 쏴도 괜찮을까?"

밤이라고는 해도 아니, 그보다는 밤이기 때문에 더더욱 학교에서 총소리가 나면 큰 소란이 일어나지 않을까 하는 생각이 들었다.

"황야의 오두막집도 아니고 말이야. 교내에는 직원들도 있고, 주변에는 민가나 상가가 밀집되어 있다고. 선로 저편에는 파출소까지 있어."

총을 쏘는 순간 큰 소란이 일어나고 순찰차가 사이렌을 울리며 달려올 거라는 것은 불 보듯 뻔한 일이었다.

"내기해도 좋은데, 당직 직원은 급한 용무로 어딘가로 사라지고 없을 거고, 파출소 경관은 순찰로 자리를 비웠을 거야. 근처 주민들이 신고를 한다 해도, 관할서의 경찰차가 사이렌을 울리면서 몰려오기까지는 약 5분 정도의 시간이 있어. 쾅쾅 쏴버린 뒤엔 엉덩이에 불이 난 듯이 튀라고. 여긴 네 학교니까 뒷길 한두 개 정도는 알겠지?"

고토다는 고교생인 레이에게 갑자기 권총을 쥐어줄 정도로 대담한 남자였다. 그리고 그 행동 방침은 더더욱 과격했다. 무사히 살아남는다 해도, 도망치는 게 조금이라도 늦어지면 불법 무기 소지죄로 진짜 범죄자가 되고 만다.

"남은 흔적은 어쩔 건데?"

"뭐, 이 학교 창립 이래 최고의 스캔들이 되는 건 피할 수 없겠지⋯⋯. 뭐, 문제라도 있어?"

"아니⋯⋯."

레이는 한순간 생각한 뒤에 대답했다.

"문제 없어. 그렇게 하자."

배에 힘을 주고 권총을 다시 잡은 순간, 고토다가 입가에 손가락을 가져갔다. 그러고는 머리 위의 기척을 살피는 듯 귀를 기울였다. 멀리서 연이 바람에 날리는 듯한 소리가 들려왔다고 생각한 순간, 그것은 머리 위를 통과해 지나갔다. 거대한 날개를 펼친 검은 그림자가 옥상 한편의 난간에 퍼덕 소리를 내며 내려왔다. 나뭇가지에 내려앉는 새처럼 그것은 비막을 접으면서 그대로 내려왔다. 연이어 그 왼쪽에 같은 그림자가 내려앉고, 간발의 차를 두고 오른쪽에도 또 한 마리가 내려왔다.

"이런……, 세 마리라니."

예상 밖의 상황에 멍해진 레이가 중얼댔다.

고토다와 둘이 힘을 합친다 해도 카리야를 상대할 수 있을지 없을지 확신이 없었던 레이는 예상이 빗나가자 충격을 받았다. 차라리 주저앉아 울고 싶은 기분이었지만 필사적으로 억눌렀다. 하지만 세 마리의 괴물들은 레이는 안중에도 없다는 듯 몸을 낮추고 고개를 갸웃거리면서 무언가에 주의를 기울이는 모습을 보였다. 모습은 인간과 닮았지만 움직임은 끔찍한 야수 같았다.

"초음파다……. 사야를 찾고 있군."

레이는 함정에 빠져 피를 빨릴 뻔했을 때의 카리야가 갑자기 움직임을 멈추고 무엇인가에 주의를 기울이던 모습을 생각해 냈다. 카리야뿐만 아니라, 사야 역시 바리케이드에 숨어 있던 레이 앞에서 같은 모습을 보였다. 어쩌면 그들의 요사스럽게 빛나는 눈은 동체 시력은 뛰어나지만 시력은 의외로 나빠서 감각의 대부분을 초음파에 의지하는 것인지도 몰랐다.

레이는 마비라도 된 듯이 그 자리에 섰다. 그리고 이렇게까지 되었는데도 모습을 드러내지 않는 사야를 원망하면서 마른침을 삼키고 세 마리의 움직임을 주시했다. 그들이 움직임을 멈추었다.

이윽고 중앙의 한 마리가 다시 비막을 펼치며 자세를 잡았다.

'온다.'

레이가 자기도 모르게 권총을 들어올린 순간, 고토다가 앞으로 나서며 말했다.

"여기서 움직이지 마. 엄호해."

옥탑을 둘러싼 괴물에게 달려가면서 고토다가 라틴어로 외쳤다.

"베니 산크트 스피리투스(성령이여, 강림하소서). 꺼져라, 악마!"

자세를 잡고 있던 야수가 난간을 박차고 뛰어올라 옥탑을 뛰어넘으려는 듯이 날아올랐다. 그것이 바로 고토다가 노리는 바였다. 산탄총은 근거리에서 가장 강력한 위력을 발휘한다. 그리고 표적을 탄환의 포화 속에 효과적으로 집어넣기 위해서는 표적의 움직임이 사격 방향과 일직선상으로 일치되는 것이 가장 좋았다. 고토다가 무방비로 정면으로 접근한 것은 그 점을 노린 것으로, 건너편에서 공격해 오는 야수는 옥탑을 뛰어넘기 위해서 한순간 무방비 상태로 전신을 총구 앞에 드러내야만 했다. 그 절호의 기회를 붙잡아 고토다는 산탄총을 쏘았다.

우레 같은 굉음이 작렬하고 학교 전체에 메아리가 울렸다. 그러나 대량의 피와 고기를 흩날리면서 야수의 가슴을 찢어발겨야만 했던 아홉 발의 산탄은 오른쪽 비막을 찢어버린 뒤 허무하게 허공으로 사라졌다. 옥탑을 넘어서는 순간에 비막을 찢기면서도 크게 허리를 굽혀 고토다의 첫발을 피한 야수는 그대로 활공하여 레이 앞에 내려섰다. 놀라며 뒤돌아본 고토다가 장탄을 하면서 총을 조준했다. 그러나 그 사격 선상에 레이가 서 있는 것을 보고 혀를 차며 총구를 돌렸다. 등뒤에서 두 마리의 야수가 앞뒤로 날아오르는 불길한 날갯짓 소리가 울렸다. 단 한순간에 공격자와 방어자가 바뀌었다.

속임수에 넘어가는 척하다가, 맞기 직전에 총알을 피한 뒤 두 사람을 잇는 일직선상에 내려앉아 양측 모두의 사격을 봉쇄한다. 그런 다음 자기도 모르게 돌아보는 고토다의 등을 다른 두 마리가 공격하고, 아마추어나 다름없는 레이를 첫 번째 야수가 공격한다. 정말로 악마와 같은 교활함, 아니 악마 그 자체였다.

"쐐!"

좌우에서 습격해 오는 두 마리 중 왼쪽 한 마리에게 총을 조준하면서 고토다가 외쳤다. 자연스럽게 다른 한 마리에게는 무방비 상태로 등을 드러내게 되었지만, 처음부터 3대 1의 싸움이었으니만큼 고토다에게 다른 선택의 여지가 없었다.

눈앞에서 크게 우회하면서 등뒤로 도는 야수의 모습을 흘끔 보고 고토다는 정면의 야수를 향해 총구를 올렸다. 그 순간, 옥탑이 드리운 그림자 속에서 무언가가 뛰쳐나왔다. 고토다의 총이 다시 포효를 하고, 동시에 크게 도약한 그림자가 등뒤에서 습격하는 야수와 교차했다. 야수의 한 팔이 튕겨나듯 허공에 떠오르고, 피가 소나기처럼 콘크리트 바닥에 쏟아졌다. 야수와 교차하며 뛰어내린 그림자가 스커트를 바람에 날리면서 착지했다.

사야였다.

그대로 단숨에 거리를 좁힌 사야는 하단에서 땅을 긁으며 검을 쳐올려 팔이 떨어져 나간 야수의 옆구리를 절단하고, 스치듯 빠져나왔다. 그러고는 상단으로 흘러나온 검을 팔꿈치를 돌려 반전시켜 등뒤에서 경동맥을 절단했다. 다시금 엄청나게 많은 피가 튀었다.

그 강인한 야수가 급격한 출혈에 의해 온몸에 경련을 일으켰다. 그 이후로는 싸움이라기보다는 도살이라 부르는 것이 더 어울리는 장엄한 광경이 눈앞에 펼쳐졌다.

"뭐하고 있어! 쏴!"

두 발째의 사격으로 야수의 옆구리를 박살낸 고토다가 재빠른 장전으로 눈앞으로 낙하하는 상대방을 위협하면서 등뒤를 향해 다시 외쳤다. 그런 다음 연이어 세 발째를 쏘고, 총을 맞아 튀어 오르는 야수를 쫓듯이 네 발, 다섯 발을 처넣었다. 산탄총이 연이어 발사되자 고막이 울릴 정도로 큰 소리가 났다.

간신히 제정신을 차린 레이는 이빨을 드러내고 덤비는 야수의 모습을 보고 입을 쩍 벌렸다. 그는 급히 권총을 들어올려 방아쇠를 당겼다. 그러나 예상과는 달리 굉음도 충격도 느껴지지 않았다. 온몸의 피가 순식간에 얼어붙었다. 자기도 모르게 손에 든 권총을 내려다본 레이는 격발 장치가 눕혀 있다는 사실을 알아채고 경악했다.

군용 콜트에는 더블 액션 기능이 없었기 때문에 설사 약실에 총알이 장전되어 있다 하더라도 첫발을 쏘기 위해서는 격발 장치를 일으켜주어야 했다.

그러나 자신의 어리석음을 저주하고 있을 틈도 없이 야수는 이미 손이 닿을 거리에까지 닥쳐왔다. 머리카락이 거꾸로 서는 공포와 싸우면서 레이는 떨리는 손으로 격발 장치를 찾아 당기고 괴물의 얼굴에 권총을 들이댔다. 눈앞에서 거대한 불덩이가 출현하고 손 안에서 무언가가 폭발했다. 야수의 자세가 조금 흔들렸다.

298

불행인지 다행인지, 총을 늦게 쏜 덕분에 레이의 첫 발은 공격 태세를 갖춘 야수의 가슴에 훌륭하게 명중했던 것이다.

두 발, 세 발……. 그야말로 짐승 같은 포효를 내지르면서 레이는 무의식중에 방아쇠를 당겼다. 빗발치듯 발사되는 총알들은 조준이 제대로 되지 않아 대부분 밤하늘로 사라지거나 바닥을 깎아내고 사라졌다. 그러나 괴물의 옆구리나 무릎을 관통한 총알들은 엄청난 양의 피와 살점을 야수의 등뒤로 분출시켰다. 탄창을 비운 권총의 슬라이드가 후퇴 위치에서 정지하고 약실이 열렸다.

기도하는 마음으로 눈을 뜨자 찢어진 비막을 누더기처럼 감싼 야수가 팔을 들어올리고 있었다. 이 괴물을 상대하기 위해선 대전차 저격총이나 유탄 발사기, 아니 적어도 중기관총 정도는 있어야 하는 게 아닐까 하고 레이가 생각한 순간, 내려오던 팔이 어깨를 벗어나 하늘을 날았고, 균형을 잃고 허둥대던 야수의 머리가 마치 마술처럼 사라졌다.

쏴아 소리를 내면서 비처럼 쏟아지는 핏물을 뒤집어쓰고 제정신을 차린 레이는 넋이 빠진 듯이 그 자리에 주저앉았다. 쌓여 있는 짐이 무너지는 듯한 소리를 내면서 야수가 쓰러졌다.

그 건너편에 사야가 있었다. 그녀는 발밑에 구르는 야수의 시체에는 눈길조차 주지 않고 칼날을 살펴보고 있었다. 옥상은 그야말로 피바다로 모든 것이 그날 밤 목격한 광경 그대로였다. 고토다가 산탄총을 건들건들 흔들면서 지친 발걸음으로 돌아왔다. 그 모습을 멍하니 바라보면서 레이는 노인이 한 말을 떠올렸다.

'다음번에 만나면 벤다고 하더군…….'

행복이라 해도 좋을 만한 허탈감 속에서 레이는 사야를 올려다보았다.

어둠 속에 스며드는 하얀 얼굴과 푸르게 흔들리는 불꽃 같은 눈동자. 야수의 눈이라고 레이는 생각했다. 애절할 정도로 아름다운 육식 동물의 눈이었다.

어디를 어떻게 달렸는지 생각나지 않았다.

고토다가 어딘가의 개천에 산탄총과 권총을 던져넣던 모습은 대충 기억 났지만, 피투성이의 상의를 어디서 벗어버렸는지는 전혀 기억 나지 않았다. 사이렌을 울리며 달려오는 소방차와 지나치면서 돌아본 건물 너머로 붉게 타오르는 듯한 구름이 보였던 것은 기억 났다.

'증거 은닉과 시간 벌기. 1석2조라고는 해도, 학교에 불을 지르다니 나도 엄청난 짓을 하는구먼' 하고 고토다가 한탄조로 중얼댔던 것도 기억났다. 그러나 눈앞에서 발걸음을 돌렸을 사야의 뒷모습만은 아무리 해도 생각나지 않았다.

레이는 어딘가의 역 개찰구에 주저앉아 있었다. 역원이 없는 개찰구 안에서 전차가 들어오는 것을 알리는 안내원의 목소리가 멀리서 들려왔다. 고개를 들자 고토다가 쭈그리고 앉아 승차권을 내밀고 있었다.

"너 말야, 이제부터 어디 시끄러운 데 가서 학생 지도로 끌려가라. 마음 약해 보이는 고교생 몇 명을 데려다가 두세 대 정도 패주면 될 거야······. 조금 들어가 있게 될지도 모르지만, 방화 용의자가 되는 것보다는 훨씬 낫잖아?"

레이는 말없이 승차권을 받아들었다.

복숭앗빛의 승차권은 뺨에 비비고 싶을 정도로 따뜻해 보였다.

"오늘 밤의 일은 가능한 한 빨리 잊어라. 그 애에 대해서도 잊어버려. 기억해 봤자 아무것도 할 수 없으니까……."

조금 더 이야기를 나누고 싶었지만 아무 말도 생각나지 않았다. 레이는 할 수 없이 몸을 일으켰다.

"당신, 이제부터 어쩔 거야?"

걸어가던 고토다가 발걸음을 돌렸다. 얼굴에는 언제나처럼 하이에나 같은 웃음이 떠올라 있었다.

"모리에리스 우트 카니스(어디선가 개처럼 죽겠지)."

그러고는 그대로 등을 돌려 빠른 걸음으로 사라졌다.

그것이 레이가 본 고토다의 마지막 모습이었다.

에필로그

30년의 세월이 흘렀다.

레이와 친구들은 그 사건 이후에도 몇 번인가 학교와 분쟁을 일으켰으나, 빨리 내쫓고 싶어하는 학교 측의 의견 덕분에 의외로 간단히 졸업할 수 있었다.

무라노는 부모님이 경영하는 아파트에 살면서 연상의 직장 여성과 결혼한 뒤, 부부가 함께 작은 식당을 개업했다.

나베다는 한번 재수한 뒤 사립대학에 입학해서 한때 동인지 활동에 열중했다. 졸업해서는 지방 동사무소에 취직하여 말단 공무원이 되었다.

아마노는 가업인 건축업을 이었으며, 도이가키는 대학 입학 이후 레이 일행과 연락을 끊었다.

아오키는 퇴원 후 한번도 만날 수 없었다. 소문으로는 강제로 지방에 있는 사립 고교에 전학 간 뒤, 그대로 같은 재단의 대학에 입학했다고 한다.

레이는 입시 공부를 포기했는데도 기적같이 국립 후기 대학에 합격해서 주변을 놀라게 했다. 대학은 재미 따윈 전혀 없었으나 두 번이나 유급을 한 뒤 간신히 졸업할 수 있었으며 취직도 했다. 결혼도 했고 아이도 낳았다. 20년 할부로 작은 새 집도 장만했고, 이혼과 양육비 지급 등 인간으로 해볼 수 있는 대부분의 실수를 거쳐본 뒤, 지금은 재혼해서 개 두 마리, 고양이 한 마리와 함께 살고 있었다. 몇 번인가 직업을 옮기면서 수많은 잡지의 편집부를 넘나든 끝에 몇 년 전에야 간신히 자유 기고가가 되었으며 좋아하던 영화 관계의 책도 몇 권인가 써냈다.

술을 좋아해서 최근 들어 살이 좀 찌긴 했지만, 그 외에는 특별한 고민조차 없는 당당한 중년 남자가 되어 도심지로 향하는 지하철 안에서 흔들리고 있었다.

오후의 지하철 안은 텅 비어 있었다. 전부터 함께 일하고 있던 출판사가 영화나 연극을 중심으로 잡지를 창간한다면서 레이에게 연재 칼럼을 부탁해 그 회의를 위해 가는 도중이었다. 전차가 역에 미끄러져 들어갔다. 얇은 창간 준비호를 뒤적이던 레이는 고개를 들어 승강장 표지판의 역 이름을 확인했다.

한 정거장 전이었다. 문이 열리고 여고생 한 명이 들어와 레이의 건너편 자리에 앉았다. 요즘 들어 젊은애들을 싫어하게 된 레이는 눈살을 찌푸렸다. 방약 무인한 젊은이들, 그중에서도 특히 얼굴에 짙은 화장을 뒤집어써서 나이를 짐작할 수 없는 괴물로 변해 버린 여고생은 레이에게는 최고로 거북한 인종으로, 볼 때마다 창밖으로 던져버리고 싶은 충동을 억누르기 힘들었다. 레이는 기분 나쁜 표정으로 그 여고생을 살펴본 뒤 '어라?' 하고 의외라는 표정을 지었다.

머리카락은 좌우로 둘로 나뉘어 어깨 길이까지 땋아내렸으며, 투명할 정도로 하얀 얼굴에는 화장기 하나 없었다. 요즘 들어 보기 드물어진 소박한 남색 교복에 디자인이라도 공부하는지 긴 도면통을 어깨에 걸치듯이 안고 있었다.

그러나 무엇보다 레이의 눈을 끈 것은 그 눈동자였다.

염치없는 중년 남자의 시선은 아랑곳없이 조용히 고개를 갸웃거리면서 먼 곳의 기척을 살피는 커다란 눈동자가 어딘지 모르게 낯이 익었다.

전차가 다음 역에 도착했는지 급브레이크가 걸리고, 순간적으로 차 안의 불빛이 사라졌다. 짧은 어둠 속에서 그 눈동자는 요사스럽게 빛났다. 차 안의 불이 짧게 명멸했다가 다시 켜지고 역에 정차한 전차의 문이 열렸다. 당황하면서 자리에서 일어난 레이는 떨리는 다리를 이끌고 승강장에 내려섰다. 곤두박질치는 가슴을 억누르면서 각오를 굳히고 뒤돌아본 레이는 창문 너머로 자신을 바라보는 소녀와 30년 만에 재회를 했다.

사야였다.

무엇 하나 바뀌지 않은 소녀였다. 바뀐 것이 있다면, 그것은 그 눈에 비친 레이의 모습뿐이었다.

항상 무언가에 쫓기듯이 안절부절못하면서 화내고 소리 지르기만 하던 고교생이 많은 것을 포기하고, 또 받아들임으로써 변해 버린 모습이 거기에 있었다.

변화하는 것을 허락받지 못한 소녀의 눈에는, 지금 레이의 모습이 어떻게 비쳤을까. 레이는 그날 밤 사야가 자신을 베지 않았던 이유를 조금은 이해할 수 있을 것 같은 기분이 들었다. 이제는 되돌릴 수 없는 그 어리석고도 소중한 나날이 깊은 회한과 함께 되살아나려는 순간, 출발을 알리는 안내 방송과 함께 문이 닫혔다.

커다란 상실감을 견디면서 레이는 그 자리에 가만히 서 있었다. 멀어지는 모습 속에 사야가 조용히 미소 지은 듯 보인 것은, 어쩌면 지난 30년의 세월이 레이에게 보여준 환상이었는지도 몰랐다.

야수의 눈을 가진 소녀를 태우고 지하철은 천천히, 그리고 점점 속도를 더해가면서 승강장을 벗어나, 빨려들 듯한 어둠 속으로 사라져갔다.

〈끝〉

감사의 말

1. 이 이야기를 집필하면서 아래의 서적들을 참고했다.

(1) Paul Barber. (1988). Vampires, Burial, and Death: Folklore and Reality. Yale University Press.

(2) Matt Cartmill. (1993). View to a Death in the Morning: Hunting and Nature through History. Harvard University Press.

(3) Peter De Rosa. (1998). Vicars of Christ: The Dark Side of the Papacy. Crown Publishing Group.

(4) 橫山三四郎. 『ロスチャイルド家──ユダヤ國際財閥の興亡』. 講談社.

2. 아울러 이 이야기의 시대 설정은 1969년이며, 바티칸은 1993년 12월에 이스라엘과 정식으로 화해하였음을 밝혀둔다.

옮긴이 **황상훈**

1977년 서울 출생. 수원대학교 국어국문학과를 졸업하였고 동 대학원에서 교육과정 석사
학위 취득. 1995년경부터 《게이머즈》, 《뉴타입》 등에서 자유기고가 및 번역가로 활동해
왔으며, 현재는 게임 회사에 재직 중이다. 역서로는 게임 시나리오집 『유니콘의 탐색』 및
NT노벨 『ROD』, 『대디페이스』 등이 있다.

블러드
더 라스트
뱀파이어

1판 1쇄 펴냄 2008년 4월 10일
1판 3쇄 펴냄 2009년 5월 21일

지은이 | 오시이 마모루
옮긴이 | 황상훈
편집인 | 김준혁
발행인 | 박근섭
펴낸곳 | ㈜ 황금가지

출판등록 | 1996. 5. 3. (제16-1305호)
주소 | 135-887 서울 강남구 신사동 506 강남출판문화센터 5층
전화 | 영업부 515-2000 / 편집부 3446-8773 / 팩시밀리 515-2007
홈페이지 | www.goldenbough.co.kr

값 9,000원

ISBN 978-89-6017-132-9 03830